穿牆人：埃梅魔幻短篇小說選

馬歇爾・埃梅 Marcel Aymé 著
戴小涵 譯

目次

穿牆人

從前，在蒙馬特，奧尚特街七十五號之二的三樓，住著一位名叫杜提樂的傑出男性，擁有特殊天賦，可以穿牆不受阻礙。他戴著一副夾鼻眼鏡，留著黑色小山羊鬍，是檔案部的三等雇員。冬天搭公車上班，天氣好的時候，他會戴上圓頂禮帽走路上班。

杜提樂能力覺醒時剛滿四十三歲。那天晚上，自己公寓的玄關處時突然停了電，他在黑暗中摸索著走了一會，電力恢復時，他發現自己已經到了房外的三樓樓梯間。但房門是從裡面反鎖的，這個突發狀況使他陷入深思，最終決定先不管理性的警告，照原樣回去，即穿牆回房。

這個不尋常的能力，似乎完全不合他的心意，所以讓他有點惱火。於是利用隔天是星期六休假，找了一位附近的醫生看病。醫生相信了杜提樂的說法，檢查過後發現病因：甲狀腺體薄隔膜螺旋狀硬化。醫囑讓他大量活動，讓自己能過度勞累，且每年服用兩片藥，吸收混和米糊跟半人馬激素的粉末狀四價化合匹類特。吃下一片後，杜提樂將藥收進抽屜裡，不再多想。至於過度勞累，他的公務員業務符合日程規範，不會過度工作，空閒時光則在閱讀報紙跟集郵中渡過，沒有進行任何過度的精力消耗。故一年後，他仍保有著穿牆的能力。但他不曾使用此異能，除非是疏忽不小心。因爲他對冒險從無好奇心，並頑強抵抗想像力的誘惑驅使。除了從正門，擺弄鎖頭之後規規矩矩地打開門，他甚至沒有想到要用其他方式回家。如果不是一樁突發事件發生，撼動了自己的生活，也許杜提樂會在習慣中安詳老去，毫無欲望實踐天賦。

默宏先生，他的辦公室副主任，被調派至其他職務，取而代之的是一位勒庫耶先生，說話急促，留著筆刷般的鬍子。從第一天起，新的辦公室副主任，就將戴著金鍊子夾鼻眼鏡和留著黑色山羊鬍的杜提樂看成眼中釘。對待他就像對待惱人又猥瑣的老東西。但最嚴重的事情是，副主任打算在他的部門引進影響深遠的新計畫，鉅細靡遺的改動，只爲了讓下屬心神不寧。

二十年來，杜提樂以以下的格式作爲信件開頭：「參照與您尊榮的無數次往來，爲了紀念我們早前的信件交流，我很榮幸地通知您……」勒庫耶先生想要用更美式的說法取代這種格式：「回應您之前的來信，我通知您……」杜提樂無法習慣此種書信格式，他往往不由自主，機械性的又用回習慣的老格式，這爲他招來了副主任日漸增長的敵意。因此對杜提樂而言，辦公室的氛圍益發壓抑。早上他忐忑不安地去到工作崗位，晚上窩在床上，常常得冥想十五分鐘才睡得著。

因爲憎惡杜提樂的任性、不與時俱進，拖累自己成功的改革，於是勒庫耶先生將杜提樂打發到一間就在他辦公室隔壁、幽暗的小房間，只能從走廊上一道又矮又窄的門過去，門上貼著以大寫字母拼寫的：雜物間。杜提樂忍氣吞聲地接受了這前所未有的羞辱，而當他回家讀著報紙上的血腥慘案時，卻幻想著勒庫耶先生就是受害者，也讓自己嚇了一跳。

一天，副主任闖進小房間，揮舞著一封信，然後開始大叫：

「重寫這坨廢紙！重寫這坨不知所云的廢紙！簡直是在污辱我的部門！」

杜提樂還想抗議，但勒庫耶先生用震耳欲聾的聲音說話，對待他就像日常可見的蟑螂，在離開之前，揉皺了手上的信丟在他的臉上。杜提樂雖謙遜但也是有自尊心的，他獨自留在小房間，身體微微發熱，突然間，像捕獲獵物一般，靈感一閃而過。他起身，穿進了那道隔開他辦公室和副主任辦公室的牆，不過他小心翼翼，只讓頭出現在另一邊。勒庫耶先生正坐在辦公桌前，拿著鋼筆強力的修改某個雇員待批准文件中的逗號，同時，他聽到辦公室中傳來幾聲咳嗽。他抬眼，伴隨著難以描述的恐懼，竟是杜提樂的頭，像打獵標本般掛在牆上。頭還是活生生的。那顆頭透過金鍊子夾鼻眼鏡，惡狠狠地盯著他。這下好啊，頭開始說話了。

「先生，」那顆頭說，「你就是個流氓、混帳、無賴。」

勒庫耶先生被嚇得目瞪口呆，目光無法從那顆像是幽靈般的大頭上移開。最後，他將自己從椅子中拔出來，跳到走廊上，跑到小房間中。

杜提樂坐在老位置上神態自然，勤勉的拿著筆工作。副主任盯著他看了一陣，結結巴巴的說了幾句話後，重新回到辦公室。才剛坐下，那顆頭又重新出現在牆上。

「先生，你就是個流氓、混帳、無賴。」

這一整天，令人懼怕的大頭在牆上出現了二十三次，隨後幾天，又是相同的頻率。杜提樂耍人已經耍得頗爲順手，對單單只是痛罵副主任已經不滿足了。他發出晦澀的威脅，舉例而言，用一種陰沉的聲音大聲說話，伴隨著眞得如同惡魔一般的怪笑：

「狼人！狼人！有狼毛啊！四處遊蕩，潛伏著，貓頭鷹頭上的角都嚇掉了。」

聽到這些話，可憐的副主任臉色越來越蒼白，越來越感到窒息，頭髮在頭頂上直豎，背上淌著垂危之際滴下的冷汗。第一天過去，他就瘦了一磅。接下來的幾週，除了以肉眼可見的速度消瘦之外，他還養成了用叉子喝蔬菜湯，並向警察行軍禮的習慣。第二週開始時，一輛救護車把他從家裡接出來，送往療養院。

從勒庫耶先生的暴政中解脫的杜提樂，重新用回他最愛的書信格式：「參照與您尊榮的無數次往來……」可是，他卻沒有感到滿足。

他的內心想要什麼，他對穿牆有一種嶄新的渴望、迫切的需要。無疑的，如果只是單純想穿牆的話，他可以輕鬆得到滿足，比如說在家裡，反正他也不是沒少這麼做。然而，有如此出色天賦的男人，是不可能會滿足於長期在平庸的物件上施展的。何況，穿牆並不是目的，而是冒險的開始，召喚出進一步的技巧發展，最後則是得到回饋。

杜提樂非常了解。他感覺到自己內心有個需求在膨脹，想要自我實現、超越自我的慾望與日俱增，還有一種眷戀，彷彿在牆後召喚著他。不幸的是他缺了一個目標。於是他從報紙上找尋靈感，特別是政治版和運動版，覺得這才是有榮譽的活動，但最終意識到，這些圈子中並沒有給會穿牆的人大顯身手的機會。萬般不得已中，他選擇了社會版，並從中獲得了啓發。

杜提樂犯下的第一起入室竊盜案發生在一棟隸屬於右岸信託的大廈。穿過數十道牆和隔板後，他闖入數個保險箱，口袋裡滿滿的塞好鈔票，然後，撤退前，用紅色粉筆龍飛鳳舞的簽上了他的化名。隔天「狼人俠」就被印在所有報章雜誌的版面上。才過了一週，「狼人俠」的名號便響遍各地。民眾的好感毫無保留的都給了這位頗具魅力的竊賊，欣賞他以如此漂亮的手法嘲笑警方。

每天晚上，他都以一個全新戰功引人注目，搶劫銀行、珠寶店、或某個有錢人家。不管在巴黎或其他省份，女性都無不懷著熱烈慾望，默默幻想將身體和靈魂都獻給這個駭人聽聞的狼人俠。

接著就是著名的布迪嘉拉鑽石竊盜案跟中央信託竊盜案，兩個案件都發生在同一星期，民眾的熱血沸騰到達了全新高度。使得內政部長必須請辭，還拖累了檔案部長。然而，即使杜提樂已經成爲了全巴黎最有錢的人之一，他依然準時到辦公室，大家會討論他所獲得的一級榮譽勳章。早上，在檔案部，他的樂趣便是聽同事們評點自己前一晚的業績。「這個狼人俠」，他們說，「一定是個人才、超人、天才。」聽到如此這般的讚揚，杜提樂羞紅了臉，藏在金鍊子夾鼻眼鏡後面的，是他散發著親和力和感激的神情。一天，這種友善的氛圍讓他自鳴得意，認爲自己再也無法隱瞞下去了。

帶著羞怯，他端詳那些圍在詳細報導法國銀行搶案報紙旁的同事們，然後用低沉的聲音說道：

「你們知道嗎？我就是狼人俠。」但迎接杜提樂心底話的，是無止盡的嘲諷，他還得到了嘲笑意味的新綽號「狼人俠」。當晚，下班離開各部院之際，他成了全同事不斷嘲弄的對象，人生好像變糟了。

幾天之後，狼人俠在和平路上的珠寶店被夜巡隊逮到了。他把名字簽在櫃檯，然後開始唱歌飲酒，一邊唱一邊用一只大型黃金高腳杯打碎各種不同櫥窗。他其實可以輕易地沉入牆內，逃離夜巡隊的追捕，但眾人相信同事們的懷疑狠狠地折磨著他，他是刻意被捕的，就只爲了讓他的同事們啞口無言。

事實上，同事們相當訝異，第二天的報紙頭條上，出現的居然是杜提樂的照片。他們相當懊悔、痛恨自己忽視了這樣一位人才同事，爲了表達對他的敬意，大家都刻意留了小山羊鬍。還有一些人，在悔恨跟敬佩的驅使下，也學著對自己家人、朋友、認識的人的錢包或手錶出手。

人們肯定覺得：僅僅只爲了讓幾個同事感到驚訝，就讓自己被警察抓住，無疑是極爲草率的決定，對如此特別的人來說並不值得。但其實，在作這決定時，這個表面原因對他的影響是很小的。杜提樂放棄人身自由，看起來是一種爲了挽回自尊心的報復舉動，但其實，他只是單純順著自身命運的斜坡往下滑。

對一個可以穿牆的男人來說，如果沒有到監獄裡走一遭，職業生涯就不會有一絲成長。當杜提樂進監獄後，反而覺得自己很走運，因爲牆的厚度讓他穿起牆來相當享受。隔天，在他的牢房裡，警衛目瞪口呆的發現，囚犯在自己牢房的牆上釘了一根釘子，上面掛著典獄長的金錶。他不能，也不願意揭露這個物品是如何到他的手上的。手錶還了回去，然而隔天，在狼人俠的床頭又發現了《三劍客》第一冊，是從典獄長的圖書室借來的。把監獄裡的人員搞得勞師動眾，警衛們也抱怨自己屁股總是被踹，卻搞不清楚是誰踢的。似乎，隔牆不再是有耳而是有腳。

狼人俠入獄一週後，典獄長早上進辦公室時，在桌上看到一封信：

獄長先生您好。鑒於我們本月十七日時的會談，以及您去年五月十五日發表的訓示，很榮幸知會您，我剛剛讀完《三劍客》第二冊，打算於今晚十一點二十五分到三十五分之間越獄。獄長先生，請求您接受我對您表達最深切的敬意。

狼人俠

儘管當晚受到嚴密的監視，杜提樂還是在十一點三十分越獄了。隔天早上，廣大民眾都知道了，消息一出在各地引發了熱烈關注。然而，在犯下讓他聲望達到高點的新一起竊盜案後，杜提樂似乎毫不在意該如何藏身，總在蒙馬特來來去去，毫無防備。在逃獄的三天後，他在寇蘭古街上的夢之咖啡館被逮捕，此時快到正午，他和朋友們正喝著檸檬白葡萄酒。

重新回到監獄，關在上了三道鎖的陰暗地牢中，狼人俠當晚就逃脫，還去典獄長的公寓客房睡了一晚。隔天早上，將近九點時，他按鈴喚來了女僕，討個早飯吃，然後，在床上遭到聞聲而來的警衛逮捕，沒有任何反抗。典獄長震怒，在地牢門口設了警衛，好讓他餓肚子。近中午時，犯人又逃脫了，去一間監獄附近的餐廳吃午餐，在喝完餐後咖啡後，打了通電話給典獄長。

「哈囉！獄長先生，我太迷糊了，方才要出門時，忘記順手拿您的錢包，所以現在被困在餐廳了。您能不能好心派個人過來幫我付餐費？」

典獄長親自趕來，氣得大罵，甚至出言威脅跟辱罵。這傷了杜提樂的自尊，於是他決定隔天晚上逃脫，不再回來了。這一次，他留了一手，刮掉了自己的黑色小山羊鬍，把金鍊子眼鏡換成了玳瑁眼鏡。加上一頂運動帽和大格紋套裝搭配高爾夫球褲，完成了變裝。

他早在第一次被逮捕前，就已經在朱諾大道上準備了一間小公寓，運了一些自己喜歡的家具跟物品過去。響亮的名聲已經讓他感到厭倦，而從第一次留在監獄後，他對穿牆所帶來的快感也有點膩了。最厚實、最雄偉的高牆，對他而言不過就像屏風。

他接下來的夢想是入侵幾個巨大金字塔的中心。而在準備去埃及的旅行時，他過著輕鬆愜意的生活，一邊集郵、欣賞電影，也在蒙馬特街上悠閒散步。

他剃光了下巴鬍鬚、戴上玳瑁眼鏡，看起來像換了個人，即使在最要好的朋友身邊，也不會被認出來。只有畫家保羅．格恩，社區老居民相貌上的變化都無法逃過他的觀察，他戳破了杜提樂的眞實身分。一天早上，保羅．格恩跟杜提樂在阿波瓦街轉角面對面遇上了，他不禁以最粗俗的俚語對杜提樂說：

「老兄，我看你是變裝小白臉來搞那些條子。」——這句話用通俗的說法意思大概是：我看你是用優雅的扮裝，混淆那些安全局的調查員。

「噢！」杜提樂碎念，「你認得出我！」他感到困擾並且決定提前出發去埃及的時間。但同一天下午，他愛上了一個十五分鐘內在勒皮克街上相遇兩次的金髮美女。

他馬上就忘了集郵、埃及跟金字塔。金髮女這邊也饒有興致的望著他。高爾夫球褲和一副玳瑁眼鏡，在年輕女性眼中，這種打扮會讓人聯想到電影製片，讓人想到雞尾酒與加利福尼亞之夜。不幸的是，保羅．格恩提醒杜提樂，這位美女已經跟一個粗暴又善妒的男子結了婚。這多疑的丈夫，會在晚十點到早上四點時抛下他的妻子，但出門前，又會小心翼翼的鎖上房間，鑰匙轉兩圈，所有的百葉窗都用掛鎖鎖住。白天，他監視她，甚至跟蹤她到蒙馬特的街上。

「像個小蟲子似的緊盯不放，這種粗鄙性格的流氓，不會讓人闖進他家偷人的。」

然而，保羅．格恩的警告只成功點燃杜提樂內心的火焰。隔天，在梭羅傑街上遇到這位年輕女子，他放膽跟著她進入一間乳製品專賣店，當她等待店員接待時，杜提樂跟她說，自己深深愛慕著她，而且什麼都知道了：壞心的丈夫、上鎖的門還有百葉窗，不過，自己會在晚上到她房裡。金髮女郎臉紅了，牛奶罐在她的手中發抖，因為溫存而溼了眼眶，她虛弱地嘆了口氣：

「唉！先生，不可能的。」

洋溢幸福的這天晚上，約莫晚上十點時，杜提樂守在諾凡街上，監視一堵厚實的圍牆，牆的後面是一棟小洋房，但只能看到風標跟煙囪。牆上有道門開了，一個男人，在小心翼翼的鎖上門後，往朱諾大道走去。杜提樂等到他消失在下坡處的轉角處，然後還數到十，這才拔腿衝上去，小跑步鑽進牆內，越過障礙，直到鑽進與世隔絕的美人兒房裡。她意亂情迷的招待了他，兩人相愛到很晚。

第二天，杜提樂因為劇烈頭痛而感到痛苦惱怒。此事如此微不足道，怎能因為這種小事就錯過約會。他意外找到了散落在抽屜底下的藥片，並在早上吞下一片，下午又吞另一片。到晚上頭痛止住了，興奮更是讓他忘了這檔事。年輕女人想起前一晚相愛的回憶，焦急難耐地等著他，而這一晚，更是愛到凌晨三點。在穿過房間隔板和洋房牆壁跑路時，在臀部和肩膀，杜提樂都感覺到了不尋常的摩擦。

不過，他以為這沒什麼值得注意。一直到鑽進圍牆，才清楚的感覺到了阻力。他似乎是在流體中穿梭，可是四周越來越黏糊糊，每每出力前進，腳步就越黏稠。一直到他整個人穿入厚牆中，才發現自己無法再前進了，也才驚恐的想起來，自己白天曾吞下兩片藥

莎賓和她的許多分身

從前，在蒙馬特，阿波瓦街上，住著一位名爲莎賓的年輕女性，天賦異稟，能無處不在。只要她願意，便能使自己的身體和心靈增生，在同一時間，出現在任何她想在的地方。她已婚，而如此稀有的天賦必定會讓丈夫不安，所以不能在他面前露一手，只能自己獨自一人在公寓時施展。早上，舉例來說，在洗手間，她會將自己分成兩個或是三個，方便檢視自己的臉蛋、身體跟姿態。視察結束，她趕緊將自己合體，融合爲單一一個人。某些冬日午間或是大雨的午後，她沒有活力出門，就會讓自己增生成十個或是二十個，看似熱絡甚至是吵雜的對話，說穿了也就是和自己對話。安端．樂莫西，她的丈夫，S.B.N.C.A訴訟部門副主任，也完全沒懷疑過，且堅定地認爲，自己擁有的，跟世界上的每個丈夫有的都一樣，是一個無法分裂的妻子。

只有一次，他沒打招呼就突然回家，在他面前的是三個妻子，同一個模子刻出來的，姿態也相近，用六隻同樣湛藍清澈的眼睛看著他，看著眼前一切，他目瞪口呆。莎賓立刻將自己合體，樂莫西認爲自己定是生了病，這個想法也被家庭醫生給證實，診斷出他腦垂體機能衰退，並且開了一些昂貴的藥劑。

四月的一晚，晚飯過後，安端・樂莫西檢視飯廳桌上的明細，莎賓則端坐在沙發上，閱讀電影雜誌。看著他的妻子，他對她的姿態跟臉部神情感到驚訝。頭垂在肩膀上，讓雜誌滑落在地。她的瞳孔放大，含情脈脈，嘴唇微笑著，臉上閃耀著難以言喻的喜悅。他既感動又驚訝，踮著腳尖靠近她，虔誠地靠在她身上，但不明白爲何被她不耐煩地推開了。

接下來是事發經過。

八天前，在朱諾大道的轉角，莎賓遇見了一位二十五歲的年輕男子，有著深邃的黑眼睛。他故意擋住去路，說道：「夫人。」而莎賓下巴揚起，眼神凌厲：「這位先生。」結果一星期之後，四月的晚上，她既身在自己家，也同時身在這個黑眼睛年輕人的家中，男子本名叫做泰歐漢，稱自己是畫家。在她粗魯的拒絕了自己的丈夫，要他回去弄明細的同一時間，泰歐漢在巴赫騎士街上的工作室中，牽起了這位年輕夫人的手，對她說著：「我的心肝、我的翅膀、我的靈魂！」另外還有許多其他在熱戀階段很容易說出的美妙話語。

莎賓答應自己，最晚要在晚上十點以前與自己重新合體，這樣沒有做出任何重要的犧牲，但是，到了午夜時分，她還在泰歐漢房內，她的顧忌只剩下後悔。第二天，她到凌晨兩點才回到自己身體，在接下來的日子裡，甚至更晚。

每天晚上，安端．樂莫西都能在妻子臉上看到喜悅，美得好似已然不在凡間。一天，他和辦公室的一位同事交換秘密，一時感慨脫口而出：「要是你能看到晚上飯廳時的她就好了：她好像真的在跟天使說話。」

四個月以來，莎賓持續與天使交談。那年夏天渡過的應該是她生命中最美的一段假期。她和樂莫西在奧維涅的一座湖邊，又同時和泰歐漢在布列塔尼的小海灘上。

「我從來沒見過你如此美麗，」她的丈夫跟她說。「你的眼睛像早上七點半湖水般動人。」莎賓用可愛的微笑回答，似乎是獻給山中看不見的神靈。

然而，在布列塔尼的小沙灘上，她在泰歐漢的陪伴下曬日光浴，兩人幾乎赤身裸體。黑眼睛的年輕男子一言不發，彷彿深陷無法用簡單話語表達的深情，然而事實上，他只是厭倦了不斷重複相同話語。

當這位年輕的女子驚嘆於這種沉默，和其中似乎醞釀著難以言喻的激情時，泰歐漢在如動物般野性的幸福中昏昏欲睡，靜靜地等待用餐時間到來，心滿意足地想著這假期沒有花到他任何一分錢。

確實，莎賓賣掉了嫁妝中的一些珠寶，並且請求同伴，允許自己支付布列塔尼的住宿費用。而她的同伴，則驚訝於她以如此謹慎的態度，請求自己這件似乎理所當然的事情，泰歐漢用世界上最優雅的態度接受了。他認爲一個藝術家無論如何，都不該因爲愚蠢的偏見而作出犧牲，「我才不會坦盛這個顧慮，」他對自己說，「如果這會阻止我創作出如同葛雷柯或維拉斯奎茲[1]的作品，那麼我就沒有權力把這個顧慮說出來。」泰歐漢靠著利摩日的叔叔微薄的退休金生活，且不指望靠繪畫來維持生計，他對藝術抱持一種傲慢而頑固的概念，禁止自己在沒有靈感驅使之下做畫。「即使靈感要我等上十年，」他說，「我也會等。」

他大致上就是這樣度日。他最常做的事情，就是在蒙馬特的咖啡館努力充實，提高自己的敏感度，或者看朋友們的畫作來提升自己的批判能力，而當朋友們問起他的畫作，他會故作憂心的回答：「我在找尋自己。」令人肅然起敬。此外，在冬天，他的造型通常是大木屐鞋跟寬大天鵝絨褲，這讓他在寇蘭古街、小丘廣場、阿貝斯街之間有著優秀藝術家的名聲，就連惡毒的閒言碎語都依然承認他有著巨大的潛力。

1兩人均爲文藝復興時代的畫家。

假期最後幾天的一個早晨，這對戀人在布列塔尼建築物裡的房間中整理衣物。而在五六百公里開外的奧維涅，樂莫西夫婦三點就起床，莎賓對著拉著她到湖上並讚嘆景點美景的丈夫，時不時以單音節回答。但是，在布列塔尼房裡，她對著大海唱歌。她唱道：我的戀人有著纖細白皙的手指。身體和靈魂亦然。泰歐漢從壁爐架上拿起他的錢包，在塞回短褲臀部口袋之前，抽出一張照片。

「看這裡，我找到一張照片。是我，這個冬天，在紅磨坊附近。」

「喔！親愛的。」莎賓說，因熱情跟自豪而濕了眼眶。

照片上，泰歐漢著冬裝，看到他的木屐鞋，天鵝絨長褲恰恰好緊收在腳踝上。莎賓看出他是位天才。她感覺到一陣懊悔內心刺痛，責備自己對這個既是溫柔情人，也是天生藝術家的男孩，隱瞞了一個秘密。

「你眞帥，」她對他說，「高大英挺。木屐鞋！天鵝絨褲子！兔皮帽！噢！親愛的，你是如此純粹、細膩的藝術家，而我，竟有機會能遇見你，我的心、我的愛、我美好的寶藏，我對你隱瞞了我的秘密。」

「你在說什麼？」

「親愛的，我要對你說件事，我曾對自己發誓，絕對不會向任何人吐露：我天賦異稟，可以無所不在。」

泰歐漢笑了出來，但莎賓對他說：

「你瞧。」

與此同時，她增生成九個，看到自己身邊變出九個一模一樣的莎賓，泰歐漢感到一陣恍惚。

「你沒有生氣吧？」其中一個莎賓怯生生、焦急的詢問。

「當然沒有。」泰歐漢回答道。相反的，他帶著開心的微笑，更像是感激，莎賓安下心來，激動得以九張嘴巴親吻他。

十月初，大約是假期結束返家的一個月後，樂莫西觀察，他的妻子不再跟天使說話了。他覺得她看上去憂慮、多愁善感。

「我覺得你變得比較不開心了。」一天晚上，他對她說。「也許該多出門走走。」

「明天，如果你想，我們去看電影。」

同樣的時間，泰歐漢在自己的工作室裡，一邊大步走，一邊大吼大叫：

「我怎麼知道，你現在可能又同時在哪裡？我怎麼知道你是不是在賈維爾或在蒙帕納斯，某個混蛋的懷裡？或是在里昂的某個絲綢廠廠主懷中？或是在納波爾的某個酒莊主人床上？或是在波斯王的寢殿中？」

「我對你發誓，親愛的。」

「對我發誓，你對我發誓！……如果你在其他二十個男人懷裡，也這樣發誓呢？眞的是要瘋了！我要失去理智了。我現在不知道會幹出什麼事來：眞是不幸！」

一講到不幸，他抬眼見到一柄土耳其彎刀，是他前年在跳蚤市場買來的。爲了阻止他犯罪，莎賓，增生成十二個，準備好要擋住他拿到那柄彎刀。

泰歐漢平靜下來。莎賓將自己的分身收回來。

「我好不幸，」畫家嗚嗚咽咽，「原本就已經有夠多煩惱，還再加上這些痛苦！」

他指的是物質和精神層面的煩惱。他的說法如下，他現在處境困難。他的房東，威脅要收回住處，因爲他積欠了三期房租。他在利摩日的叔叔最近突然間暫停了每個月的資助。而精神層面上，他經歷了一場痛苦的危機，儘管如此，仍有創作產出的希望，他感覺到自己身上天才的創造力湧動並且命令他，而缺錢恰恰好阻止他實現這一切。

要房租的門房跟飢餓已經到了樓梯口，逼使他動工畫一幅鉅作。莎賓，因爲極度苦惱而顫抖，如鯁在喉。

前一週，她賣掉自己最後的珠寶，以償還泰歐漢欠諾凡街酒店老闆的一筆賭債，她十分絕望，從今而後，已經沒有任何東西可以爲了他的才華成長而犧牲。

但事實上，泰歐漢沒有過得比平時更糟也沒有更好。利摩日的叔叔，跟從前一樣，爲了能讓他的姪子成爲一個偉大的畫家而熱情地傾盡所有，而他的房東，天眞的相信，把希望寄託在有展望的貧窮藝術家，願意接受他的房客用草率完成的平庸畫作付房租。然而，泰歐漢，除了樂於扮演社會邊緣詩人或是波西米亞英雄以外，暗自希望自己困境中悲慘的一幕可以激發這位年輕女子下更加大膽的決心。

那天晚上，害怕讓他獨自一人留在苦惱中，莎賓待在他的情人身邊，沒有回到阿波瓦街上的家。隔天，她在他的身旁醒來，臉上帶著清新愉悅的微笑。

「我剛做了個夢，」她說，「我們在聖胡斯提克街上開了一間小雜貨店，店面才兩公尺。我們只有一個顧客，一個男學生跟我們買了麥芽糖跟貝殼糖。我穿著一件有大口袋的藍色圍裙。你穿著一件雜貨店員的罩衫。晚上，在後臺，你在一本大書上寫下：本日入帳：六蘇錢的貝殼糖。當我快醒來的時候，你正在對我說：『為了讓我們的事業完美進行，我們還需要另一個顧客。我看到他留著白色的小鬍子……。』我正要開口反對你說的另一個顧客，我們這樣會太忙，但是我沒有時間了。然後我醒了。」

「也就是說，」泰歐漢說道（他發出了苦澀的，帶著鼻音的冷笑，那是極為苦澀的苦笑）。「也就是說，」他說道（被羞辱、氣惱到潰瘍，憤怒的血氣升到他的耳朵，已經從他的黑眼睛裡射出來）。「也就是說，」泰歐漢說，「你的志向是想讓我成為雜貨店員？」

「不是的。我只是在跟你說我做的夢。」

「這就是我在跟你說的。你夢想看到我成爲雜貨店員。穿上圍裙。」

「噢！親愛的，」莎賓溫柔的抗議。「如果你能看到就好了！這身打扮很適合你，雜貨店圍裙！」

憤怒讓泰歐漢從床上跳起來，嘶吼著他被背叛了。被房東趕到街上還不夠慘，利摩日叔叔拒絕了讓他進食的權利，就在他有什麼正蓄勢待發的時候。他身上背負著這個既崇高卻又脆弱的作品，卻被他最愛的女人視爲微不足道，還夢到作品流產。而她，她只求自己成爲雜貨店員。爲什麼不是去藝術學院？泰歐漢穿著睡衣，在自己的工作室裡來回踱步，以嘶啞的聲音咆哮著，盡是痛苦，好幾次，他做出手勢，似是要撕開自己的心臟，交給房東、利摩日叔叔，還有他愛的那個女人。莎賓心碎了，顫抖地發現藝術家的苦痛居然如此深，並意識到了自己配不上他。

中午回到家時，樂莫西發現自己的妻子一團混亂。她甚至忘了要合體，當他闖入廚房中時，她讓他看到四個分開的自己，忙著各種不同家事，然而眼神裡同樣都蒙上了一層惆悵。他極度憤慨。「又來了，好吧！」他說。「我的腦垂體機能衰退又復發了。還是必須重新開始治療。」不舒服消失了，他很焦慮看到莎賓一天天越來越迷失在有害健康的哀傷中。

「賓比，」（因極度好感讓這個善良溫柔的男人爲他傾心的年輕妻子選擇的暱稱）他說，「看到你這樣消沉，我再也無法忍受了。結果我自己也開始生病。「在街上或是在我的辦公室，一想到你哀傷的眼神，我的心會毫無準備的被擊潰，有時我會在寫字墊板上痛哭。這樣會讓我的眼鏡鏡片蒙上水氣，必須拭去，而這個動作浪費掉的時間非常可觀，還不算上眼淚對視力所造成的不良影響，不僅影響我的上級，也影響了我的下屬。

「最後，我還是必須要說，悲傷，讓你清澈的眼中充滿了一種無法言喻的魅力，我無法否認，可是，我很痛苦，這種悲傷，讓我不禁為你的身體健康感到擔心，我想要能看到你有活力、迅速的反應，對抗那種我認為相當危險的精神狀態。今天早上，波特先生，我們的授權代表，順帶一提，是個迷人的男子，受過完美教育，能力好到連讚美之詞都及不上。波特先生，特別講究地交給我一張隆尚馬場的入場卡，因為他的姐夫，有著巴黎人的做派，在賽馬場上經營著大事業。既然你正需要轉移注意力……」

那天下午，莎賓生平第一次參加了隆尚賽馬。她在路上買了一份報紙，寄望一隻名叫泰歐夸特六世的馬，名字跟她親愛的泰歐漢相似，不由得覺得是個好兆頭。她身穿藍色風衣，頭上戴著半遮紗帽簷的錐形帽，有不少男子都看著她。她對第一場賽事無動於衷。幻想著自己心愛的畫家，受困於靈感堵塞的掙扎中，並生動的回憶起他一面在工作室裡作畫，一面疲於對抗、不被骯髒現實所打敗時，那閃動的黑眼睛。她想要將自己分成兩份，馬上前去巴赫騎士街，將自己冰涼的雙手按在藝術家滾燙的額頭上，像戀人間在有難時常做的那樣。又害怕自己打擾他努力探索，阻擋他的前途跟價值。但其實泰歐漢沒有待在自己的工作室，而是在寇蘭古街上的一間小酒吧內喝著阿拉蒙葡萄酒，還想著現在去看個電影是不是有點太晚了。

終於，馬兒們一字排開，準備好爲奪得「檔案部大獎」出發，莎賓一見泰歐夸特六世這匹馬便打定主意。她在牠身上下注了大概一百五十法郎，是她如今的所有積蓄，並盤算將足夠的收益變現來安撫泰歐漢的房東。騎上泰歐夸特六世的騎師穿著一件動人的絲綢夾克，白綠相間，一種嫩綠色、精緻、輕盈、柔軟、清新，像是生長在天堂的美生菜。馬如烏木般漆黑。從一開始便一路領先，拉開三匹馬長的距離。如此開跑，在賽馬愛好者在眼裡，還不足以推測比賽的結果，然而莎賓卻已經確定最終的勝利，激起一陣狂喜，站起身來大喊：「泰歐夸特！泰歐夸特！」在她的身邊，有不少微笑跟恥笑。坐在她右手邊，有一位戴著手套、雅緻單片眼鏡的長者，用眼角同情地瞄著她，被她的天眞所感動。

陶醉在勝利中，莎賓最終大喊：「泰歐漢！泰歐漢！」鄰近的人被她此舉逗樂，幾乎忘了比賽。她終於發覺，意識到自己舉止古怪，羞愧得臉紅了。見狀，戴手套、雅緻單片眼鏡的老先生站起身來，一邊盡他所能高聲喊著：「泰歐漢！泰歐漢！」笑聲戛然而止，從旁人竊竊私語中，莎賓得知，這位瀟灑的先生，不是別人，正是巴伯利伯爵。

然而，泰歐夸特六世失去了領先地位，最後失敗。看到她的希望破滅，迫使泰歐漢陷入悲慘，身爲藝術家，陷入軟弱無力的境地，莎賓首先長嘆，然後哽咽啜泣。終於，她的鼻孔顫抖震動，眼睛開始濕濕的。巴伯利伯爵有強烈的同情心。在寒暄幾句後，他詢問她願不願意成爲自己的妻子，因爲他的年收入有二十萬英鎊。與此同時，莎賓看到一幅幻象，泰歐漢在醫院的病床上斷氣，詛咒上帝和他房東的名字。爲了她對情人，或許也是對繪畫的愛，她回答老先生，自己願意成爲他的妻子，同時也告訴他，自己一無所有，連姓氏都沒有，只有名字，還是最普通的：瑪麗。巴伯利伯爵覺得這個特立獨行的女子妙趣無窮，也許她能夠影響自己的妹妹艾米莉，是個已有些年紀的未婚女子，將自己一生奉獻於維護王國歷史家族光榮。還沒等到最終決賽，他就帶著自己的未婚妻乘車出發前往勒布爾熱機場，六點時，他們抵達倫敦，七點時，他們就結了婚。

當她在倫敦結婚時，莎賓在阿波瓦街上吃晚餐，丈夫安端·樂莫西就坐在對面。他發現她臉色好了許多，並和善的與她說話。被如此關懷所感動，她有了顧慮，自問是否能在不違背人道跟神道的情況下與巴伯利伯爵結婚。這又引出了另一個棘手的問題，那就是安端的妻子跟伯爵的妻子是否爲同體。即使承認每一個她都是獨立自主的個體，然而婚姻，如果說是在肉體的結合之下才算完成，但首要卻是靈魂的結合。事實上，這些考量太過極端。婚姻的立法忽略了一個人能無所不在的情況，莎賓是自由的，可以按照她的意志，甚至是權力行動，誠心誠意，自以爲與神約法，然而神的法條也不過就是教皇諭旨、教皇敕書、羅馬法條、教皇手諭，只有粗淺論及這個問題。但是她的人品高尚，不願佔律師論據的便宜。同時，她也將自己與巴伯利伯爵的婚姻看作是外遇的延伸，沒什麼好爲自己辯護，完全就該下地獄。爲了補償她一次就得罪光的神、社會跟元配，她禁止自己再去見泰歐漢。再說，在完成這段只爲維持生計而結的婚後，她羞於出現在他的面前，當然，是爲了對方的榮譽跟清淨，但是她天眞坦率地將此視爲他們愛情已枯萎。

不得不說，一開始在英國的生活，讓莎賓的愧疚、甚至是她不在愛人身邊的痛苦還算可以忍受。巴伯利伯爵眞的是有頭有臉的一號人物。除了非常富有外，還是約翰王[2]的直屬後裔，鮮爲歷史學者所知的是，國王曾與特朗卡韋爾家族的埃爾梅辛德有過一場豪門婚姻，兩人共有十七個孩子，全部都早夭，除了第十四順位的理查休格斯——巴伯利家族的創始人。在其他讓英國貴族好生羨慕的特權中，巴伯利伯爵的專屬特權，是可以在國王的宅邸內打開雨傘，他的妻子則能打開陽傘。除此之外，他和莎賓的婚禮是一場盛事。新的

2 指英格蘭國王約翰，於一一九九年至一二一六年在位。

夫人是大家關心好奇的對象，儘管她的小姑試圖散播謠言，說她不久以前還是個康康舞舞者。莎賓在英國叫做瑪麗，忙於履行身爲高貴夫人的義務。接待、茶會、慈善編織、高爾夫、試衣，忙得連打呵欠都沒有時間。然而，忙這麼多樣事物並沒有讓她忘記泰歐漢。

畫家從來都沒有對時常從收到英國來的支票感到絲毫懷疑，也適應了不再見到莎賓出入他的工作室。每個月生活費提高至兩萬法郎讓他從掛慮物質生活中解脫，他發覺自己正渡過一段不利於完成創作的高敏感期，他需要整理清楚自己的思緒。因此，他給自己一年的休息時間，如果需要的話，可以延長假期。人們越來越不常看到他在蒙馬特。他去蒙帕納斯的酒吧跟香榭麗舍大道上的俱樂部中清理思緒，在那裡，他跟要價昂貴的女孩們一起享用魚子醬和香檳。

聽說他過著相當混亂的生活，但莎賓對他的熱情仍沒有變，幻想他是追求哥雅的藝術形式，結合光影技法跟潛藏在女性面具之下的不純粹。

一天下午，巴伯利夫人從待了三個星期的巴伯利城堡回來，一踏進她在麥利遜廣場的豪宅，就看到四個盒子，裡面分別裝著：一套晚宴服、一套以古羅馬綢緞做成的下午茶袍子，一件毛呢運動連身裙，以及一套彈性套裝。她讓房內的女僕離開，增生成五個，試穿洋裝跟套裝。巴伯利伯爵偶然進了房。

「親愛的！」他大聲說，「你居然有四個這麼迷人的姊妹，卻從來都沒有提起過！」

巴伯利夫人非但沒有合體，反而自找麻煩，認爲自己應該回答：

「她們才剛到呢。阿爾芳辛大我一歲。布姬特是我的雙胞胎姊妹。芭柏跟羅薩莉是我的妹妹，也是雙胞胎。人們都說她們跟我長得很像。」

四個姊妹在上流社會受到很好的招待，到處吃喝玩樂。

阿爾芳辛跟一個美國億萬富翁結了婚，對方是壓製皮革的大王，兩人一起橫渡了大西洋；葛力薩普爾的君王將布姬特帶到他的殿中；芭柏陪伴一位在拿坡里赫赫有名的男高音參加世界巡迴；羅薩莉和一位西班牙探險家一起去新幾內亞考察巴布亞人的奇特風俗。

四場婚宴幾乎同時舉行，在英格蘭和歐陸均引起轟動。在巴黎，報章雜誌都饒有興致的討論這件事情，還放上了照片。一天晚上，在阿波瓦街上的飯廳內，安端．樂莫西跟莎賓說：

「你有看到巴伯利夫人跟她的四個姊妹嗎？令人訝異，她們居然跟你長得如此相像，不過，你的眼睛最明亮，臉型最長，嘴比較小，鼻子比較短，下顎也比較沒那麼寬。明天，我要把報紙和你本人的照片一起帶過去給波特先生瞧瞧。他一定會嚇壞的。」安端笑了出來，非常滿意能夠嚇到波特先生，S.B.N.C.A.的權利代理人。

「我想到波特先生的表情就忍不住想笑。」他解釋道。「可憐的波特先生！附帶一提，他又給了我一張星期三的賽馬入場卡。你覺得呢？該怎麼回禮？」

「我不知道，」莎賓回答。「這得好好想想。」

面色凝重，她思考讓樂莫西送花給波特太太——上司的妻子，是否合適。與此同時，巴伯利夫人，在牌桌上，對面坐著萊塞斯特伯爵；葛力薩普爾王妃斜倚在大象背上的轎子中；史密森夫人，在賓夕法尼亞的王國中，忙著打造自己的文藝復興城堡。芭柏·卡薩里尼，在維也納歌劇院的包廂中，她傑出的男高音在那裡演出。羅薩莉·瓦德茲·易·賽曼尼亞哥，在巴布亞的村落中茅屋裡的蚊帳中躺著，她們全都同樣全神貫注，思考送花給波特太太是否合適。

泰歐漢，從報紙上得知這些婚禮慶典，一看到報導跟照片，沒有任何猶豫與懷疑，就知道所有新娘都是莎賓的新化身。除了那位探險家，從事無利可圖的事業以外，他覺得她對配偶的選擇相當明智。大概是這個時候，他感覺到自己該回到蒙馬特了。厭倦了蒙帕納斯潮濕的氣候和香榭麗舍的吵雜跟無情。此外，巴伯利夫人的每月津貼讓他比起在其他陌生的機構，在小丘上的咖啡館消費更顯得闊綽。其餘的事，他並沒有改變自己的生活型態，並且讓自己很快就在蒙馬特獲得吵鬧夜貓子、酗酒者跟派對動物的名聲。朋友們被他的放蕩事蹟逗樂，有點羨慕、並利用他嶄新的富裕生活，相當滿足並重複對他說，他是為了繪畫而迷失的。他們不厭其煩的補充道，真是可惜了，在他身上能夠看見道道地地的藝術家氣質。莎賓意識到了泰歐漢的不良行徑，並明白他正處在致命的陡坡上。她對他和對命運的信念動搖了，但她只有更愛他，並且認爲自己才是他墮落的源頭。將近一週的時間，她在世界各地都絕望地痙攣。一天晚上，大半夜，她和丈夫看完電影回家時，她在朱諾—吉哈東十字路口上看到了泰歐漢，臂上挽著兩名微醺笑鬧的女孩。而他，醉到斷片，嘔出黑色的酒，並對兩人破口大罵，一個他抱著頭並且親切喊著我的小豬仔，而另一個人則稱他爲値班的小兵，輕浮地調侃他的調情手法。認出莎賓後，他將自己髒兮兮的臉轉向她，打著嗝喊了聲了巴伯利的名字，緊接著給了一段簡短但令人厭惡的評語，然後倒在路燈下。這場相遇之後，對她來說，他變成自己仇視跟厭惡的對象，她答應自己要忘了他。

十五天後，巴伯利夫人，跟她的丈夫住在在巴伯利莊園，迷上了一位住在附近、來城堡用午膳的年輕牧師。他沒有黑眼睛，而是淺藍色的，沒有豐厚的嘴唇，而是緗著的、緊閉著的嘴，有著整潔、乾淨的外貌，冷靜、像是洗刷過的觀念，誓要蔑視一切他瞧不上眼、決絕的那種人。從第一頓午膳開始，巴伯利夫人就瘋狂的墜入愛河。晚上，她跟她的丈夫說：

「我之前沒跟你說，不過我還有一個妹妹。她叫做茱笛絲。」下週，茱笛絲來到城堡，在這裡，牧師陪著她用膳，舉止彬彬有禮但有距離，正好用來對待像她那樣心中充滿邪念的天主教徒。午餐之後，他們一起到公園散步，而茱笛絲恰如其分、像是出其不意引用了《約伯記》、《民數記》跟《申命記》。牧師瞭解到這是個本質好的沃土。八天後，他成功讓茱笛絲改頭換面，又十五天後，他們結婚了。他們的幸福是短暫的。牧師只有教化人心的對話，甚至在枕邊，他說出的話語都顯露出他思想的高度。茱笛絲厭倦了他的陪伴，就趁著一起去蘇格蘭的一座湖邊散心時，意外落水溺斃。事實上，她放著讓自己下沉，屏住呼吸，一消失在丈夫的視線中，就合體回到巴伯利夫人身上。

牧師陷入痛苦的悲傷中，但仍感謝主賜給他這場磨難，並在花園裡豎立起一座小小的紀念碑。另一方面，泰歐漢因沒有收到上個月的支助而焦慮著。起初，他以爲錢只是單純的遲來了，強迫自己保持耐心，但是，靠著借貸過了一個多月後，他決定和莎賓談談他的煩惱。接下來的三天早晨，他都守在阿波瓦街上，想要給她一個驚喜，無功而返，但卻意外地在某天晚上六點時遇到了。

「莎賓，」他對她說，「我已經找你三天了。」

「可是先生，我不認識你。」莎賓回答。

她想要繼續前進。泰歐漢把手放在她的肩膀上。

「你看看，莎賓，你有什麼對我生氣的理由嗎？我都有照你說的做。一個晴朗的日子，你決定再也不來我這裡，而我默默地承受痛苦，甚至沒有問你爲什麼拋棄了我們的相遇。」

「先生，我不懂您在說什麼，但您不用敬語跟我裝熟，滿嘴意味不明的暗示，是在侮辱我。讓我過去。」

「莎賓，你不可能全都忘了。快想起來啊。」

還沒勇氣提起津貼資助，泰歐漢強迫自己重新裝出很親密的樣子。可悲的是，雖然他重提那些動人的舊事，回溯他們愛情的歷史。但是莎賓只以訝異的雙眼盯著他，有點害怕，比起憤怒，更像是驚訝的反抗著。男孩相當堅持。

「最後，回想這個夏天，我們在布列塔尼一起度過的假期，在那個面海的房間。」

「這個夏天？但我和我的丈夫是在奧維涅渡假！」

「當然囉！你會拿這個當擋箭牌！」

「什麼叫我拿這個當擋箭牌！您如果不是在嘲笑我，就是神智不清了。讓我過去，不然我要喊人了！」

泰歐漢，被這種明顯的惡意所激怒，抓著她的手臂開始搖晃，一邊以上帝之名詛咒。莎賓看到她的丈夫從街的另一邊經過，沒有看見他們，然後她喊丈夫名字。他來到她的身邊，搞不清楚狀況，還向泰歐漢行禮。

「這位先生，我輩子第一次見到他，」莎賓解釋，「在街上攔住我。他用裝熟的口吻跟我說話還不滿足，又把我當作是他的情人，叫我親愛的，提起所謂可能是我們過往愛的回憶。」

「這是什麼意思，先生？」安端．樂莫西高傲的問。「我是不是應該要認爲，您試圖做什麼鬼祟又卑鄙的勾當？不論如何，我不相信一個彬彬有禮的紳士會做這樣的事，我警告您。」

「沒關係，」泰歐漢嘟囔，「我沒有想趁機做什麼。」

「別騙了，先生，不要不好意思。」莎賓笑著說。然後她轉向安端：「在他假設的那些愛情回憶中，先生剛剛提過，這個夏天跟我有三週旅居在布列塔尼的海灘上。你怎麼說？」

「就當我什麼都沒說吧。」泰歐漢憤怒道。

「您當然沒辦法再說什麼，」丈夫贊同。「要知道，先生，我的妻子跟我，我們一整個夏天都沒分開，而且我們渡假的地方是……」

「在奧維涅的一座湖上，」泰歐漢打斷。「聽說過了。」

「您怎麼會知道？」莎賓天眞地問。

「某人跟我說的，就在他穿著游泳褲在布列塔尼海灘時的某天。」

這個回答讓年輕女子陷入沉思。畫家用黑漆漆的眼睛望著她。她笑著問：「也就是說，如果我理解的沒錯，您聲稱我同時跟丈夫出現在奧維涅的湖上，又同時跟您在布列塔尼的海灘上？」

泰歐漢眨了眨眼，表示同意。事情對安端·樂莫西來說相當清楚了，他準備好隨時一腳踹翻他的肚子。

「先生，」然而這個老好人說道，「我猜想您不是一個人孤零零生活。一定還有其他人照顧您吧：朋友、妻子、或是父母。如果您住在這區，我可以載您回去。」

「所以您不知道我是誰？」畫家訝異道。

「抱歉打擾了。」

「我是維欽托利，不用擔心我怎麼回去。我會在拉瑪克站搭地鐵，我會搭到阿雷西亞站吃晚餐。走了，晚安，快快回去撫摸你的老婆吧。」

泰歐漢，在說出最後這幾個字的同時，盡他可能蠻橫無理地瞪著莎賓，然後離去，同時還聽到不少惡劣的竊笑聲。

可憐的男孩沒有隱瞞自己瘋了的事實，只訝異於自己沒有早一點想清楚。要證明他瘋了非常容易。如果說布列塔尼的假期跟無處不在的莎賓從來就不是眞的，只出現他腦海裡，那麼事實就是一個瘋子的幻覺。反過來說，假設所有的事都是眞的，泰歐漢發現自己能夠證實的，也只是一個荒謬的眞相，一個他會被認爲是精神錯亂的特徵。

必然被認爲是瘋子影響了這位畫家。他變得抑鬱、孤僻、多疑、避開他的朋友，阻止他們前來。他也同樣逃離女孩子的社交圈，不再光顧小丘上的咖啡館，關在自己的工作室裡、思考著他的瘋狂。除非是失去記憶，他不認爲自己有一天能痊癒。孤獨爲他的繪畫帶來了快樂的結局。他頑強地開始作畫，帶著精神錯亂般的暴力。他天資卓越，之前都被浪費在咖啡館、酒吧、床事，現在開始發光、發亮、燦爛輝煌。經過六個月的努力、熱情的探索，他完全弄明白了，除了傑作，什麼都畫不出來，幾乎都是不朽的。在其餘作品中，這裡特別舉出《九顆頭的女人》，現已經出現許多討論聲浪，還有他如此純粹、又如此令人不安的《伏爾泰扶手椅》。他在利摩日的叔叔相當滿意。

然而，巴伯利夫人懷了牧師的結晶。這裡要趕緊解釋，沒有任何一個身分做出了外遇的事情，不過茱笛絲，在退回到她的姊妹身體中時，帶來了與牧師因婚姻結合產下的果實。巴伯利夫人，帶著一點道德上的不安，誕下了一名健壯的男孩，牧師冷漠的爲他受洗。孩子叫做安東尼，其他沒什麼好說了。大約是同樣的時間，葛力薩普爾王妃產下了一對雙胞胎，就是大王的孩子。舉國歡慶，人民，按照當地的習俗，給新生兒獻上純金的重物。芭柏．卡薩里尼和羅薩莉．瓦德茲．易．賽曼尼亞哥這邊，兩人都成了母親，一個生了男孩，另一個生了女孩。大家都歡天喜地。

史密森太太，億萬富翁的妻子，沒有效仿姊妹們，反之，病得很重。康復期間，她待在加利福尼亞，開始閱讀一些危險的小說。太過迷人的某天，失節的男女犯下了見不得光的罪孽，作者甚至不怕向我們描述——那種該下地獄的肆意妄爲，不僅僅如此，還有更多醜事，唉呀！誘惑人的詞語，渲染血淋淋事實的筆法，讓最令人作嘔的情況都變得討人喜歡，給其中的演員添加光環，讓其變了樣，同時如惡魔一般帶領我們忘卻，或是說，認可這些醜陋行爲的本質——作者沒在畏懼向我們描繪愛的歡愉跟對肉體的追求。

沒有什麼比這些書籍要來得更背德了。史密森太太軟弱地被這一切牽著鼻子走。她先是嘆了口氣，然後才意會過來。

「我擁有，」她自言自語說，「五個丈夫，之前最多還曾有六個。我只有一個情人，他六個月帶給我的歡愉，更勝其他所有丈夫的總和。然而他配不上我的愛。因在良心上有顧忌，我放棄了他。（此時，史密森太太嘆了口氣，放著讓小說書頁在拇指下翻了幾頁）《愛喚醒我》中的戀人不知道什麼叫做有顧忌。他們像牛一樣快樂（她是想說像神一樣快樂）。我的顧忌是沒有道理的，因爲通姦罪說到底是爲了什麼？是因爲要給予另一個人同樣的尊重，有些東西應該只能給一個人的，但是我，沒有什麼既能阻止我有一個情人，又能在史密森前面保持完好無損。」

這種思維不用多久就結了果。最糟糕的是她不是一個人做這些事，她的想法有如毒藥，根據無處不在的法則，同時滲入其他姊妹的思維中。在康復期的最後幾天，埃爾多拉多郡的加利福尼亞海灘上，史密森太太一天晚上參加了一場音樂會，演出中有以爵士樂詮釋的《月光奏鳴曲》。貝多芬的魅力跟狂躁的音樂，誘發了想像力，讓她愛上了兩天後就要啓程前往菲律賓的鼓手。十五天後，她急急派出一個分身到馬尼拉，在抵達時逮住了樂手，直奔床上。與此同時，巴伯利夫人，一在雜誌上看到獵豹獵人的照片，就對他一見傾心，也委派了一位分身到爪哇。男高音的夫人，在離開斯德哥爾摩時，留下了一位分身，目的是要認識她在歌劇院時注意到的一位合唱團員，同時，羅薩莉·瓦德茲·易·賽曼尼亞哥，由於她的丈夫，剛在宗教節慶時不愼被巴布亞村落居民吃掉，她分身成了四個，都同樣愛上了在大洋洲不同港口遇到的帥氣男孩。很快的，不幸的分身者陷入瘋狂的放蕩中，在世界每個角落都有情人。數字以穩定的幾何級數速度增長，比率是二點七。

這個團體包括各種不一樣的男人：數個水手、數個莊園主、數個中國海盜、數個軍官、幾位牛仔、一位國際西洋棋冠軍、數個斯堪地納維亞運動員、幾位採珠人、一位俄羅斯委員、數個高中生、幾位屠牛場作業員、一位鬥牛士、一位屠宰場助手、十四名製片人、一位瓷器修復師傅、六十七位醫生、數名公爵、四位俄羅斯王子、兩名鐵路局員工、一位幾何學教授、十一位通過資格考的律師。

我們在此特別指出，還有一位臉上留著大鬍子，在巴爾幹半島巡迴演講的法蘭西學術院院士。馬克薩斯群島其中一個島，對她而言，那裡的種族眞是美，情難自抑地分成了三十九個自己。在三個月裡，她在地球上不斷擴張，分成了九百五十個自己。

又過了六個月，數字達到了一萬八千，相當可觀。世界的面貌似乎改變了。一萬八千個情人都受到同一個女人的影響，不知不覺間，他們的渴望、感受和品味，都建立出了相似性。此外被她們意見影響的，還有爲滿足她們的欲望，這些男人的儀表也被塑造得越來越像，步伐、西裝外套、領帶的顏色，甚至是臉部表情。因此，幾何學教授看起來像海盜，而學院院士，儘管留著大鬍子，看起來像極了鬥牛士。如此創造出了同一型的男人，因爲情人外表都有同類型的特徵，所以讓她能夠更輕易蒙混過去。

莎賓養成了哼歌的習慣，歌曲這樣開頭：在法國衛兵中，我有個情人。這首歌在她無數情人、他們的朋友、認識的人的唇間來來回回，成了一首國際洗腦歌。艾爾帕空的黑道，搬空芝加哥首席銀行時一邊唱著這首歌；武耐拿的海盜，掠奪藍河上的帆船時，唱著相同的歌，法蘭西學術院院士不朽者編撰學術院字典時，也唱著同一首。最後，莎賓的臉部輪廓線、側臉、眼睛的形狀、小腿的線條，似乎在短時間內就會空降成爲女性美的全新典範。經常出差的人，尤其像是記者，驚訝的發現，到處都是同一位女性，幾乎都長得一模一樣。新聞媒體爲之振奮，科學界對這個現象提出許多解釋，引發了巨大的爭論，至今尚未有結論。通過基因突變達到種族平均的準決賽理論和物種下意識選擇論，在公眾輿論中普遍佔了上風。巴伯利伯爵，相當密切的關注這些辯論，開始以滑稽的眼神看待他的夫人。

住阿波瓦街上的莎賓．樂莫西，表面上平靜，繼續過著細心妻子和用心家庭主婦的生活，去市場、煎牛排、縫鈕扣、漿好丈夫的床單、拜訪丈夫同事的妻子、按時寫信給住在克萊蒙——費朗的老叔叔。和她的四個姊妹相反，她似乎沒有意願跟隨史密森太太小說中道德淪喪的建議，也禁止自己再分身與情人私會。然而她的小心謹愼其實似是而非、矯情又虛僞，因爲莎賓和她無數鑄下大錯的姊妹，其實通通不過就只是同一個人。

但就連罪大惡極的人都不會完全被上帝拋棄，祂爲這些在黑暗中的可憐靈魂留了一盞微光。無疑的，這盞微光，毫無疑問的出現在一萬八千位情人其中之一。事實上，她最初打算向作爲他合法丈夫的安端．樂莫西致敬，賜與他首要地位。她在他的面前表現出自己的尊重。但後來樂莫西病倒了，那時他投資失利、負債累累，這對夫婦發現自己身處極端窘迫中，近乎赤貧。連同時給藥局、麵包跟給房東都沒有錢，這種事常發生。莎賓過著焦慮的日子，但知道要撐下去，即使是門房急敲房門，或是安端要求神父前來，她都克制自己不要屈服誘惑，向巴伯利夫人或史密森太太要幾百萬的現金求助。然而，坐在病人床頭，留心他呼吸困難，她仍舊關心姊妹們的嬉戲（她們現在有四萬七千人了），與她們所有的舉動同在，聽她們無邊無際、荒淫的嘈雜聲，有時會讓她放聲嘆氣。緊咬牙關、臉色充滿活力，瞳孔些微放大，有時她像是接線員，用自己的熱情專注，監聽一座巨大的電話總機。

儘管參與（並分享）縱慾的混戰、在不知羞恥中、在肉體關係中、在大汗淋灕中、在呻吟嘆息中不斷增生分身，並從中獲得樂趣（有時候是必須、有時候迫不得已跟不可或缺，絕對符合生理機能），儘管如此，莎賓仍然沒有得到撫慰，靈魂也尚未解饞。那是因爲，她又重新愛上了泰歐漢，同時堅決不理會他。也許那四萬七千個情人，就只是爲這無望的熱情尋一個出口。可以做如此想。另一方面，我們可以假設，她只是單純而不可抗的被吸進漏斗狀的命運中（參見夏爾・傅立葉的想法，每個人都能在他的雕像底座讀到，座落在克利希大道跟克利希廣場匯聚處：吸引力與命運成正比）。

莎賓首先從乳製品店老闆娘處得知，然後看到報紙，泰歐漢成功了。某次參觀畫展，她內心驚嘆、眼眶泛淚，大讚他的作品《九顆頭的女人》，動人、悲劇性的不眞實，且對她而言，暗指著她。她的舊情人看上去淨化了、被救贖、贖了罪、精疲力盡、煥然一新又光彩照人。她只敢爲他一個人這樣祈禱、祈求他有一張好床、好桌子、每個季節靈魂都清新純淨，也祈求他的畫作變得越來越出色。

泰歐漢還是有著黑眼睛，然而他的瘋狂已經褪去，儘管他提出相同的論據來證明。明智地，他告訴自己，不論什麼事情都會有絕佳的理由，一定也存在什麼來證明他不是瘋子，只是他沒有費勁去找。

儘管如此，他的生活幾乎一成不變，勤奮而且通常獨自一人。根據莎賓的願望，他的畫作越來越出色，藝術評論相當精闢的分析他畫作中的精神層面。我們幾乎不會在咖啡館遇到他了，在他的朋友面前，他很少開口，面孔與舉止盡顯悲傷，似是跟巨大苦痛結婚的那種男人。那是因爲他嚴肅地重新審視了自己，以莎賓的角度思考，評判自己過去的行爲。意識到自己的卑鄙，他每天都羞愧到臉紅二十次，大聲的說自己是蠢蛋、野人、惡毒的大蟾蜍、趾高氣昂的豬。他想在莎賓面前認錯，乞求她的原諒，但認爲自己根本不配。再回到布列塔尼海灘朝聖後，他帶回來兩幅備受讚嘆的畫作，會讓雜貨店員抽泣，同時也是他粗魯言行的鮮明回憶。在對莎賓的熱情中，他摻雜了如此多的謙卑，現在，他後悔被愛了。

安端·樂莫西，他沒有死，幸運的從病中康復，回到他的辦公室工作，用最大的努力工作賺錢。這場磨難中，鄰居們的消遣是想著丈夫會斷氣、房產會被賣掉、妻子會無家可歸。他們全都是善良的人，像有金子般的心一樣慷慨大度，每個人都一樣，並不是要打樂莫西夫婦什麼主意，而是在看一齣附近上演的淒慘悲劇，峰迴路轉，曲折離奇、房東跟門房的咆哮然後高燒不斷，鄰居們焦急地等待一個適合這齣戲的結局。人們怨樂莫西沒死。就是他，把一切都搞砸了。爲了報復，人們開始同情他的妻子並且欽佩她。人們跟她說：「樂莫西太太，您怎麼這麼勇敢，我們時常想到您，我很想去看看您，費德列克跟我說不要，你會打擾人家的，但我都有在關心您，我之前常常說，昨天還剛好跟布維先生說到：『樂莫西太太眞的很出色、令人敬佩。』」這些對話盡可能時常在樂莫西面前出現，或是被門房、五樓三間房那一戶、三樓對面那一戶重述，以至於這可憐的男人認爲他沒能充分表達自己的感激之情。一天晚上，在檯燈下，莎賓在他眼裡看起來累了。她和她的五萬六千分之一的情人一起，對方是一個憲兵隊上尉，英俊的男子，在卡薩布蘭加的旅館中，解下他的腰帶，同時對她說，在大啖美食、抽根雪茄之後，愛情是神聖的。安端・樂莫西敬重的看著他的妻子，牽起並吻上她的手。

「親愛的，」他對她說，「你眞是一個聖人。你是最溫柔的聖人，最美的。聖人，眞正的聖人。」

展現敬意和愛慕的眼光中不由自主的流露出嘲弄，讓莎賓難以忍受。她抽回自己的手，淚如雨下，然後，藉口自己神經緊繃，回到房間。當她戴上捲假髮時，在一間雅典的餐廳，和沙賓同桌，留著白鬍子的學術院院士因動脈腫瘤破裂過世，在這裡，她叫做庫內貢德，被認爲是他的姪女。庫內貢德[3]聽起來像是過於熟悉、文學裡的名字，但我們要這樣想：日曆上聖人的名字沒有五萬六千個那麼多[4]，而且我們也有必要對所

3庫內貢德（Cunégonde）是伏爾泰一七五九年的小說《老實人》中的虛構人物。她是主角的貴族表妹和戀人。

4法國的日曆每頁都會有聖人的名字，沿用自東正教的聖人曆。

有聖人保持尊敬。確認這位偉人的遺體得到妥善的對待後，庫內貢德退到莎賓身上，隔天早上，莎賓把她送到巴黎城郊的一間破房子中，以補償自己做出的不少令安端．樂莫西蒙羞之事。

庫內貢德，化名為路易絲．梅南，選擇居住在城郊聖旺區中一間最簡陋的屋子內，房子被建在這座卑賤城市的底部，前方就是巨大的垃圾堆，滿滿的堆在鬆散的腐土上，盡是煤燼和人類的黑色氣味。她的破屋是用拆遷後剩下的老舊木頭跟上了瀝青的紙布建成的，共有兩個房間，用木板分隔，其中一間住著一個患有卡他性炎、身體虛弱的老人，由一個智能障礙男孩照顧，一天到晚都用自己將死的虛弱嗓音辱罵他。路易絲．梅南一定需要很久的時間才能適應街坊鄰居，以及臭蟲、老鼠、氣味、打群架的謠言、粗俗的居民，以及為了生存在這個人間地獄最邊緣的圈子中所有的骯髒事。

巴伯利夫人跟她結了婚的姊妹們，還有五萬六千個陷入愛情中的分身（人數不斷增加），幾天以來對品嚐食物失去了興趣。巴伯利伯爵很訝異有時會看到他的夫人臉色蒼白、頭和手都不斷發抖，眼神裡透露著厭惡。

「莫非有什麼事情瞞著我？」伯爵心想。但其實是在她的破屋，路易絲．梅南對上了一隻肚子超大的老鼠，或是跟臭蟲搶床睡，不過他是不可能會知道的。也許有人會認為，為了贖罪而放下身段跟受苦跟撿破爛的人一起住，在臭味、臭蟲、傷口、膿包、飢餓、刀光、衣衫襤褸、烈酒跟粗人的叫喊聲中，多個分身的罪婦往美德的大道上邁出了一大步。然而事實並非如此，恰好相反。路易絲．梅南、她五萬六千個姊妹（現在六萬了）和她們用來局部麻醉的丈夫，試著麻醉自己，用來忘記城郊聖旺區。沒有趁這個正直、有利的機會擺脫痛苦，路易絲強迫自己什麼都當看不見、什麼都當聽不見，分散注意力到五大洲看些不貞遊戲的好戲，這很容易。當我們有六萬雙眼睛，我們不用花太多力氣就可以從眼前的戲中轉移注意力。再說，還有六萬雙耳朵。

幸運的是，上天安排好了一切。一天晚上，黃昏時分，徐徐微風；屋子、篷車、工地上的垃圾散發出的蒸氣交融成濃厚的氣味，讓人想起腐肉。這片區域上空浮著一層薄霧，讓搖搖晃晃的裝飾跟煤渣小巷看上去模模糊糊的；家庭主婦互稱婊子、垃圾、小偷。在一間木頭咖啡館，收音機裡播放著偉大自行車運動員伊德的採訪。當路易絲．梅南在消防栓給澆花壺裝滿水時，她看到篷車內走出一位可怕的男人，走向消防栓。他就像隻大猩猩，身材魁梧、醜陋的臉跟長長的手臂，垂在膝蓋的高度，穿著拖鞋跟不匹配的緊身褲。他一邊走一邊轉動肩膀，一言不發的停在路易絲身邊，小眼睛在他毛茸茸的臉上閃著光。在消防栓旁，已經有其他男人上來攀談，甚至有一些在她的破屋子旁徘徊，就連最粗野的人也會不安，觀察互相交流的過渡儀式。這個男人一定沒有多想，平靜地就打定主意，就好像問題出在是否要搭公車一樣。路易絲不敢抬眼，恐懼的看著他垂著的巨大雙手，上面滿是濃密的黑毛，多處黏著污垢，結成一團。澆花壺裝滿了，她走上回家的路，大猩猩陪在她的身旁，依舊一言不發。他邁著小步伐走在她的身旁，因爲他腿短且膝蓋朝外翻，和上半身不成比例，偶爾會吐出菸草汁。「你到底爲什麼跟著我？」路易絲詢問。「我的傷口又開始流了。」大猩猩說，一邊走，一邊拉黏在他大腿上的內褲。他們抵達破屋。被恐懼嚇呆了，路易絲搶先一步上前，迅速進屋，在他的眼前關上門。可是還沒等她鎖好門，他就用一隻手將門推開，把自己塞進門框內。忽略她的存在，他用手指小心翼翼摸索自己的大腿，隔著一層布料，辨認出化膿傷口的輪廓。如此令人不解的行爲持續了一陣。隔壁的房間中，老人叨叨碎念著褻瀆神明的話，用奄奄一息的聲音，抱怨男孩子想要暗殺他。路易絲嚇壞了，站在房間中央，眼睛盯著大猩猩。起身時，他對上了她的眼睛，跟她比了一個手勢，似乎要她等一下，在關上門之後，把菸草放在椅子上。

在巴黎、倫敦、上海、巴馬科、巴頓魯治、溫哥華、紐約、布雷斯勞、華沙、羅馬、本地治里、雪梨、巴賽隆納還有世界各地，莎賓緊盯著大猩猩的動作，大氣都不敢喘一下。巴伯利夫人剛踏入一個朋友的沙龍中，房子的女主人迎面走來，就看到她往後退去，捏著鼻子，眼裡滿是驚恐，直到她坐倒在老上校的膝蓋上。在內皮爾（紐西蘭），恩內思婷，六萬五千人中最後一個誕生的分身，將指甲深深掐入年輕銀行職員的手中，他問自己該怎麼解釋她的動作。莎賓原本可以將路易絲·梅南重新吸收到眾多身體中的一位，她不

則是去醫院或是收容所工作。伯爵夫人中，有十二位落腳在痲瘋病院照顧病患。唉呀！不要以爲這是一場遍地開花的運動。相反的，新的罪孽又增生了，遞補上了、再度超越了光榮變節的人數。在推銷懺悔運動之餘，也有一些人放著讓自己被引誘，再度享受背德的樂趣。

幸運的是，大猩猩時常拜訪路易絲．梅南。他是如此醜陋、粗暴、而且總是很臭，這讓他的性好猥褻居然相當有啓發性。每一次他到破屋子裡來，深陷愛情的分身們總是強烈作嘔的顫抖，有一千人或是兩千人在神聖的工作和善行中尋求庇護，冒著改變主意跟重蹈覆轍的風險。最後，單看數字，莎賓幾乎沒有往好的道路進步，不過，她情人的數量穩定下來，在六萬七千左右，這樣也能算作一種進步了。一天早上，大猩猩抵達路易絲．梅南的住所，帶著一個大布袋，裡面裝著八罐肝醬、六條鮭魚、三塊山羊起士、三塊卡蒙貝爾起士，六顆熟雞蛋、十五蘇錢的酸黃瓜、一鍋肉醬、一條臘腸、四公斤的新鮮麵包、十二瓶紅酒、一瓶蘭姆酒，還有一臺一九一二年製的留聲機，三張圓筒唱片，依照大猩猩的喜好程度：《黃金麥穗之歌》、一段浪蕩子的獨白、以及夏洛特與維特二重唱。大猩猩肩上背著他的袋子抵達，與路易絲．梅南一起關在破屋裡，直到隔天下午五點才出來。

這兩天發生的恐怖情況，最好什麼都別提。要知道，與此同時，兩萬名陷入愛情中的分身省悟了，拋棄了她們的情人，獻身於無營利的事業，拯救受苦的人。確實，她們之間還有九千人（幾乎是一半）又重新犯下相同的罪孽。不過效果可期，從此時起，增加的人數趨於穩定，儘管有人覺醒也有人重新再犯。

僅僅一個靈魂就能帶動無數身軀，我們也許會訝異於結果沒能更顯著。但是生命存在的習慣，也就是，也尤其是，最日常、最無害、看上去最微不足道的習慣，就像靈魂緊緊黏在肉身上一般。我們可以從莎賓身上看出來。過著放蕩不羈生活的姊妹們，今天一位情人，明天另一位，每一天都收拾行李，要當第一批來悔改的。其他大部分的人依舊墮落，由於有固定時間的開胃酒、住在舒適的公寓、在餐廳圍著餐巾紙、門房的一抹微笑、一隻暹羅貓、一隻獵兔犬、頭髮每週一次燙捲、手提收音機、女性裁縫師、陷進去的扶手椅、打橋牌的夥伴，還有跟時不時在身邊的男人討論時間、領帶、電影、死亡、愛情、菸草、或是落枕等。然而這些阻礙的東西似乎很可能會一個接著一個消失。

每週，大猩猩都會一連兩三天來路易絲的住處，醉得令人作嘔，而且性情殘暴、臭氣沖天又滿身潰膿。成千上萬深陷愛裡的分身認錯了，一窩蜂的湧向純潔和善行，不時又重新回到泥淖中，重新出發、猶猶豫豫、慎重考慮、挑挑揀揀，同時又摸索前行、磕磕絆絆、掙脫束縛，重新再出發，大部分的人最後都小心注意，平靜的過著守節、勞動又克己的生活。天使們驚嘆、喘著氣，俯身在天堂的柵欄上看著這場光榮的戰役，當他們看到大猩猩進入路易絲·梅南的房裡時，不禁興高采烈地唱起讚美詩。上帝也會時不時的來看幾眼。但他遠沒有天使們那麼熱中，這讓他微笑（父親般的）訓斥道：「來吧，來吧（上帝說）。不管怎麼說。這是個跟其他人都一樣的靈魂。

「你們所看到的，就是在我沒有費力給她們六萬七千具身體的可憐靈魂身上發生的事。我承認這場鬥爭相當壯觀，不過那也只是因爲我想讓其發生。」

阿波瓦街上，莎賓過著憂心忡忡、冥思苦想的生活，密切注意她的靈魂們的動向，化爲數字記錄在她的家務記事本上。

當悔改的姊妹人數增加到四萬時，她的臉上出現了更加平和的表情，即使如此，她還是保持警惕。通常晚上在飯廳，笑容隨著光線、若隱若現，對安端．樂莫西來說，她比從前又更像在跟天使對談了。某個星期天的早晨，她在窗邊抖動床邊地毯，在她身旁，樂莫西幻想自己在玩一場困難的塡字遊戲，此刻，泰歐漢經過阿波瓦街。

「你看，」樂莫西說，「是那個瘋子。我們好久沒有看到他了。」

「不該說他是瘋子，」莎賓溫和的抗議。「泰歐漢先生是個偉大的畫家！」

遊手好閒的晃著，泰歐漢踏上了命運的道路，引著他走上了梭爾街，然後被領到了在克利南古門後方的跳蚤市場。沒有注意到四周情況，他隨意遛達，最後來到貧民區居民的村子裡，村民們看著他經過，帶著社會底層人民提防這個衣著講究陌生人的敵意，他們察覺出這是位好奇苦難生活情景的散步者。

泰歐漢加快了腳步，在到達破屋子後方時，發現自己跟拿著澆花壺的路易絲．梅南幾乎要面對面了。她光著腳，穿著木屐，穿著一件單薄的黑色洋裝，縫縫補補過的。一言不發，他拿起澆花壺，跟在她身後進了她那簡陋的房間。隔壁的老人被拉去跳蚤市場買一個二手盤子了，破屋子裡有了片刻安靜。泰歐漢牽起她的手，兩個人都發不出聲音，來請求對方原諒自己以為對對方造成的傷害。他跪在地上，她想將他扶起來，但自己卻也跪倒在地，此時他的淚水奪眶而出。

就在這個時候，大猩猩進門了。他的肩上背著一個裝著食物的大袋子，這八天，他在路易絲破屋中住下來。一言不發，他放下袋子，什麼也沒說就扼住了這對情人的喉嚨——一手一個——抬起來，像搖酒瓶般晃了一晃，就扼死了他們。他們同時死亡，臉對著臉，眼對著眼。把兩具屍身，一具固定在一個椅子上後，大猩猩跟他們一起用餐，開了一盒肝醬，喝了一瓶紅酒。一整天，他吃吃喝喝，把留聲機拿出來，聽《黃金麥穗之歌》。晚上了，他把兩具屍身綁在一起，塞進他的大袋子裡。離開破屋，重物背在肩上，他感覺到自己胸口上方顫抖，似乎像是憐憫，他費力重新打開袋子，裝入一朵天竺葵，是從這區某座篷車上的窗戶邊採來的。

沿著大道走，他往南，約在晚上十一點時來到了塞納河，這場冒險多帶給他一點點想像力。在梅吉瑟西河畔，當他在河裡試圖維持扔掉兩具屍體時，大猩猩發現了生命無趣，就跟書本一樣疲倦。他也動了要跟她一起了結自己的念頭，但他沒有投河，而是講究的，在拉逢迪爾—聖奧普郡街上的某個門廊下割斷了自己的喉嚨。

在路易絲·梅南被扼死的那一瞬間，她的六萬七千多個姊妹也同時呼出了最後一口氣，帶著快樂的微笑，手握著她們的脖子。其中一些，像是巴伯利夫人跟史密森太太，被放在豪華的墓穴中，其他人則是被埋在土穴裡，被時間快速抹去。莎賓被葬在蒙馬特的聖文森小墓園中，她的朋友們時不時會去看看。

她呀，想必是去了天堂，在最後的審判之日，能復活自己的六萬七千具肉身，對她而言，將會十分快活。

時間卡

節錄自儒勒·弗雷格蒙的日記。

二月十日

荒謬的謠言在社區內四起，是關於新的限制令。爲了避免糧食短缺以及確保勞動力人口的最佳產能，將著手終結無產能的消費人口生命：老人、退休人員、依靠租金、利息過活的人、失業人員，以及其他無用的人口。基本上，我認爲這項措施相當公正。方才我在自家門口遇見了我的鄰居羅肯東，熱情的七旬老頭，去年娶了一位二十四歲的年輕妻子。他憤慨到快窒息：「與年紀何干，」他大吼，「我就是能讓我的漂亮寶貝幸福！」我用崇高的措辭，建議他應該開開心心，爲自己自豪，接受自己是爲了全民福祉而做出犧牲。

二月十二日

無風不起浪。今天我與老朋友瑪樂佛——塞納河警察局顧問一道共進午餐。我用一瓶阿爾布瓦的紅酒，佐以機智的審問撬開了他的口。原來並非是要將無產能者處死，只是要縮短他們的一部分生存時間。瑪樂佛跟我解釋，會以這些人無用的程度來規定每個月能夠生存幾天。看來時間卡已經印好了。我覺得這個主意既巧妙又有詩意。印象中我好像就這一點說了什麼很迷人的話。毫無疑問是被酒感動到了，瑪樂佛用動人的雙眼盯著我，裡頭滿是友情。

二月十三日

無恥！公平公正何在！駭人聽聞的殺戮！法令方才刊登在報紙上，不只是「沒有任何對等勞動的消費人口」，竟將藝術家跟作家也包括在列！嚴格來說，我能夠理解這項措施可以適用於畫家、雕刻家、音樂家。然而作家！這不合邏輯、違反常理，會是我們這個時代最可恥的決定。因爲，說到底，作家的用處不該被推翻，尤其是我，我能很謙虛的這麼說。總之，我每個月只剩下十五天的生存權。

二月十六日

法令將於三月一日起生效，事前登記從十八日開始，因其社會地位淪爲「部分存在等級」的人們，忙著尋找一份讓他們能夠被分類到「允許生活等級」的工作。然而政府部門甚是陰險，有了先見之明，禁止二月二十五日前所有人員流動。我想到可以打電話給我的朋友瑪樂佛，讓他在四十八小時內幫我尋得一個門衛或是美術館守衛的工作。我太慢了。他才剛給出最後一個他底下的男性行政工作崗位。

「但是，該死的，爲何你到今天才問我有沒有職位？」

「我怎能想到這個制度會影響到我？我們之前一起吃飯的時候，你沒有跟我說……」

「拜託。我有明確指出，法令上說的不能再更清楚了，這項措施將會與所有無用之人相關。」

二月十七日

很顯然的，我的門房已經把我當作是活死人、幽靈、從地獄刑罰中冒出的陰影，因爲今早，她略過我，沒有把我的信件送上來。我下樓時，以自己的重要性震撼了她。「這是，」我跟她說，「爲了讓你們這種懶惰的人塡飽肚子，一個菁英犧牲了自己的生命。」

事實上，這就是事實。我越想，就越覺得這條法令之不公平不公正。方才遇上了羅肯東跟他的年輕妻子。可憐的老頭讓我同情。總而言之，他每個月有六天活著的權利，但最糟糕的是，羅肯東太太，由於年輕，有十五天的存活權。差了這幾天讓老丈夫陷入了瘋狂的焦慮。小妻子看起來更豁達的接受了自己的命運。這一天，我遇到了幾位不受法條規範的人。他們的不能理解和對犧牲者的忘恩負義，讓我深感厭惡。不僅僅是這條不公正的措施對他們而言像是世界上最自然不過的事情，他們似乎還爲此感到喜悅。對人類的自私自利，我們的譴責永遠不夠殘酷。

二月十八日

爲了領我的時間卡，在十八區市政府排了三小時的隊。我們在那裡排成兩條隊伍，大概有兩千名不幸的奉獻者，用來餵飽勞動群眾。這還只是第一批人。我看老人大概佔了一半。有幾個漂亮的年輕女子，滿臉倦容又悲傷，好像在嘆息：我還不想死。有許多販賣愛情的職業人士。法令對她們而言是相當沉重的打擊，她們的生命限縮到一個月七天。在我前方，其中一位抱怨自己將永遠無法擺脫妓女的身分。才七天，她斷言，哪有時間綁住男人的心？這，我就不那麼確定了。在排隊的人群中，我認出了蒙馬特的作家和藝術家夥伴們，不是沒有一點激動，而我也必須承認，心裡頭是暗暗滿意的：賽琳、格恩．保羅、達哈聶斯、佛許瓦、蘇波、丁丁、德斯帕貝斯和其他人。賽琳度過了黑暗的一天。他宣稱這又是猶太人的伎倆，但我想就這一點，是他的壞情緒讓他判斷錯誤。因爲事實上，根據法令，猶太人一個月只有半天生存權，不分年紀、性別、工作。大致上，群眾們惱怒、吵吵鬧鬧的。不少任命於秩序維護處的人員輕蔑的對待我們，明顯地將我們視爲人類社會的殘渣。有好幾次，我們受夠了漫長的等待，他們用踹我們屁股來安撫我們的不耐煩。我以無聲的尊嚴，吞下屈辱，但我死死盯著一名警衛隊長，在內心吶喊著聲聲反抗。而現在，是我們，才是這個世界上被罰下地獄的那一群。

我終於能領到我的時間卡。上頭連著的票券，每張都値二十四小時的生存權，是很淡的藍色、長春花的顏色，看起來如此柔和，讓我淚水不禁在眼眶打轉。

二月二十四日

莫約是八天前，我去函有權限的行政部門，請他們考慮我的個人情況。我獲得了一個月額外二十四小時的生存權。事情總是這樣。

三月五日

十幾天以來，我過著狂躁不安的生活，讓我拋下了我的日記。爲了在這如此短暫的生命裡不再失去什麼，我晚上幾乎不再入眠。在最後這四天，我比平常三週要弄髒更多的紙，儘管如此，我的風格同樣鮮明，思考也維持同樣的深度。我以相同的狂熱盡情享樂。我希望所有漂亮的女人都是我的，但不可能。也許是出於報復心態，我每天都在黑市吃兩頓非常豐盛的大餐。中午吃了三打生蠔，兩顆水波蛋、四分之一的鵝、菲力牛排、蔬菜、沙拉、各色乳酪、巧克力甜點還有三顆橘子。喝著我的咖啡，即使悲慘命運的念頭並未拋棄我，我還是體會到了某種幸福的感覺。我會成爲斯多葛學派完美的一員嗎？走出餐廳，我碰到了羅肯東夫婦。這傢伙今天過著三月的最後一天。今晚半夜，他的第六張票券就用完了，他將會沉入虛無之中，並在那裡停留二十五天。

三月七日

拜訪年輕的羅肯東太太，她午夜之後開始暫時守寡。她優雅地迎接我，憂鬱讓她更加迷人。我們談論了一些事，還有另一些事，以及她的丈夫。她跟我敘述對方是如何消失在虛無中的。他們兩人那時都在床上。離午夜就差一分鐘，羅肯東握住他妻子的手，交辦一些最後的叮囑。午夜整點，她突然感覺到伴侶的手融進了自己的手。他已經不在她身邊，只剩下空盪盪的睡衣跟長枕頭上的一口假牙。追憶這檔事讓我們都深感動容。露賽特・羅肯東掉了幾滴淚，我對她張開我的雙臂。

三月十二日

昨天晚間六點時，我去學術院院士佩呂克的家喝杯甜的。正如我們所知，政府部門爲彰顯其不朽名聲，授予這些遺老完全生存的特權。佩呂克就是個自負、僞善、惡劣的小人。我們大概有十五個人在他家，全部都是犧牲者，這個月只剩下最後一張票券。只有佩呂克不受此限，他仁慈的對待我們，好像我們早衰、無行爲能力。他假惺惺地憐憫我們，保證會在我們消失時，捍衛我們的權益。在某種程度上，他就是喜歡顯得比我們還行。我緊撐著雙手雙腳，以防自己像處理爛瓜跟死掉的劣馬那樣處理他。哎！要是我沒動哪天可以接替他的那種念頭就好了。

三月十三日

中午和杜蒙一家共進午餐。和往常一樣，他們吵架，甚至是互相辱罵。用一種眞摯實在、絕不欺瞞的語氣，杜蒙大呼：「要是我能夠在一個月的後半十五天使用生命券就好了，就永遠不用和你活在相同的時間了！」杜蒙太太哭了。

三月十六日

露賽特．羅肯東今晚歸於虛無。她非常害怕，最後的那一刻我只好待在她身邊。當我上樓去到她家時，她已經在床上了，那時是九點半。爲了讓她免去最後一分鐘來臨的那種折磨，我想辦法將床頭櫃上的小座鐘往後調了一刻鐘。沉入虛無前的五分鐘，她哭了出來。然後，以爲自己還有二十分鐘的餘裕，便花了點時間重振旗鼓，將心思用在調情上，我對她的行爲相當感動。在變換狀態時，我注意不要把視線從她身上移開。她正在笑我剛才提到的感想，突然間，她的笑聲被打斷了，同時，她消失在我的視線中，像魔術師把人變不見的把戲。我伸手探她的身體剛剛歇著的地方，還是暖的，深深感覺到死亡帶來的靜謐。帶給我深刻而痛苦的印象。今天早上，寫下這些字的那一瞬，我惴惴不安。我醒來後就開始數我僅剩的能活著的那幾小時。今晚，午夜，就輪到我了。同一天，在夜半前的一刻鐘，我重新開始日記寫作。我剛上床歇著，在這場暫時的死亡中，我要自己拿著筆，執業中的樣子。這樣才是在表達我的態度。我喜歡這樣子的勇氣、優雅跟愼重。老實說，在那裡等著我的死亡，眞的只是暫時性的嗎？會不會純粹而單純的，就是死了？有人保證可以讓我再重生，我實在不相信。我現在越來越傾向將其視爲粉飾太平的巧妙方法。

如果說，在十五天內，沒有任何犧牲者重生，有誰會替他們發聲？當然不會是他們的繼承人！而且，倘若他們發聲，能得到什麼好安慰！我突然想到犧牲者們會一群人一起重生，下個月一號，也就是四月一日。這也有可能是愚人節作弄人的好時機。我感覺到一陣恐慌襲來而且我……

四月一日

我活過來了。這不是愚人節的玩笑。再說，我一點都沒有感覺到時光流逝。發現自己躺在床上，我還能感受到比死亡更早發生的恐慌中。我的日記還在床上，我想要補完那句話，我的思緒還在那裡，不過，筆已經沒有墨水了。發現時鐘停在四點十分，我開始懷疑起真相。我的錶也停了。我想到打電話給瑪樂佛，跟他詢問日期。他毫不掩飾半夜從床中被挖起來的壞脾氣，我重生的喜悅對他而言並沒有很感動。但我需要有人跟我說說話。

「你看，」我說，「宇宙的時間跟親身經歷的時間兩者的區別並不是哲學家的奇思妙想。我就是證據。事實上，絕對的時間並不存在……」

「你說的很有可能，但現在可是半夜十二點半，我想……」

「這真的很令人欣慰，我沒有生存在世上的這十五天，這些時間對我來說並不是浪費掉了。我打算等等就補回來。」

「祝你好運還有晚安。」瑪樂佛打斷了對話。

今早九點左右，我出門了，感官驟變。我可以感覺到季節更迭。事實上，樹木已經變了樣，空氣更加輕盈，街道的外觀也不同了。女性也更加春意盎然。想到世界沒有我也可以繼續過下去，讓我到現在還有點氣惱。我看到那天晚上有許多人重生。交換他們的感受。波狄耶媽媽纏著我聊了二十分鐘，跟我說她與身體分離，經歷了十五天崇高、如在天堂般的喜樂。最逗趣的莫過於碰上布夏東，他那時從自家門口出來。暫時性死亡在三月十五日晚上侵襲了睡夢中的他。今天早上他醒過來，還以爲自己已經逃脫死亡的命運。他要藉此機會參加一場他認爲是今天舉辦的婚禮，然而事實上，婚慶已經在十五天前舉辦過了。我沒騙他。

四月二日

我去羅肯東家喝杯茶。老好人十分高興。人不存在的時候是沒有時間概念的，在他的腦海裡，發生的事情沒有眞實性。這九天裡，她過著沒有他的日子，他的妻子可能會背叛他的這種想法，對他而言顯然是個形上學問題。我眞心爲他感到開心。露賽特不停用淚汪汪的眼睛，鬱鬱寡歡的望著我。我厭惡在第三方不知道的情況下，傳送滿是激情的訊息。

四月五日

我從今早開始就沒有消氣過。佩呂克在我死的時候，耍了手段讓美里梅美術館的開幕式訂於四月十八日。爲了這場慶祝會，那個老狐狸不會不知道，我要發表第四十六場重要的演說，可能可以為我打開進入學術院的大門。但四月十八日的時候，我還在昏迷中。

四月七日

羅肯東又死了一次。這一次，他放寬心接受了自己的命運，他懇求我到他家用晚膳，半夜時，我們在偏廳中，正開了一瓶香檳喝。潛入死亡之時，羅肯東是站著的，我們看到他的衣物突然間一堆堆掉在地毯上。事實上，畫面蠻逗趣的。然而露賽特放任自己就這麼笑鬧著，在我看來實在不合適。

四月十二日

今天早上，有人來訪，撼動我心，是一個四十來歲的男人，貧困、害羞、身體狀況相當差。

他是個生病的工人。結了婚，是三個孩子的父親，想要賣給我一部分的生命券，好來養活他的家人。他的妻子生了病，他自己也因為過於虛弱，無法再幹體力活，津貼補助連讓他的家維持在勉強能活下去的狀態都很困難。他們提議說要把生命券賣給我，讓我備感混亂。我有種自己像是傳說中食人魔的感覺，是其中一隻古代寓言故事中的怪物，以人肉作為貢品。我吞吞吐吐地提出反對，在拒絕訪客的生命券的同時，給了他們一些錢作為補償。他意識到自己的犧牲很偉大，有自尊是合情合理的，什麼都不願意接受，除非是付出一天或是好幾天生存權。我沒能說服他，最後只得拿了一張生命券。在他離開之後，我將券塞進抽屜，決定不拿來使用。像這樣奪取相似境遇的人的存在權，即使能多活一天，對我來說也是令人作嘔的。

四月十四日

在地鐵上遇到瑪樂佛。他跟我解釋限縮人口的法令開始開花結果了。有錢人大受影響，黑市失去重要的通路，價格顯著的下跌。在上流社會，人們希望能夠儘早結束這場災禍。普遍來說，給人們的日常供給品質更佳，瑪樂佛讓我觀察到巴黎人的臉色看起來更好了。這樣的觀察讓我憂喜參半。

「另外值得注意的是，」瑪樂佛接著說，「這些配給生命者不存在的時候，我們的生活氛圍變得更加寧靜、輕鬆。人們會意識到有錢人、失業者、知識份子跟娼妓的存在是多麼危險，在這個社會裡，他們只會帶來動盪不安、無意義的騷亂、放蕩不羈，以及崇尚不可能發生的事。」

四月十五日

拒絕今天晚上去卡特雷家的邀請，他們請求，希望我能有意願出席他們的「臨終日」。這是搖擺狂歡族群的一股時尚，在暫時性死亡之際，將朋友聚集在一起。有時候，有人跟我說，這樣的聚會會變成狂歡混戰。太噁了。

四月十六日

我今晚就死了。毫無顧忌。

五月一日

今天晚上，重新復甦之時，我嚇了一跳。相對性死亡（現在流行這麼說）襲來時，我是站著的，衣物都掉在地毯上，醒來時我發現自己光著身子。同樣的情況也發生在畫家朗多身上，他找來了十幾個客人，男女都有，全部都是相對性死亡的候選者。復甦的場面一定很逗趣。五月是這麼的美，放棄最後十五天會讓我十分為難。

五月五日

在我上一段存在於世的日子裡，我有種感覺，在有生存特權的人士跟其他人之間產生了一股對立。這股對立越來越明顯，無論如何，我們再也無法懷疑其存在。首先是相互妒忌。持時間卡的人嫉妒特權者，也伴隨了對特權人士產生強烈的仇恨，這很好說明，一點也不需要驚訝。但對這些特權人士來說，竟也默默地羨慕我們是神秘未知領域的英雄，尤其是這道把我們跟他們隔開的生死界線，他們更渴望了解其奧秘，儘管我們其實對此也是一無所知。相對性死亡對他們來說，像是一場假期，他們平常有種被鏈條拴住的感覺。

普遍來說，他們傾向放任自己沉浸在一種悲觀主義和傷人的情緒中。相反的，我總是覺得時間流失過快，想要採取更快速的生活節奏，因而顯得興致勃勃。跟瑪樂福吃中餐的時候，我想到這一切。他像是想打醒我般，時而語帶諷刺，時而咄咄逼人，似乎想要讓我對自己的命運感到氣餒，抬高他所擁有特權的價值，但很明顯其實是想說服自己。他跟我說話的態度，就像對待敵國的朋友一樣。

五月八日

今早，有個人來我這裡，提出一張生命券換兩百法郎。他有五十幾張在推銷。我無禮的把票券全部掀翻，因爲他身軀強壯，才沒有狠狠踢他屁股一腳。

五月十日

羅肯東，今天晚上是他第三次進入相對性死亡的第四天。從那時候起就沒再見到露賽特，但我方才聽說她正迷戀某個金髮年輕男。看起來屬於搖擺狂歡族群的那種年輕小牛犢。總之我才不在乎。這個小美女沒有一點品味，我可不是等到今天才發現的。

五月十二日

生命券黑市正在壯大起來。販子登門拜訪窮苦人家，說服他們賣掉幾天的生命券，以確保他們的家庭有額外的生計來源。年邁退休的工人，失業囚犯的妻子，都容易成爲販子的獵物。票價目前喊到兩百到兩百五十法郎之間。我認爲價格不會再漲了，無論如何，有錢人或是寬裕人家的數量，比起窮人家的數量少得多。此外，許多人拒絕接受人的生命被當作低賤的商品般買賣。就像我，我的良心絕不會妥協。

五月十四日

杜蒙太太丟失了他的時間卡。這很不方便；因爲重辦一張需要至少兩個月的時間。她指控自己的丈夫是爲了擺脫她而把卡片藏起來。我不相信他有這麼黑心。春天從來沒有一年像今年這麼美。後天就死讓我覺得很可惜。

五月十六日

昨天在克林姆伯爵家用晚膳。德拉龐主教是唯一一個生存特權者。有人提到生命券黑市，我起身反對這種我認爲相當可恥的事。我表現得不能再更眞誠了。也許我還想在主教面前留個好印象，他在學術院可有不少的發言權。但現場的反應很冷淡。主教和藹的對我微笑，就像他對爲了宣傳信仰的熱忱而燃盡自己的年輕神父充滿信任一般。我們還談了其他事情。晚餐後，在會客室，伯爵夫人，一開始是低聲說的，追問我關於生命券黑市的事。她向我指出，說我有無可限量、毫無爭議的作家才華，我的眼界有深度，我被召喚擔任重要的角色，盡應盡的義務，拓展自己的道德義務，直到致力於讓思想豐富、讓國家偉大。見我動搖了，她公開請邀請者參與討論。這些人幾乎一致指責我的顧慮，在虛假、多愁善感的迷霧中，我迴避了眞正的正義之道。而被眾人鼓吹給點意見的主教，拒絕仲裁此案，但是用充滿道理的寓言體表達如下：一位辛勤的農民缺乏土地，然而他的鄰居卻放任自己的土地荒蕪。他跟他散漫的鄰居買了一部分的田地，耕種、播種、並在收穫季大豐收，造福了所有的人。

我被這場精彩的聚會說服，今天早上，這種信念支持著我去買了五張生命券。爲了對得起這額外的存在日，我隱居到鄉下，在那裡，我會孜孜不倦地寫書。

五月二十

我在諾曼第待四天了。除了走路散散步，我把時間完全用在工作上。農民們完全不知道什麼生命卡。老傢伙們每個月享有二十五天。因爲我需要額外的一天才能完結一個章節，我找一個老農民交易一張票。當我詢問時，我跟他說在巴黎一張票能用兩百法郎換。「開什麼玩笑！」他大喊。「兩百法郎都可以買一頭豬了！」所以我沒談成這筆生意。我明天下午搭火車，晚上可到巴黎，然後死在我家。

六月三日

好一場大冒險！火車班次大誤點，暫時性死亡在我剛到巴黎幾分鐘後便襲來。我在相同的車廂內復甦，不過車廂卻出現在南特的維修道上。當然，我是全裸的。不得不忍受麻煩跟煩惱，眞是受夠了。幸運的是，我跟一個認識的人一起旅行，他把我的物品都送回了家。

六月四日

遇到了梅麗娜·巴丹，來自阿爾戈的女演員，她跟我說了一件荒謬的事。一些她的愛慕者堅持要讓給她一疊生存券，所以她發現，上個月五月十五日，她居然還有二十張票券。她打算全部用掉，如此一來就可以一個月過三十六天。我想可以開個玩笑：

「五月這個月，居然同意爲你單獨一個人延長五天的使用權，眞是好瀟灑的一個月喔。」我跟她說。

對於我的懷疑，梅麗娜好像眞的很傷心。我相信她是精神錯亂了。

六月十一日

羅肯東家上演了一齣好戲。我直到今天下午才聽聞。上個月五月十五日，露賽特邀請金毛小白臉到她家，午夜，他們倆都去往虛無。復活時，他們在當時睡著的床上回到自己身體，但是不再是獨處，因爲羅肯東夾在他們兩人之間重生了。露賽特跟金毛假裝不認識對方，但羅肯東認爲不大可能。

六月十二日

生命券變得得用天文數字的價格才能買到，不到五百法郎還買不到。咸信窮人變得更小氣，富人則更貪婪。我在這個月月初時以兩百法郎一張的價格買了十張，買好的隔天就收到一封住在奧爾良的叔叔來信，他給了我九張。可憐的老先生風濕症太痛苦了，這讓他決定在虛無中等待病情好轉。所以我現在還有十九張票券。一個月有三十天，我多了五天。賣掉這些不會很難的。

六月十五日

昨天晚上，瑪樂佛到我家來。他心情極佳。有些人花一大筆財富才能像他一樣過充實的一整個月這種事情，讓他恢復樂觀。不用其他什麼就能讓他相信，有生存特權的人的命運是值得稱羨的。

六月二十日

我奮力工作。如果謠言可以相信，梅麗娜·巴丹聽起來似乎沒那麼瘋。事實上，有許多人吹噓自己在這個五月活超過三十一天。我這裡也聽到不少例子。單純到會相信這些無稽之談的人自然也是有的。

六月二十二日

爲了報復露賽特，羅肯東從黑市買了幾十張一萬塊的生命券，要留著只給自己用。他的妻子已經在虛無中十天了。我想他後悔自己當時如此嚴厲。孤獨殘酷壓在他的身上。我發覺他變了，幾乎認不出來。

六月二十七日

對某些特權人士來說五月可以延長的傳聞得到了堅不可摧的實證。拉維東跟我保證他在五月就活了三十五天。我擔心這種時間配給是會讓許多人大腦混亂的。

六月二十八日

羅肯東昨天早上去世了，很可能是因爲悲傷。這不是相對性死亡，他就是死了。我們明天將他下葬。七月一日，回到生命中時，露賽特就會知道自己是寡婦了。

六月三十二日

必須承認，時間仍有未知的觀點。眞是燒腦！昨天早上，我進到一家商店買報紙，上面的日期是六月三十一日。

「嘿，」我說，「六月有三十一日？」

我認識了好幾年的店主，不解的看著我。我看了一眼報紙上的大標題，然後念道：

「邱吉爾將於六月三十九日到四十五日間走訪紐約。」

在路上，我聽到兩個男人對話的一小段：

「三十七號我人必須在奧爾良。」其中一位說。

再往前走一點，我遇到博里瓦奇走來走去，神色驚慌。他向我表達他的驚訝。我試著要安撫他。凡事只能順其自然。大概在下午的時候，我注意到：生存特權者完全沒有意識到時間流異常。像我這一類作弊進來延長的六月的人，是唯一失去時間概念的人。我跟瑪樂佛分享了我的驚訝，但他什麼也不懂，還認爲是我發瘋了。但誰管時間長短這種事！昨天晚上開始，我瘋狂地陷入熱戀，我在瑪樂佛家剛遇到她。我們見到彼此，然後，一對到眼，就愛上對方了。可愛的艾莉莎。

六月三十四日

昨天，今天都有再見到艾莉莎。我終於遇見生命中對的人了。我們訂婚了，她明天要出發前往非佔領區旅遊三週，我們決定在她回來之後就馬上結婚。我實在太快樂了，無法好好述說我的快樂，即使是在這本日誌。

六月三十五日

載艾莉莎到車站。再踏進車廂之前，她跟我說：

「我不可能在六月六十日之前趕回家的。」

這樣一想，這句話讓我焦慮。因爲，最終，我今天用掉我這個月最後一張生命卡，明天對我來說會是幾號？

七月一日

六月三十五日跟我說話的人完全無法了解我在說什麼。這五天在他們的記憶中沒有留下一點痕跡。幸運的是，我遇到幾個人，像我這樣作弊多活了幾天的人，才有辦法跟他們討論這件事情。是場莫名的對話。對我來說，昨天我們是六月三十五日。但對他們而言，昨天是三十二或是四十三號！在餐廳，我看到一個男人生存到六月六十六日，這表示他有充足的生命券。

七月二日

我想到艾莉莎還在旅行，她沒有理由對我表示什麼。我有點疑慮然後打電話到她家。艾莉莎稱她不認識我，亦未曾見過我。我盡其所能的向她解釋，毫無疑問，她過了一段美妙的日子。她被逗樂了，但顯然沒被說服，她同意星期四見我一面。我眞的會焦慮死。

七月四日

報章雜誌上滿滿「票券門」的討論。時間卡的不正當交易是本季最大醜聞。由於生命券被有錢人獨佔，根本不會有剩下的食物。此外，一些特殊案例引發了強烈的情緒。在所有案例中特別被提到的是極爲富有的瓦德先生，在六月三十日到七月一日之間又生存了一千九百六十七天，也就是「短短的」五年又四個月。我時不時會遇到著名的哲學家，伊伏·米宏諾。他向我解釋，每個個體都活了數十億年，與這龐大無盡的時間相較之下，我們的意識不過就是短暫而間歇的，將其並置組成了我們短暫的存在。他還說了更微妙的事，但是我實在沒有聽懂什麼。確實，我的心思在他處。我明天得見艾莉莎。

七月五日

見到了艾莉莎。哎呀！一切都完了，沒希望了。不過她沒有質疑我所說的事情眞誠與否。也許往事重提觸動了她，但是沒有在她身上喚起柔情或是同情。我明白了，她是對瑪樂佛有好感。總而言之，我的口才毫無用處。六月三十一日晚間我們之間擦出的火花，不過就是碰巧，只是天時地利。在此之後，別再來跟我提什麼靈魂志趣相投！我像下地獄般痛苦。希望自己能夠像賣得很好的書一樣，痛苦一本一本被抽走。

七月六日

一道法令下令撤銷時間卡。和我無關了。

工廠

從前，在一座叫做布雷蒙的城市裡，鐵器街上，住著一位叫做瓦萊希的六歲小女孩，她喜歡咬指甲。她跟父母一起住在一間新蓋的小屋子裡，之前的老破屋已經被一九四四年的大轟炸摧毀。一天晚上，來家裡吃晚餐的叔叔阿佛列跟她說：

「如果十五天裡你的指甲沒有重新長出來，就不用把鞋子放進煙囪裡了，因為聖誕老人不會來了。」

令她的父母相當驚訝的是，瓦萊希意志堅定努力著，很快的，她的指甲又開始長出來了。十二月二十四日的凌晨四點半，天色還沒亮，她就了醒過來，手指放在嘴裡，她有預感，自己還在睡夢中，而且又咬掉所有指甲了。她一陣退縮，不敢面對這個悲慘的眞相，以爲自己只要躲到棉被深處，就可以躲回睡前的晚上，那個距今一八四五年的一百二十年後。雖然身處同樣的地方，但這裡不是她父母的屋子，而是那棟早就因轟炸而摧毀的房子，她在未來的房間幾乎與蓋諾家族在此居住時的房間在同一個位置。

屋頂積雪和對面的花園在月光下閃耀，微光照亮了房間。瓦萊希發現自己在一張床邊，一些人正著睡，另一些人則睡相反方向，她認出一共有六個人。正著睡的有蓋諾跟他的妻子，夾在兩人之間的，是他們四個孩子中最小的兒子，伊波利特，五歲的男孩，全身包好躺在薄薄的毯子下，明亮的眼睛，在蒼白瘦小的臉上，張得大大的。蓋諾，即便閉上雙眼，卻沒睡著，瓦萊希可以聽到他的想法。

伊波利特一定活不過三天了，無論如何，還是這二十四小時以內去世要來得好。可以在聖誕節當天將他下葬，那天是放假日，不必多浪費一個工作天。但不管怎麼做，葬禮總是得花錢。墓坑他當然會自己挖。至於棺材雖然應該不大，但至少也得花到一百蘇錢，不用說，孩子的媽媽定會希望能由教堂經手，不用辦到一場盛大的彌撒，但至少要祈禱一下、撒點聖水，少說也得花四十蘇錢。

他突然間記起，有一堆舊木板，在工廠院子的一角堆了好久，他可以用來做點什麼。正想著時，他的長子雷奧納，一出生就是低能兒的十二歲男孩，頭朝另一個方向睡，抓住了他的腿。他猛的一腳踹在孩子的肚子上，蓋諾提醒他要尊敬父母。低能兒唉了一聲，沒有醒過來就放開了手。父親苦惱著這兩個孩子的事，一個最年長，另一個最年輕，兩人對他而言既不光彩，也無利可圖。好在低能兒身強體壯，還能跟鄰居說：「好險，腦袋雖然不行，但他會超級強壯。」

至於伊波利特，即使孩子的情況讓他同情，蓋諾不禁有著一絲怨恨，讓他想起把孩子帶去工廠的那一天，工廠主任秘書吉侯丹跟他說的話。「你的孩子看起來很虛弱。」他說，「你該不會想讓我相信他已經五歲了。」當父親滿臉通紅低頭看著自己鞋子上的污點時，秘書好心補了一句：「好吧，爲了讓你開心，我雇用他，一天三分錢，如果他做得好，就可以像他的哥哥一樣拿五分錢。不過老實說，我覺得他撐不下去。」

瓦萊希試著聆聽伊波利特的想法，但是聽不懂。實際上他也沒特別想什麼，而是沉浸思緒在一些讓人疲憊的事情中，在工廠工作的一天，他早上六點天未亮就要開始，直到晚上七點夜幕降臨。他知道自己就快要像工廠裡的兩個夥伴，亞歷山大和喬瑟夫那樣死掉了，不過，他並不是怕死。不，瓦萊希眞的無法理解，這個漫長的工作日代表著什麼。

母親率先醒過來，披上襯衣，在襯裙外穿上裙子、穿好短上衣、並將頭巾披在肩上。天氣應該是很冷的，然而，瓦萊希發覺到，她感覺不到冷，即使只穿著一件簡單的睡衣。女蓋諾，鄰居都這樣叫，並非貶低她，她是個二十九歲的矮小女性，看起來卻已經像個老太太。她點燃壁爐的火，爐下吊著鐵鍋，然後外出，到好幾公尺外的地方打水。回來的時候，她將一塊木頭添進火爐內，舀了一瓢水進鍋子裡。在伊波利特躺著的地方，他感覺不到火，但是跟著牆壁和天花板上的起舞的火光動來動去。有時候，跳得最高的火焰會照亮整個房間，突然間將母親包圍，一瞬間讓她找回自己在兒子進入工廠後失去的光采和力量。

五點十五分，將鍋子放到桌上，點上油燈，女蓋諾把所有人叫起床，來到伊波利特床邊。

「他的手是暖的，」她觀察道。「我在想，是不是要把他留在這裡。」

「我比較希望他去工廠，」蓋諾回答道。「那裡比較沒那麼冷，明天就是聖誕節了，會有時間休息的。」

母親被說服，她怕讓孩子單獨陪在低能兒的身邊會被欺負。她將伊波利特抱起來，將他帶到燈光下看。蒼白的臉孔好像比昨天要更加消瘦。明亮的雙眼周圍暈著不尋常的藍色，然而臉頰上的粉紅色盡可能地給了她安慰。她不是不明白，孩子已經快不行了。然而，她沒有丈夫敏銳的目光，也沒有習慣觀察工廠裡孩子日漸疲憊的臉龐，她以爲孩子還能再撐一兩個月。

瓦萊希靠近桌子，她相信自己可以不被大家注意，然而低能兒雷奧納注意到了她的存在，每每試圖捏她或是給她一拳，卻驚訝於只打到空氣。父親和孩子們都起床著裝完畢。

七歲的男孩阿利斯蒂德也在工廠工作，焦急關切地看著伊波利特。他注意到小弟的手腕，平常細細的，今天早上卻特別腫脹，他認爲是個嚴重的徵兆。他遲疑了一陣，不知是否將此觀察告知父母，但能有什麼用？他看到他們被工作和苦難弄得頭昏腦脹，猜想死神跟他們說不定已經都講好了。

「今天下午，我們要去織品店準備聖誕樹。」歐坦絲一邊喝著湯說。

歐坦絲十歲，在公證人家的廚房幫忙，或是做一些清潔工作。她沒有拿報酬，不過午餐和晚餐都有供餐，她是裡面的廚子，父親的遠房表姊推薦的。八歲前都有去上學，她是家裡唯一一個能讀能寫的。兩年間吃好喝好讓她長得和家中其他孩子都不一樣了，看起來不像這個家的人，習慣生活在公證人家，有飯廳、沙龍還有三座馬棚，這種奢華眞是聞所未聞，讓她默默的和老家越來越不熟了。大家不耐煩的忍耐她那虛榮的長篇大論，滿是對她主人舒適生活的崇拜。然而，這天早上，伊波利特卻饒有興致地聽著。在工廠，大家都說聖誕節這一天，聖子耶穌會從煙囪進入有錢人家孩子的家裡，而他想聽這些令人羨慕的小故事。

「喝你的湯，」母親說，「會讓你暖起來。」

伊波利特搖了搖頭。他不餓。阿利斯蒂德胃口大開，在狼吞虎嚥喝掉湯後，用一口白牙咬他那塊乾麵包。他原本想要跟他的弟弟解釋，去年年底，他自己也曾經差點死掉，但憑藉自己的狡詐和意志力成功欺騙了死神，至此永遠脫身，但他的經驗無法藉由言語傳遞，甚至沒有辦法指引生病的孩子。五點半的聖厄洛治教堂鐘聲響起，兩個男孩準備出發。女蓋諾的工作是洗衣服，六點半才開始。歐坦絲七點開始工作，由她負責將低能兒鎖在房間內。父親腿長，晚他的兒子們十分鐘出門，卻總是比他們更早抵達工廠，一共一公里半的路程。

瓦萊希跟在兩兄弟身後，觀察他們的腳印，在雪裡沒有留下印子或任何痕跡。即便有哥哥攙扶，伊波利特還是艱難地走著，一下子就開始氣喘吁吁。他的鞋子因雪而沉重，肩上的披肩也是，每一步都走得踉踉蹌蹌。他解開媽媽繫在自己脖子上的羊毛長襪，以為這樣可以更自由地呼吸，結果卻越來越喘。走了三百公尺後，他身體衰弱，咳得一次比一次久，這讓他身心俱疲。阿利斯蒂德自問是不是該把他帶回家，但繼續走下去，對他弟弟來說似乎是件對意志力有好處的考驗。他讓弟弟騎在自己背上，走往克萊蒙城堡街，此路可以出城。但路是上坡，走在積雪變硬結冰的路上，他的鞋子打滑。要去工廠工作的孩子們時不時超越他們。就這樣走了四百公尺後，他也精疲力盡。就讓伊波利特下來，請他自己走一下，好讓他喘一口氣。伊波利特嘗試了一下，但是走了幾步路後，搖搖晃晃，喘不上一口氣，必須停下來。

他們在希厄街的十字路口，家裡跟工廠的中間點。在歐布雷街的轉角，阿利斯蒂德走向一座載著麵粉，由兩匹馬拉的車。

「嘿，先生！您是不是要去工廠？」他問。

「不是，」趕車的人說，「我要走橋那條路。我要把東西載去聖索雷。」

「我的弟弟，」阿利斯蒂德堅持道，「他不舒服。」。

趕車的先生下了車，提了燈，陪他走到一處陰影三角地，是十字路口上一棟屋子在月光照耀下投在地上的影子。伊波利特坐在雪地上，頭搖來搖去。趕車的先生用一隻手將他抬起來，讓他坐在自己的手臂上，利用提燈的光線仔細看看他。

「確實，他的臉色不太好，體重也很輕，他在工廠裡做什麼？」

「像我一樣，他要工作。」

男人罵了一句，生氣的說：

「聖母呀，我就問問您，上帝是在想什麼？」

他把伊波利特帶到車上，坐在他的座位旁邊，然後讓阿利斯蒂德也上來。瓦萊希不需要奔跑，她跟在沉重的大車後方，車子僅用步行的速度前往工廠。

六點整，伊波利特在他的高腳椅腳邊，前面是被油燈點亮的生產線。阿利斯蒂德在另一個工坊工作，包裝針頭。外面，天還是黑的，九點之前油燈不會熄滅，因爲處理針頭，即使花上大半天都可能會不大滿意。工坊沒有暖氣，非常冷，所以披上斗篷是被允許的，但是必須解開脖子上的扣子，動作才不會被影響。身材夠高大、可以自行爬上高腳椅的孩子已經就座。達歷亞先生監督他們，從腰部一把抓起伊波利特，讓他在座位上坐好，在生產桌前裝了一大杯針頭，倒在他面前。即使發燒疲倦，孩子還是馬上開始分類。一次五或六個針頭，讓針頭在他小小的手指頭上輕輕滾動，一眼就看出壞的，把好的放在一個盆子裡，壞的放在另一個。接下來則由對面的鄰居接手，一位八歲的健壯小夥子，菲力貝·安格拉，目標是第二次分類，一些鈍掉了或是扭曲，還是可以復原，其他針眼有缺陷或是變形的，則注定得重打。安格拉的手指太過粗大，有點輕微近視，沒有伊波利特的靈巧跟銳眼，他因自己沒有伊波利特優秀而感到氣憤。

工作一小時後，伊波利特已經疲倦萬分，想要放棄一切，這種感覺通常會在早上工作時間過一半時襲來，到時候得想辦法克服。瓦萊希待在他的身邊，焦慮又害怕，突然間，看到他的上半身伏在桌上，而他的頭倒在雙臂之間。安格拉用手做了幾個大動作，試圖從對面吸引監工的注意。當發現有孩子在桌上睡著了，習俗是將高腳椅踢倒，讓犯錯的孩子摔到地上。監工知道伊波利特的情況，沒辦法下決心這樣做，他看到他一天接著一天越來越難以對抗疲勞，在他的頭上打一下就夠了，首先要確保主任和他身邊的人不在附近。

「蓋諾，」他用威脅的語氣說，「你不是來這裡休息的。上工了，我的孩子。現在才早上七點，沒有藉口說累。」

他馬上就離開了，並不想確認犯錯的孩子是否起身。伊波利特有感覺到被打了一掌，意識到自己被抓到了，但是幾乎在過了一分鐘後，他才有辦法把頭抬起來。他的第一個想法是重新開始工作，但是眼裡滿是淚水看不清，動作還沒有恢復穩定，他的手就重重的壓在那一堆大頭針上。瓦萊希喊了一聲，不過沒人能夠聽見。孩子的右手內側插滿大頭針，他用左手拔除。痛苦讓他從昏昏沉沉中清醒過來，恢復了意志力和重新開始工作的力量。在他對面的安格拉冷笑道：

「在這之後，不會再有人來跟我說他比我更靈巧了！」

「我的工作不會給任何人接手。」伊波利特答道，自己也嚇了一跳。

「大家都說不久之後不會再看到你來工作了，因爲所有人都說，你要死了，對，老朋友，你要死了。你撐不到這個週末的，正好可以擺脫麻煩。」

伊波利特的小鄰居一臉好奇地看著他，但並沒有從工作中分心。被安格拉的話語刺激，因爲感覺到其中的惡意，伊波利特還有一口氣，用堅定的聲音回嘴：

「也許我這個禮拜就要死了，但可以確定的是，你，你會比我先死。看你的臉就知道了。」

突如其來的回應，附近的孩子笑了出聲，看著安格拉突然間被死亡嚇到，開始放聲大哭。監工在工坊的另一頭，馬上跑過來。安格拉無法冷靜，監工用他粗糙的手扇他巴掌，並威脅要把他關進有老鼠的小黑屋。孩子若不守秩序，會被關進裡面一或兩個小時，不過很罕見，孩子們通常都很乖，除非是那些偷針頭到外面去賣的孩子。安格拉嚇壞了，閉上嘴，但是整個早上，一想到死神可能伺機而動，他都臉色蒼白、渾身顫抖。

中午的鈴聲響起，孩子們，包括那些最小，沒有辦法獨自登上高腳椅的，都從椅子上下來了。伊波利特沒有辦法下來，獨自一人留著，就在安格拉面前，對方用恐懼的眼神看著他。

「蓋諾，」他用哀求的語氣說，「不是眞的吧？我眞的快死了嗎？」

「快了。」伊波利特只這樣回答。

淚水淹沒了安格拉的臉，現在只想離開他的位置。阿利斯蒂德剛踏入工坊，要來幫助他的弟弟爬下高腳椅。看到安格拉掉眼淚，他想要了解原因。

「他跟我說我要死了，」伊波利特喃喃道。「我跟他說他會比我先死。」

阿利斯蒂德的雙眼冒出火光。他轉向安格拉，跟他虛張聲勢地說：

「可憐的菲力貝，原本沒必要跟你說的，但你眞的完蛋了。你的臉上已經出現了死亡之花。」

死亡之花對安格拉造成了很大的創傷，他又開始大哭。兄弟倆一小步一小步遠離，伊波利特抱怨舉起右手的時候會痛。手很腫，還因爲天氣寒冷而發青。阿利斯蒂德嚇壞了，到大小工人用餐的大院子找父親。有些住在城裡比較近的地方的人，會花時間回家。大部分的人在廣場上吃他們帶來的東西。蓋諾留下阿利斯蒂德看守裝有午餐的袋子，他抱著孩子前去尋找守門人。一座高牆隔開了工廠的院子，而另一邊，是老闆的住家。守門人則住在牆角下、大門圍籬旁的一間兩廳的小屋子。一開始，蓋諾沒有被好好接待。守門人之前是警察，原則是讓工人保持距離。由於腫脹的手，他最後讓步了，不過不是很情願。在廚房，伊波利特用潤膚植物包紮手的時候，蓋諾在其中一扇窗前看著廣場的另一頭，三個穿戴整齊的孩子在玩丟雪球。老闆戴凡先生，出現在雪球戰場中，被丟了幾顆雪球後，將一個五到六歲的小女孩抱起來。老警察很感動。

「他是個愛小孩的男人。」

「沒注意到我也是嗎？」蓋諾沒有猶豫就回答道。

守門人用憐憫又諷刺的眼光打量他。好像兩個人能比一樣。蓋諾可以感覺到，寧靜和舒適讓父愛提昇到一個他永遠無法企及的層次。有些尷尬，坐在廣場另一頭的木堆上，他跟老警察開始交談，談好了只要花十二蘇錢，他就能拿走想要的東西。他跟伊波利特重回院子，瓦萊希沒有離開過那裡，她注意到了馬廄旁的那一堆老舊木板，心下一緊。阿利斯蒂德跟他的父親，在吃完馬鈴薯跟抹豬油的麵包後，把伊波利特食不下嚥的那一份分掉了。重回工作崗位的前幾分鐘，戴凡先生穿過院子，陪在身旁的是神父先生。他宣布，今天是聖誕夜，工坊不是晚間七點收工，而是五點半。找準時機，神父先生提醒工人們，耶穌被釘死在十字架上的原因，並鼓勵眾人盡其信奉基督教的義務。

「而你們，親愛的孩子們，勇敢的小小工人，像眞正的大人一樣工作，要知道，養成信仰不嫌早。你們還太年輕，尚未受到基督教的薰陶，在將來，讓這些教誨安慰你們並且引導你們走向人生的道路。現在，你們的義務就是愛著父母，盡心完成工作，來自上帝的恩澤，保證讓你們日日都有麵包。去吧，我的孩子。去吧，親愛的孩子們。」

他的聲音，聽起來像是勇敢的男人，對孩子們仁慈地笑著，他們感覺被安慰、被激勵，得到上工的新活力。女工、姊姊還有有家庭的母親都掩蓋不住感動，有些甚至還哭了出來。戴凡先生也仁慈地笑著。廣場的人都散去了，他把神父領到屋內，他們還要跟其他邀請來的人一道用餐。

這天下午，對伊波利特來說，他從未如此費力過。不僅是他的手腫脹不堪，他還肚子痛、胸口痛、全身都疼。一個小動作，使上一點力氣，對他而言都是酷刑。瓦萊希沒有離開過他的身邊，因爲沒有辦法幫上任何忙而倍感絕望。他用左手工作，也不是毫無困難，每一次都讓鼻子撞倒桌子。監工好幾次都被他的姿勢嚇到，輕輕將他扶起來，沒有過多指責。桌子的另一邊，安格拉臉色蒼白、僵硬、眼神呆滯，無心在工作上。罵了他好幾次，監工想著必須在他每日五蘇錢的工資中扣一蘇錢。

將近四點半的時候，戴凡先生離席，走進工坊，身邊跟著兩位賓客，他帶他們參觀工廠。監工看到伊波利特蜷縮在桌子上，頭埋在手臂間，十分慌張。戴凡先生正好往這邊看過來。監工不能再猶豫了。他大步向前，走向犯錯的孩子，在高腳椅上踢了一腳。戴凡先生微笑，跟他的客人解釋發生了什麼事，穿過工坊，沒有特別停留。伊波利特躺在地上，大口喘氣，緊咬嘴唇才不會叫出聲來。監工蹲下來，俯身查看他的小臉蛋，想知道摔下椅子有沒有嚴重的後遺症。沒有得到回應，他隔著衣物，摸了摸孩子的脊骨，當他壓著脊椎底部時，伊波利特哇的一聲叫了出來。脫下衣物檢視疼痛的部位後，男子發現一個黑色的傷口，兩根手指寬，但不是今天造成的。小小孩連續十一個小時坐在木頭座椅上，留下這樣的傷痕很常見。監工將男孩放回高腳椅，胸口伏在桌上，卻還是警告他會扣掉工資中的一蘇錢。

五點半的時候，工人下班的鐘聲響了，伊波利特花力氣坐好。跟中午一樣，他獨自一人，對面是安格拉，用同樣祈求的眼神看著他。

「蓋諾，我不想死。蓋諾？」

伊波利特安靜地思考了一會，最後用衰弱的聲音回答：

「不會的，你不會死的。」

安格拉開心地感激涕零，阿利斯蒂德來找他的弟弟。沒有回答他哥哥問自己身體狀況如何，伊波利特低聲說：

「我想去看聖誕樹。」

工人都離開工廠了。安格拉將伊波利特背在背上，阿利斯蒂德陪在身側，穿過廣場。夜幕幾乎已經降臨。瓦萊希走在安格拉的左邊，希望可以擋住視線，讓兄弟倆不要看向馬廏，但阿利斯蒂德還是聽到了聲音。他靠近木板堆，並且看到在雪地上，父親正在收拾。都是些短木板，不超過四尺長。

「你們要回家了？」蓋諾一臉尷尬地問道。

阿利斯蒂德突然間猜到了木板的用途，沒有回答就轉身，開始哼歌，不讓他的弟弟起疑心。蓋諾看著孩子們在夜色中離去，想著自己不管怎樣，還是省下了一百蘇錢，夠家人吃一星期了。

走幾分鐘之後，伊波利特沒力氣再把手環在安格拉脖子上，向後倒去。兩個男孩輪流抱起他。他們抵達公證人家裡，發現大門柵欄是開的，於是溜進廚房。阿德里安，女廚子，蓋諾家的老表親，看到幾乎沒有氣息、頭往左往右轉來轉去的伊波利特嚇了一跳，但是她聽到公證人妻子勒關夫人的聲音，好像在往廚房靠近。

「快走吧，」她說，「快點走。夫人無法理解爲什麼一群窮小孩會進到家裡面來。」

瓦萊希跟在阿利斯蒂德跟安格拉身後，兩人還是抱著伊波利特，走往鐵器街。安格拉卸下自己的斗篷，圍在工作夥伴的腿上。突然間，只剩二十公尺就到家的時候，阿利斯蒂德停下來。他聽到錘子的聲音，而伊波利特，低聲對他的哥哥說：

「是爸爸在釘我的聖誕樹。」

瓦萊希忍住尖叫，握住伊波利特的手，她通過努力，成功回到當時出發的時間點。聖誕節的早晨，她從自己的房間中醒過來，手裡還是握著小男孩的手。她起床的時候天剛亮，把伊波利特領到飯廳。在那裡，她把自己的聖誕樹和上面吊著的所有玩具都送給了他。當她的父母來到飯廳，她上前抱住他們，想跟他們宣布，聖誕老人送給她一個五歲的弟弟，但是當她轉身向他們介紹伊波利特的時候，卻發現那裡一個人也沒有。瓦萊希因此開始哭，無論父母問什麼，她只用哭聲回答。結果爸爸生氣了。

「現在的小孩眞是無理取鬧，」他大吼。「我們可以爲了他們連月亮都摘下來，結果他們還是不滿意。」

波德維傳奇

從前，在波德維國的西茲維斯克斯特城中，住著一位未婚老太太，叫做瑪莉謝拉．波博依耶，以虔誠跟貞潔而聞名。她每天至少聽一次彌撒、每週領兩次聖餐，於禮拜會上慷慨解囊、繡祭壇罩布，然後施捨給最適合的窮人。一年四季都只穿黑色、萬不得已不跟男人說話、總是垂著眼，不會誘發放蕩之罪的邪惡想法，她才不會理這些人。最後，就好像爲了讓她成爲盡善盡美的人，上帝給了她一場巨大而痛苦的考驗，在其中，她似乎正好是一顆赤誠之心所產生的奇蹟，滋養她的虔誠。

波博依耶小姐以最溫柔、最細膩的方式照顧孤兒姪子，他名叫波比斯拉斯。這個討人喜愛的孩子，前途無量，她打算讓他成爲公證人，單純的老太太，因爲此機構中教師們的盛名，她將他託付給了公立高中，但在那裡，他很快就墮落了。學哲學的那一年，他常常接受無神論教師的指導，對他產生了尤爲致命的影響。他學到了人類激情的機制，只是爲了屈服於自己的激情，並利用他人的激情。他開始抽菸、喝酒、以淫穢下流的眼神看女人。他在看老太太的時候並不會用這樣的眼神，加上他喝得盡興，在喝飽喝足後心情愉快，老太太也就沒有懷疑她的姪子正在誤入歧途。高中畢業之後，波比斯拉斯在西茲維斯克斯特城的一間公證所，在那裡接受職業實踐培訓，就是在實習期間，他的卑劣黑暗面顯露了出來。一天下午，公證人不在，波比斯拉斯竊取了收銀箱中的錢財，凌辱了公證人的妻子跟其兩位女僕，並強迫她們陪他到地窖喝伏特加跟幾種不同葡萄酒到爛醉。幸運的是，公證人的七個女兒那天並不在家，但是損失還是難以估計。被侮辱、盜竊的丈夫把實習生趕走，並跟波博依耶小姐告狀。

老太太因爲孩子太早就顯露出邪惡行爲而感到心碎，將自己的痛苦獻給上帝，並且勇敢的著手將她的姪子引回正道，但這完全是白費工夫。他已經嘗試了數十種職業，由於欠缺堅持，這個可憐之人在深淵中越跌越深。在西茲維斯克斯特城中，只要是關於他的風聲，就是惡形惡狀、狂歡作樂、口角糾紛、年輕女子跟太太被他弄得羞愧難當、臉面盡失，還有他勾搭上的那些毫無道德的女孩。五年來，波博依耶小姐希望總有一天他會改過自新，並孜孜不倦，不遺餘力給予良善的建議、虔誠地告誡，以及給予獲得成果所需的所有金錢。到最後，她了解到自己的慷慨解囊只會讓姪子罪孽深重，只能指望他得到該有的教訓後，可以讓他重新做好本分。因此一天晚上他來要錢時，她勇敢的說了不。

事情演變至此的時候，戰爭爆發了。長久以來，波德維的人民跟他們的鄰居——莫勒東尼的人民處得相當微妙。兩個大國無時無刻都在產生新的爭端，在兩方都有道理之下，更沒有機會溝通相處。情況已經相當緊張，而一個重大意外又火上加油。一個莫勒東尼的小男孩故意在邊境上撒尿，帶著諷刺的微笑，尿灑在波德維的領土上。這對波德維人民的榮譽心來說太超過了，群情激憤，立即決議動員。

這在西茲維斯克斯特城引發了巨大騷動。男人被徵召保衛危在旦夕的國家，女士們開始編織粗毛線毛衣。波博依耶小姐以能織又多又緊密的毛衣聞名，爲了波德維軍隊的勝利，也是她在教堂裡點燃了最大的儀式蠟燭。年屆二十八的波比斯拉斯，當場被調到騎兵隊，駐守城內。他的制服、皮製裝備、頭上戴的絨毛帽子還有四把劍的劍尖在膝蓋旁撞擊，無不閃閃發光，他立刻對自己的重要性還有他身爲波德維領土光榮捍衛者的特權有過分的認知。他的膽大跟無禮幾乎沒有極限。在等待前往前線時，戰爭對他而言只是無窮盡的宴會、愉快的交際，以自己會爲市民而犧牲爲藉口，他提出的要求，在人民看來是一天比一天還過分。在城裡，女人或是女孩子沒有人敢看著他或是向他伸出手，他會跟著她們，將她們逼到教堂或甚至是她們自己家裡，無恥地從父親或是驚恐的丈夫的錢包中榨取錢財，需要的時候，就以爲了保衛國家而做出貢獻的名義，攔路搶劫路人。波博依耶小姐一直到此前都對這個誤入歧途的姪子還有一絲絲的慈愛，現在則轉爲用盡感情和全力憎恨他，面對這個最低等惡劣的生物，如此才算是展現美德。這種恨，她認爲是最神聖的職責之一，卻沒能阻止這個粗暴的軍人來拜訪她。一連串惡毒的咒罵聲從老太太居住的街底傳來。他搖搖晃晃的走進來，用大刀敲爛所有傢俱，沒有一句問候，只有褻瀆的話，他一邊打嗝一邊怪聲大叫，告訴她把錢拿出來，快一點。甚至有好幾次，由於她遲遲沒有動作，軍刀半出鞘，威脅要把聖潔的老太太分成兩半。

最終，用這種流氓跟強盜的生活過了六個月後，輕騎兵波比斯拉斯跟他的馬一起被打包裝進車廂，直直送往前線。西茲維斯克斯特城鬆了一大口氣，好市民是如此喜悅，在他被送走的那一天，有一則極重要的公報被忽視了。對波博依耶小姐來說，她重獲新生，充滿愉悅跟光明。她重新找回自己，以孩童般甜美的語調背誦祈禱文，六翼天使的翅膀在她夜晚的夢境中沙沙作響。

波比斯拉斯跟波維德軍隊離開了六個月，命運各不相同，當時一場大流感在西茲維斯克斯特城中肆虐。波博依耶小姐是第一批被感染的人，平靜的見到死亡來臨。在立下遺囑支持當地最神聖的工作，並且清醒虔誠地接受了最後一場聖禮，她在凌晨五點過世，一面喊著上帝之名，消息傳遍了整座城，人們大都認爲老太太定能跟天堂中的天使一起享用盛宴。到達天堂之門時，波博依耶小姐目睹了奇怪的場景，一開始她並不了解是什麼意思。進出的道路被成直線的士兵堵住了，他們吵吵鬧鬧的列隊前進，市民則都或躺或坐的在斜坡上，用陰鬱、看破一切的眼神看著士兵。聽到喊自己的名字的時候，波博依耶小姐無憂無慮的在軍隊旁小跑步爬上坡。她認出在坐在路邊的公民中，那位公證人，波比斯拉斯曾經羞辱過他的妻子。比她更早十五天進墳墓的老好人，走來朝她致意，帶著諷刺善意的微笑，問她那麼急是要去哪裡。

「我要去，」她說，「要去交代我的一生。」

「哎呀，」公證人嘆氣，「交代我們生平的時刻還沒來呢。」

「那是你說的。我想知道你爲什麼不讓我……」

「事情很簡單，你只要睜大眼睛就能看出來。自從戰火在波德維邊境爆發以來，這裡只讓軍人進入。他們以四縱隊爲單位進入天堂，不用經過檢視，不用考慮他們可能犯下的罪過。」

「這可能嗎？」老太太喃喃自語。「那就太惡劣了……」

「正好相反，沒有比這個更公正的了。爲了神聖的原因而死，當之無愧進入天堂。這正是波德維士兵的情況，爲正義而戰，讓上帝站在他們這一邊。不過，這同時也是莫勒東尼士兵的狀況。沒有人告訴我們，不過上帝也站在他們那一邊。這樣子會有很多人，戰爭恐怕還會打很久。兩邊都士氣高昂，從來沒有過那麼多的天才將領。在戰爭結束之前不用指望任何人顧得上我們了。我們生平的文件沒被亂丟就該慶幸了。」

一開始，波博依耶小姐對公證人揭露的事情相當沮喪。思考過後，她懷疑他說的是否是實話。活著時，他是個相當誠懇的人，從來沒有對宗教的事情表現多大的熱誠，此外，他還有既吝嗇又貪心的名聲。不用太多證據就可以將他的靈魂罰入地獄。

步行與騎馬的士兵們，一面唱著歌，一面湧入金碧輝煌的天堂之門，四周已經清空，形成一座大廣場。靠近門邊居高臨下的是聖彼得，坐在一朵雲上，監控著軍隊進入，一面計數。波博依耶小姐憑良心，下意識、大膽地走到廣場中央。一位天使長過來迎接她，用無限甜美、好像已身在天堂樂音的聲音說：

「老太婆，回去吧。你知道公民是禁止踏上大廣場的。」

「好天使，您一定不知道我是誰。我是西茲維斯克斯特城的波博依耶小姐。我六十八歲，還是處女，我相信自己一直以上帝神聖之名活在愛與敬畏中。我的教區牧師是我的精神導師……」

天真的向法庭呈現赦免罪行的頭銜後，她繼續前進，即便天使長提出抗議，試圖打斷她，卻是徒勞。

「但我已經說了廣場禁止……」

「……晨禱、感恩節，還有無論何種天氣下都六點鐘進行彌撒。彌撒過後，特別祈求聖約瑟夫以及感謝聖母。十點開始念經，隨後朗讀福音書中的章節。中午念餐前祈福經……」

天使長不管指示了，沒有一再拒絕借她一隻願意聆聽的耳朵。對天界的造物來說，沒有什麼比虔誠、貞潔的老太太列舉功勳跟善行要來得更有趣、更動人的了。閱讀大仲馬小說的趣味，甚至沒有辦法讓我們感受到天使在聽取幾千次微小的每日善行時，所感受到的那一絲美妙而不安的蕩漾。

「聽好了，」好心的天使長說，「我覺得你的情況很有趣，想幫你試一試。」

他領著波博依耶小姐到聖彼得端坐的雲底下，張開翅膀，對著光榮持天堂大門鑰匙者的右耳說話，他聚精會神地聽著，但是眼睛始終沒有離開士兵隊伍。

就快成功了，他要爲波博依耶小姐撤銷指示了，此時另一位天使長來到他的左耳邊，通知他春季進攻要在波德維邊境開始了。聖彼得做了一個巨大的手勢，似乎要掃平創世中的所有公民，並且開始厲聲指揮。

她從來時路被推回公民群裡，波博依耶小姐滿心惱怒痛苦，閱兵隊伍又來了，越來越多人擠過來。步兵、先鋒隊、獵兵、龍騎兵、砲手，大致按照順序走，部隊有時候會混在一起，巨大的吵雜聲從行進的大隊伍中傳出來。士官長高聲下令，士兵們唱歌，男人們互相辱罵，在隊伍中，向平民喊話、跟婦女說笑、用大嗓門齊聲唱英雄傳統的淫穢歌曲。有時候，交通堵塞，塞住了沒完沒了的隊伍。一隊撞上另一隊人，混亂，等待中爆發沒完沒了的咒罵，砲兵辱罵步兵，把他們當作是龍騎士或是執彈手。

喧鬧聲震耳欲聾，波博依耶小姐差點以爲自己下了地獄。迷迷糊糊，她沿著路走，更多時候是在溝渠上走，在漠不關心的市民群中尋找西茲維斯克斯特城的公證人，或是幾個認識的人，他們的陪伴可以讓她在這場考驗中得到安慰。有好幾次，百種不同聲音，當著她的面，唱下流無恥的歌曲。最後，又累又絕望，她坐在溝渠的背壁，淚流滿面。不遠處，行進部隊內堵住了，擋住了一小隊輕騎兵，就在波博依耶小姐面前。在這隊伍前面，一個白鬍子老上尉，他的頭自豪的夾在胳膊下，頭上戴著輕騎兵的軍帽，不耐煩的安撫他的坐騎。等待太久而惱火，他把自己的頭插在軍刀尖端，用手臂舉高，好看到前面發生了什麼事。突然間，一陣憤慨而響亮的驚呼吸引了波博依耶小姐的注意力。

「天殺的西茲維斯克斯特！」老上尉叫道。「又是這些骯髒的輜重兵搞的鬼！我早就懷疑了！卑鄙小人！懶惰鬼！坐在馬背上還像用走的騎兵！搞我啊？天堂的輜重兵！爲什麼不是煤氣工人？殺千刀的西茲維斯克斯特！」

然後，所有跟在他身後的輕騎兵，站在馬鐙上，開始嚎叫：「打倒輜重兵！全部的輜重兵，都是混蛋！下地獄吧，輜重兵！」

當他們的聲音達到一致時，他們為自己的榮耀唱讚歌，是這樣開頭的：

西茲維斯克斯特的輕騎兵
抵達營隊駐紮地
所有西茲維斯克斯特的女孩
全都等在陽台上……

波博依耶小姐不再懷疑，她面前的就是駐紮西茲維斯克斯特的輕騎兵。確實，她認出了白鬍子老上尉，時常看到他在城裡的鵝卵石上拖著軍刀。他甚至還有一個情婦，沒有道德的女孩，他買給她毛皮跟絲質連身裙。老太太打了個顫，想到天堂之門為一個有情婦之罪得男人大開。環顧整個隊伍，她又發現幾張認識的面孔，其中還包括一個年輕少尉，漂亮的像個女孩。他喜歡跟他一樣俊美的男孩作伴，人們還說了些跟他有關的事，不過她不是很懂，但是她認為很可疑，因為女士們會低聲討論。這些事也沒有對他能直直前往天堂造成障礙。

波博依耶小姐視察到最後幾排，然後她不禁大喊出聲，一聲憤怒的驚呼。在隊伍後方壓隊的騎兵中，她認出了她的混蛋姪子波比斯拉斯。此時，一陣暴亂將她推到溝渠的邊邊。這個無情無義的流氓、強盜、憤世嫉俗、嗜好各色羞恥淫蕩之事的浪蕩子，天堂的榮耀沒有任何討論就給了他，而她自己甚至需要在門前等待好幾年，也許還會被拒絕進入。想到她作爲一個貞潔的老太太的謹小愼微，她的祈禱和善行，佔滿心中的反抗心情，最終屈服成爲了深深的沮喪。而波比斯拉斯認出了她，並將馬拉到路邊。

「看啊！」他說，「維歐克在這兒呢！」維歐克是波德維的俗語，用來指老婦人，帶有最不尊重人的貶低意味。

看到波比斯拉斯的嘴臉，她怎能不氣憤。

「眞好笑，我們兩個人同時死了。」他繼續說道。「就像您看到的，我沒有像您之前想說的變那麼糟吧。這一次，我的未來是有保障的。就我所理解的，你就不同了，對吧？」

波博依耶小姐受不了這種殘酷的諷刺，捂著臉哭了起來。不過，波比斯拉斯態度軟化了，用親切的口吻跟她說：

「來吧，別哭了。說到底，我沒有看起來那麼糟糕。我會讓你擺脫困擾的，爬到我身後來。」

波博依耶小姐猶豫著要不要理解，但是隨著隊伍即將動身，波比斯拉斯彎下腰，把她抱在懷裡，讓她跨坐在他身後。

「抱著我的腰，緊緊抱好了，不要怕大腿會露出來。我們不會看到就瞎掉的，走吧。除此之外，西茲維斯克斯特有什麼新鮮事？」

「公證人死了。我剛才在路邊有看見他。」

「可憐的傢伙。不過我凌辱了他的妻子，你還記得嗎？」

波博依耶小姐很不舒服，自問是不是應該求波比斯拉斯放她下馬。對一個接受教會聖禮的貞潔老太太來說，騎在輕騎兵背後，在一群粗暴的軍人中間，身邊盡是嘲笑她的士兵，是很奇怪的情況。但這還不是最糟的，遠非如此。當我們的生命完全消耗在追尋基督教的完美，卻被沾染最黑暗之罪的流氓所拯救，是非常羞恥的。此外，說自己進入天堂是透過算計跟詭計，也沒有比較不羞恥。

「沒被看到，就不會被抓，」波比斯拉斯說。「抱緊了。」

「天意難測。」波博依耶小姐有些假惺惺的想著。馬匹小步伐前進，頻繁地休息延長了對她的酷刑。最後，騎兵隊伍疏通到大廣場，正對天堂之門。天堂號角隨著西茲維斯克斯特的輕騎兵行進響起，小隊的領頭進入了拱門。聖彼得端坐在他的雲上，警戒的視察隊伍進入。

「把自己縮小。」波比斯拉斯悄聲說。這個建議是多餘的。

因爲羞愧跟恐懼而蜷縮，波博依耶小姐穿著黑衣服，看起來就像一捆忘在馬屁股上的舊衣服。野獸已經走到門口，脖子已經進門了，但是從雲上傳來一聲響亮的聲音，阻止牠繼續前進：

「嘿，那裡的士兵，停下來！」聖彼得叫道。「你放在後面的那個女人是誰？」

嚇得老太太支撐不住，差點從坐騎上摔下來。

波比斯拉斯騎士踩著馬鐙輕輕抬起身子，一個動作輕巧地轉向聖彼得，軍帽傾斜致意，用充滿男子氣概、自信的聲音說：

「是軍中的妓女！」

「啊！好……通過……」

波博依耶小姐啜泣，嚥下這極端的屈辱，但是，下一秒，她就什麼都不用再多想了，因爲她已經進入了神的國度，在此，「爲什麼」和「如何」不再有任何意義。

徵收妻子的稅務員

在南吉庫小鎮，有一位名叫高提耶—勒拿的稅務員，他在納稅的時候遇到了困難。他的妻子在理髮師、裁縫師上花了很多錢，只為了一個每天早上，都會騎馬經過他家門前的俊美輜重隊中尉。而且，下午的時候，她還會在格蘭街的人行道上遇到他。

除此之外，高提耶—勒拿太太還是個忠實的妻子，幾乎沒有什麼壞念頭。簡單來說，她很熱中於幻想自己跟體格好、衣冠楚楚的年輕人出軌。但這不只是幻想，正好相反。南吉庫最好的理髮師每週幫她洗一次頭髮，燙大波浪，一共花十七法郎，還沒加上頭皮按摩、剪髮、不時來維持捲度。不過，最大的開銷來自於購買裙子、套裝跟大衣，因為出自於哈恭旦街的勒格里斯小姐之手（雷歐納．哈恭旦，一八〇七年出生於南吉庫，細膩的詩人，《多情的樹葉》和《獻給表親露西的頌歌》的作者，在一八七〇至一八七一年戰爭期間擔任鎮長。建立繪畫美術館得歸功於他。他也是傑出的考古學家，由於跟J．彭特教授就阿利比安塔遺址發生了著名的爭論，使其生命末期充滿憂傷。於一八八六年過世，在保衛廣場上可以看到他的半身石像，由南吉庫當地的雕刻家賈利比耶鑿成，這條街道如今以他的名字命名。）所有南吉庫的貴族太太都在勒格里斯小姐家做衣服。稅務員並非貴族，他會在一收到裁縫店帳單的那一週就付清賬單，所以，當納稅季節到來時，他總是兩手空空。

不過，他從來沒有向妻子抱怨她開銷太多。他甚至會看著她打扮，可以視爲是鼓勵。他是一個身高一百七十一公分，胸寬八十五公分的三十七歲男子，黑頭髮、鵝蛋臉、棕色眼睛、中等大小的鼻子、唇上留有黑鬍子、臉頰上有一顆痣，上面有硬毛，位置太高了，而他沒興趣留鬢角。工作佔去他很多時間，甚至在上班時間外也在工作。因爲他在自己繳納稅款時也常有困難，因此他對普通納稅人也多了同情。他會在稅務辦公室熱烈的歡迎他們，自願給他們延遲繳稅。

「我不會把刀架在你們喉嚨上。」他說，「盡你們所能就好。畢竟，沒有人能做到不可能的事。」有時甚至會讓自己嘆息：「啊！要是我能決定的話……」納稅人聽懂了這和藹可親的語言，於是也不急於繳稅。其中一些人生活得心安理得，但該給稅務機關的已經晚了好幾年。比起其他人，稅務員更喜歡這些人。他暗自欽佩他們，提到他們時滿是親切。然而，身為行政機器中的一個齒輪，他不得不發出拖欠通知傳票，並請求傳票送達員協助。他為此傷心欲絕。當他決定寄出傳票時，總是加上一張表達善意的小紙條，盡可能緩解嚴峻的行政程序。甚至，他有時也會後悔，一出辦公室就跑去某個納稅人的家中，帶著親切的微笑說：「你明天就會收到通知，但你知道的，不用太在意。我還可以多等一會。」

在整個南吉庫鎮上，只有一個男人作為納稅人卻遭到稅務員的敵視，那就是荷布佛先生，他是個有錢的業主，住在默瓦內特街上的漂亮房子裡（梅虛瓦·默瓦內特，一八五二年出生在南吉庫。在巴黎學習建築，回到家鄉定居。在眾多紀念建築物中，儲蓄銀行跟穀物商場應歸功於他。一九一一年因打獵意外而過世。）荷布佛先生總是第一個繳稅，在收到稅單的那天早上，他正在稅務局，用愉快的聲音說：「高提耶—勒拿先生，我是來處理一些小事。每個人都有自己欠的，不是嗎？本人可不喜歡拖欠東西。」他從皮包中掏出六十幾張千元大鈔，大聲數著一、二、三、四，一直到六十多，然後加上百元鈔票跟零錢繳清稅款，然後把收據放進口袋，露出一種尋求他人認可，一個有良知、守法之人的滿足微笑：「到明年之前我沒有任何欠稅了。」但是稅務員從來都不知道如何勉強自己說點好聽的。他冷冷地打招呼，回頭處理成堆的文書工作，然後，當對方掉轉腳跟，他會惱怒的看著他遠去，走往門口。有一年，那是在一九三八年，稅務員遭到經濟困難。事情是這樣發生的：有一天，高提耶—勒拿夫人經過格蘭街，也被稱爲大街，她看到輜重隊中尉緊緊跟在一位年輕寡婦的身後，像是已經用眼睛脫去了（沒有其他字眼）她的衣物。

隔天，她用一封匿名信告知中尉那位寡婦患有性病，然後去勒格里斯那兒，訂做了一件當季流行色的連身裙、一件運動風毛呢連身裙、一套粗花呢絨套裝、雙縐綢套裝搭配一套襯衫和有口袋的木犀草綠色長褲。爲了付這些費用，稅務員不得不將他爲了納稅預先省下來的一筆錢拿出來。他並不爲此感到太過驚慌。每一年，他都會存起一筆儲備金，至少能夠用到八月。只是他發現到這次錢消耗的速度比平時來得更快，希望妻子至少已經預先買好了一年份連身裙。一個月之後，她又買了六件絲質連身內衣、四套絲質睡衣、六套絲質內褲、六套絲質內衣、兩條絲質混橡膠腰帶、十二雙絲質絲襪跟兩雙高跟拖鞋，一雙粉色，另一雙白色。

十月的一天晚上，稅務員離開辦公室，滿臉痛苦。當他來到博納貝爾廣場時（博納貝爾的艾提安，一三七七年出生於博納貝爾城堡。一四一三年，他防衛著被勃艮第大軍圍困的南吉庫城，誓言寧可犧牲也不投降。事實上，物資早已耗盡，他撐到圍城第十八天才投降。於一四六二年在巴黎過世。），雨落了下來。廣場被附近商家的燈光照得燈火通明。稅務員走向郵局的建築物，就在格蘭街的轉角處，郵筒前停了一下，他從口袋掏出一張綠色的長方形紙片，念了好幾遍信封上的地址。這是一張寄給自己的欠稅通知傳票。猶豫片刻後，他將信放入郵筒，從另一個口袋掏出一疊其他納稅人的傳票，投入郵筒，讓他們加入寄給自己的那封信的行列。雨越下越大。稅務員額前滾燙，看著廣場上熙熙攘攘的人群，雨傘在人行道上飛舞，汽車在反光的石頭馬路上緩緩行駛。夜間，濕漉漉的城市中隱隱約約響起一陣喧囂，在他聽來像是被傳喚的納稅人的抱怨。匆忙的行人中，他瞧見一個正在跑的男人，西服領子立起來，他認出那是甜點師普朗松，他方才寄了一封傳票給他。

因找到同伴而激動，他開始跑，跟隨在普朗松身後，進入了中央咖啡館。大概有二十多位消費者在大廳聊天或是打牌。他坐到甜點師身邊，熱情的跟他握手，對方似乎無法理解，因爲他心不在焉、超冷漠的打了聲招呼，然後開始看隔壁桌的男子玩牌。坐在玩牌的人隔壁的是荷布佛先生，積極的納稅人，一邊關注這一局，一邊抽了幾口菸斗。這個無懈可擊的人讓稅務員更加同情被國稅局騷擾的市民的不幸下場。他彎下腰，對普朗松低聲說：

「我看到你走進中央咖啡館。便跟在你身後跑。想提前通知你，我寄出了一封欠稅通知書給你。要知道我之所以會寄出那封信，是因爲我不得不那麼做。但最重要的是，別太煩惱……」

看得出來普朗松很不悅。他想了一下然後大聲說道：

風，想都沒想就採取反抗態度。桌子四周的客人也附和他們，提到國稅局的要求時，語帶尖酸，但並沒有針對稅務員。然而，在他們互相討論的時候，也完全沒有說出任何一句幫他解釋的話。這其實就是隱隱的，或者也可以說就是在怪罪於他。稅務官員，顯然會被人當作是國稅局嚴厲辦事的幫兇，但他們出於小心，也不會直接用言語責怪他。

稅務員默默地承受人們沒搞清楚事情所造成的痛苦。他想要提出自己作爲納稅人的焦慮，跟抱有惡意的人溝通，帶著一種反抗感，或至少表達自己面對收稅機器的焦慮，他的職位沉重到讓他窒息。荷布佛先生仰著頭，吸著用雙手拿著的菸斗管子，靜靜地聽著鄰居們的抱怨。他的雙眼閃爍著諷刺的火光，一直觀察著稅務官的眼神，捕捉其反應，以便一起開始反駁。但是稅務員根本沒有看他，也對荷布佛先生向他表示無聲的同情一無所知。

荷布佛先生最後忍不住了。普朗松所想的事危及國家管理，對荷布佛先生而言，比其他人的意見更具顚覆性，他要趁此時機介入調解。他從容應對，並對稅務員展開眞誠的笑容。他表明，納稅對國家而言至關重要，公民無法在他們的利益不造成損害的前提下避免此事。爲了回應普朗松，他明確指出，就只舉一個例子，糕點業的繁榮便是歸功於國家嚴謹的稅收制度，他說，因爲如果國家沒有準備必要的資金來維持教堂，那教堂就會化爲廢墟，如果星期日的時候，信徒沒有辦法再上教堂，他們要如何在做完彌撒後買塊水果塔或是聖安娜泡芙塔？荷布佛先生以讚揚謙卑的稅收人員的熱誠作結，是他們確保了社會群體運作良好。把菸斗塞回齒間之前，他看著稅務員，帶著同情與同謀的微笑。高提耶—勒拿羞愧得滿身是汗，臉脹得紅通通。荷布佛先生的同情跟支持讓他的心中充滿苦澀。劇烈的抗議在他胸膛鼓起，卡在喉頭，他的職業道德不允許他反對從納稅人榜樣口中講出的，如此有道理的話。

周圍的人恭敬地聽著荷布佛先生的話。

這個人的重要性、應該考量他的話，都讓他說的話更有份量，如果他們沒能說服任何人，至少還能讓他們避免矛盾。

一陣和解的沉默，普朗松，爲了表示荷布佛先生的調解沒有白費，親切的詢問稅務員想喝什麼。稅務員十分笨拙的迴避了，害羞地咕噥、四處打招呼，感覺到驚訝的神情以及帶有諷刺的好意，重重的壓在自己肩上，他尷尬的離開了。

離開仍有雨傘來來去去的博納貝爾廣場，稅務員閃身進入一條空無一人的街道。顧不上下雨，重溫了停留在中央咖啡館時的小插曲。他無法用單純對荷布佛先生個人的反感，來解釋自己對其產生的暴虐情緒。他猜想還有別種原因，但是出於尊重自己的職業，他沒有專心細想。種種理由對他來說，必定會讓自己平靜的內心恐慌，他逼自己不再去想。他自以爲找到事情好排解家庭生活中的煩惱，結果卻從另一個方向出現問題。

經濟拮据讓他回憶起剛剛丟到郵筒中，明天早上就會收到的那封通知書。威脅在夜晚中緩緩迫近，不是沒有諷刺的意思。有點像是稅務員給自己的小驚喜。與其把通知書丟入郵筒，他應該要把它塞進口袋，當作是警告，但他想要給自己一個晚上，一個暫時休息的幻象。

而且，當他穿過幽暗的小巷子時，驚訝於自己希望郵局有所延誤，但好像這種延誤，即便發生了，也無法改變他的處境。

想了想，他明白了心中爲何會升起對荷布佛先生強烈而無聲的反抗。這個快樂而守時的人，不會讓自己多等一天甚至一小時就繳完稅，從來不給自己任何虛假的驚喜。幾乎都是當場就繳完費，他不會像平常的納稅人，自發性忘卻稅收帶來的威脅，也不會遭受忘記此事所帶來的風險。

在稅務員的想法中，義務的概念，也就是有關納稅的義務，與誘惑、遲疑、回報、危險密不可分。因爲沒有要求立即繳納稅款，國稅局授予了納稅人某種行使錢包的自由意志，這是一段考驗的時間，這段時間內他可以隨便使用，將用來納稅的錢用於做壞事，但也可以戰勝誘惑，完全履行自己的納稅義務。

而馬上就拿現金繳稅的荷布佛，則避開了這些嚴肅的考驗，所以他只完成了一部分的義務，還是最小最微不足道的那一些。「那頭豬，」高提耶—勒拿喃喃道，「我懷疑，我老覺得這個人沒有履行他的納稅人義務。」不過，他此時已經離開了小巷弄，看到了威爾遜大道凸出來的電燈（伍德羅．威爾遜，一八五六年出生於史坦頓（維吉尼雅）。美國總統民主黨候選人，他在一九一二年第一次當選，於一九一六年連任。提出了十四點和平原則聲明，一九二四年過世於華盛頓。），照亮了他住那棟有著刨花木板牆的脆弱小房子。

第二天早上，當郵差遞來了那封通知書時，稅務員正在吃早餐，陪在身旁的是他的妻子。他展開信然後用平淡的語氣說：

「我收到了一封催繳通知書，必須在十一月一日之前繳納稅款。」

「通知書？」妻子很驚訝。「但，是誰寄來的？」

「稅務員……。我今年遲繳了。」

「什麼？你寄給自己一封通知書？太蠢了。」

「我不知道爲何不能給自己寄一封通知書。難不成你認爲我會利用職務之便給自己特殊待遇嗎？我跟其他人一樣都是納稅人。」

高提耶—勒拿眼中閃耀著驕傲的火焰並且重複：

「跟其他人一樣。」

妻子什麼也沒做，只是聳了聳肩。她認爲，這張從郵局送來的通知書只是高提耶—勒拿用來勸告她省錢跟縮減花費的藉口。她準備好要聽丈夫說教，但是什麼事也沒發生，她心生憐憫然後打破沉默。

「是我買衣服花太多錢了，眞的太多了。我想請你原諒。」

「不是的，」稅務員反對道。「也是要好好穿衣服啊，你並沒有做不必要的開銷。」

高提耶—勒拿夫人嘆了口氣，稅務員感動於她的懊悔，出發去辦公室前溫柔的親吻了她。隻身一人，她瘋狂的開始一天的準備工作，然後，大約在早上十點鐘，她爬到靠威爾遜大道的窗口邊上。輜重隊中尉騎馬經過時，她跳到他身後的馬屁股上，一手提著行李箱，另一手拿著帽盒，然後，四個腳跟在野獸肋骨兩側，這對情人急馳，前往在東部省深處的駐防地，於是在南吉庫，人們再也沒有聽說過高提耶—勒拿夫人的名號。

中午返家時，稅務員看到張紙條，知道了此事：「我要和我心愛的人永遠離開囉。」

那天，他哭了很多次，接下來的幾天也哭了好幾次，失眠、食物不振，如此一來他日漸憔悴，極度疲勞，腦裡出現各種奇思妙想。他相信妻子是被國稅局給帶走，他指控後者沒有事先發出限制令就扣押自己的妻子。好幾次，他投訴自己，因爲自己同時也是國稅局代表，並親筆回覆說，這件事將由有權限處理的人審查。而這閃爍其詞的回答讓他不滿，他決定自己去一趟稅務處。一天早上，他在九點前抵達辦公室，直接到他接待處理一般納稅人請求暫緩稅收的小房間。手上拿著帽子，他坐在專門留給訪客的椅子上，面對一張淺色木頭扶手椅，隔著一張桌子，然後他這樣說：

「稅務員先生，我曾跟您投訴過三次，是關於十月份我的妻子被扣押的事情。

「在細讀您的回答後，我想有必要與您面談，好解釋我的情況。請注意，基本上，我沒有異議。對國稅局有權帶走我的妻子一事，我自然是沒有異議。我堅持這一點，稅務員先生。我不想要其他人質疑我自己充當法官或是評論家。誠然，我愛過，我現在仍然熱烈地愛著我的妻子，但無論如何，我絕對沒有想過要逃避這項新的稅收要求。只要政府已經做出決定就夠了，我不會深究其中的理由。也不會去爭論這個法令，儘管萬一納稅人開始跟國稅局爭執如何處理他們的配偶，可能會因此拒絕繳納現金給國稅局，國家沒收到現金，那我們的未來將會如何？

「不，這件事情衝擊到我的是，我再強調一次，並不是特別的繳稅形式，而是法律形式並未得到尊重。事實上，稅務員先生，這是您的職責，我沒有收到任何通知，不論是有掛號或者免掛號的，要拿我的妻子到納稅處出納口抵付稅款，在扣押之前，也沒有收到傳票送達員送來的催告通知。更不用說打擊了我作為納稅人的聲譽，深深地傷害了我的感情。如果通知單上的繳稅截止日期沒錯的話，我原可以和我的妻子多幸福幾週，但是，我再強調一次，這個徵收妻子通知，我並沒有收到。這很明顯不合規定。因此，稅務員先生，我希望您不會覺得，我向主管部門要求賠償是錯誤的。」

到了這裡，高提耶—勒拿站起身，將他的帽子放在椅子上，然後走到桌子的另一側，在給校長坐的那種扶手椅上坐下。沉思片刻之後，他用通融的語氣說道：

「親愛的高提耶—勒拿先生，我並不否認，這其中確實有不合規定的事，這會是疏忽或是刻意犯錯嗎？

「這調查一下就能搞清楚了。但雖然您有權利要求調查，我還是勸您不要要求進行調查。這會帶給我們部門無限且複雜的麻煩，甚至會損害其權威。反對派的報紙，總是準備好要大聲疾呼有醜聞啊，絕不會錯過這個案子，而且，高提耶—勒拿先生，您不會想要這樣的，您是稅務愛國主義者，下不了這個決心的。而且，除此之外，您可以得到什麼好處？我知道，您有權希望妻子回到您身邊五到六個禮拜。但是您也知道此類訴訟會進行得多緩慢。在成功之前，會經過數年，或是數十年。到時候妻子只回到您身邊幾週，別忘了，屆時她將滿臉皺紋、年華老去，缺了牙、皮膚暗沉、還幾乎沒了頭髮。讓您記憶中留下的的是一個年輕又漂亮的女性，不是更好嗎？對吧！您懂的。再說，您可是是公務員，您一定要拿出樹立財政的勇氣，好作爲榜樣。說到這裡，我想告訴您，對於您上一封來信的一些觀察，其中提到，在荷布佛先生與您之間，稅務局對兩者有不公平的待遇，在我看來是相當合理的。確實，荷布佛先生沒有好好履行納稅人的義務，而我謝謝您幫助我注意到這一點，因爲我會糾正錯誤。」

從扶手椅起身，稅務員先生拿回椅子上的帽子，把帽子掛在衣帽架上。面談結束了。隔天早上，荷布佛先生到稅務處報到。他手裡拿著一張紙，看起來相當激動。稅務員比平時更謙恭有禮，並親切詢問他來訪的目的。

「太不可思議了，」來訪者回答，一邊遞給他那張紙。「我收到警告通知書，要將在今天，一九三八年十一月十五日前，將我的妻子繳納至您的出納口。這肯定出了錯。」

「我們來看看。第一張通知是付費掛號的嗎？」

「不是，是免費的。」

「這一切完全符合正常手續。」稅務員帶著平靜的笑容說道。

荷布佛先生先是愣了一下，睜大眼睛。最後，他才成功開口，結結巴巴地說：

「從沒聽過這種事！把我的妻子從我身邊帶走！沒人有權力這麼做。」

「您想怎麼樣？這是新的稅收措施。噢，我懂。這會很辛苦，眞的辛苦。」

「難以置信，」荷布佛先生說。「把我的妻子從我身邊帶走！爲什麼針對我？」

「哎！您可不是唯一一個被要求要做出犧牲的人。除了您以外還有其他人，今天早上收到了繳納通知。我已經繳納了自己的妻子。這相當痛苦。但還是必須得服從。我們活在一個殘酷的時代。」

「可是，」荷布佛先生說。「對，可是！我，我可總是準時繳納稅款的……。」

「正是如此，荷布佛先生。您十分準時，國稅局也毫不猶豫就首先爲您登記。不過，這一次，如果要我給你一個建議，就是不用太急著繳稅。好好利用給您的繳納期限。」

荷布佛先生點點頭，繼續思考。這件事情對他而言已經沒那麼荒唐了。稅務官的例子證明了其他納稅人正在經歷相同的磨難，讓他幾乎可以接受放棄自己的妻子，將她繳納至國稅局的那種想法。一想到自己的犧牲如此偉大，荷布佛先生自我感動與敬佩自己同時，臉頰上因自己的英雄主義而泛起紅暈。最後，說實話，他的妻子生性陰鬱，也一點都不漂亮。內心深處雖沒承認，但他很輕易的就放棄她了。一面與稅務員握手道別，他一面勉強嘆了一口氣。

「要勇敢喔。」稅務員說。

「我會盡力。」荷布佛先生一邊回答，一邊走遠了。

當他走到勒菲納街（雨貝．勒菲納，一八六零年生於南吉庫。在此城市樂善好施。為醫院提供了三張床位，遺囑上註明將他的部分財產贈與這座城市，現為水畔步道，那裡為他立有一座青銅像。一九二三年於南吉庫過世），荷布佛先生好奇地想，受到這項新措施的影響，納稅人的反應會是怎樣。他在城裡轉了一圈，沒看到什麼不尋常的事。這天晚上，在中央咖啡館，他發現在此喝一杯的人有六位左右的男性收到了警告通知，荷布佛先生還聽到，當然有人對國稅局的嚴厲措施進行了尖酸的批判，全是沮喪的指責。整體的氛圍是訴苦而非憤慨。

男人們比平時喝更多，到了晚餐時間，很多人都醉倒了。甜點師普朗松一年前成為鰥夫，試圖煽動納稅人造反，但沒有成功。

「你們打算就這樣讓出自己的妻子？」他對五金行的佩提說。

「因爲規定要啊。」佩提回答，其他人也跟著他重複道：「因爲規定要。」

十一月十五日早上，三十多對夫婦在稅務局門口排隊，每個納稅人都牽著配偶的手，要將她們繳納到出納口。他們的臉上只有痛苦跟無奈。人們幾乎不說話，只用低沉的聲音，交換幾句最後的諾言。在室內，稅務員在辦事員的協助之下，開始將妻子們收入國庫。房間被低矮的隔板隔成兩個隔間。

斜倚在一本登記簿上，辦事員登記下前來櫃檯的夫婦基本資料，還準備了收據。稅務員將妻子領到隔板的另一邊，發給丈夫一張收據，用幾句同情的話就將人打發走。婦女成爲了國家稅收的財產，一群人安靜地待在禁止對外開放的包廂裡，看著納稅人走進來，妻子一個一個加入，讓這個愁眉苦臉的群體逐漸壯大。

十一點左右，一輛汽車被人群堵在稅務局前。就是那麼剛好，那一天，稅務部長，在辦公室主任的陪同之下，途經南吉庫市，他曾是那一區的議員。隔著門望過去，驚訝於人流匯聚在稅務處的門口處，好奇的想過去一探究竟。稅務員沒有任何不自然，接待了部長跟他的辦公室主任。稅務員因爲在這麼大群的納稅人中接待部長而致歉，並且微笑的補充道：

「但我並不後悔。這是稅收進展順利的象徵。部長您看看，我已經徵收到了二十五個妻子。」

部長跟辦公室主任面面相覷。當被詢問時，稅務員提出了合理的解釋。解釋完後，辦公室主任湊近部長身邊，低聲說：「他眞是瘋了。」

「嘿嘿！」稅務部長道。「嘿嘿！」

顯然是來了興趣，他審視被徵收的女人們，考慮到她們是最漂亮的一群，想著這可能是國家重要的收入來源。她們其中有許多人，由於是女性，容易輕信，因此在稅務員的號召下，上繳了她們最美的珠寶。他陷入了沉思。

辦公室主任沒有打擾部長的思考，也了解其想法，他看著耐心等待部長離開後，走向櫃檯的夫婦。

「這些勇敢的人眞是有紀律，令人欽佩。」他觀察道。

「確實如此，」部長喃喃道。「我爲此感到深深的震驚。」兩個男人意味深長的交換了一個眼神。在那之後，部長熱情地握了握稅務員的手，最後看了一眼國稅局的妻子群，回到他的汽車上。

在這難忘的日子的第二天，人們得知高提耶—勒拿先生被升等爲一級稅務員。稅務部長還隱晦的提到一個龐大的計畫，將是稅收制度的大革新。但戰爭已經來臨了。

這麼一想，提前十二個或是二十四個單位，甚至是二十四的倍數，好像也不礙事。漸漸的，人類開始意識到自己能夠支配時間。在各大洲跟各大國，國家元首跟各部會長開始查閱哲學專論。在政府會議上，多方探討了相對性時間、生理性時間、主觀時間跟可壓縮時間。很明顯，時間的概念是人類祖先幾千年幾千年傳承下來，相當可笑的平衡狀態。古老嚴厲的神明克洛諾斯[2]在此之前強制揮動鐮刀的節奏，而如今失去了威信。他不僅對人類變得慷慨，還被設計成服從人類，照指定的節奏運作，以慢動作走路或是邁出體操的步伐，更不用說以暈頭轉向的速度，將他稀疏的老鬍鬚吹到脖子後面。不會再慢吞吞的了，事實上，該把克洛諾斯做成標本了。人類才是時間的主人，他們會以比以往更奇想的方式分配時間，時間之神的職業生涯過於平靜，該摘下王冠了。

似乎，一開始在征服的新領域中，政府分得了普普通通的利益。秘密進行的試驗沒有得到任何用處（參考〈時間卡〉）。然而，人民厭倦了，不論他們來自哪裡，人人都感到萎靡不振、情緒惡劣。一面咬著黑麵包或是一面喝人造糖精的代替品，他們夢想有美食盛宴跟菸草。戰爭漫長。我們不知道什麼時候會結束。但也許某一天會結束？所有的陣營都

2代表時間的古希臘神祇。

相信自己會贏，但我們害怕需要時間等待。統治者懷有相同的恐懼，然後強行壓制焦躁不安的情緒。沉重的責任讓他們臉色發白。聽好了，想要和平是不可能的。也反對榮譽或是其他考量。令人憤怒的是，我們知道自己能夠支配時間，但是找不到方法只替自己運作。

最終，在梵蒂岡斡旋之下達成了一項國際協議，將人民從戰爭的惡夢中解救出來，但是不改變敵對關係的正常結局。做法很簡單。我們決定將全世界的時間往未來推進十七年。此數字是考慮到衝突的持續時間可能會很極端。然而，政治界並不平靜，害怕時間往前推得不夠。感謝上帝，根據法令的效力，整個世界突然間老了十七年，戰爭結束了。也沒有引發另一場戰爭。

只是有可能會引發。

我們可以相信，人民會長喊出解放的歡呼聲。然事實卻不是這樣。因爲沒有人感受到時間大幅躍進。

這段突然間就消失的漫長時期中原本應該發生的事件，還深深刻在所有人的記憶中。每個人都記得，或是相信自己似乎記得這十七年間過著怎麼樣的生活。樹長高了，孩子誕生，人們死了，有些人發了財，另一些人破產了，酒裝入瓶，國家滅亡，好像世界的生命已經花時間完成自己。幻象如此完美。

就我來說，我記得法令生效時，我在巴黎家中，坐在書桌前，正在寫我已經寫了開頭五十幾頁的那本書。我聽到妻子在隔壁房間對著我的兩個孩子說話，他們分別是五歲和兩歲的瑪莉——泰黑絲以及克洛維。一秒鐘過後，我發現自己身在勒哈佛爾，一座海邊的車站，剛結束為期三個月的墨西哥之旅。雖然保養得不錯，但我的頭髮開始花白了。我的書早就已經寫完了，後續的精彩程度不亞於開頭，可以相信眞的是我寫的。我（好像）還寫了另外十二本書，我必須說，同樣已經被遺忘。（世態炎涼哪！）

墨西哥旅途中，我經常收到我的妻子以及四個孩子的近況，最後兩個，路易跟茱麗葉，是在法令頒布後出生的。相較於上一個時期，我對在這個虛幻時期留下的記憶更加不確定，也更不在意。我完全沒有印象被剝奪了什麼，如果我對此法令一無所知，我肯定不會對這場冒險有任何一絲疑慮。

總之，一切都發生了，對全人類來說，好像他們眞的活了這十七年，儘管只是一瞬間。也許他們確實活了這十七年。人們對此常有辯論。哲學家、數學家、醫生、神學家、物理學家、形上學家、神智學家、學術院院士、力學專家都為此寫了大量的論文、類論文、反命題和概括文章。在從勒哈佛爾到巴黎的火車上，我讀到三本小冊子討論這個問題。

偉大的物理學家菲力貝・寇斯提姆，在他的《時間齊頭論》大概證明了這十七年是確實經歷過的。R・P・畢雄，在他的《論屬度量》中，證明了這些年並沒有經歷過。最後，波諾梅先生，索邦大學幽默學教授，在他的《論國家笑話》堅稱，時間並沒有前進，而那著名的法令則是荷馬式鬧劇，是政府在那時的想像。對我而言，最後這個解釋，在索邦大學教授波諾梅先生筆下，是有點牽強的幽默，我相信他不會入選法蘭西學術院，理所當然。至於那十七年是否確實經歷，我無法下定論。

在巴黎，我發現自己身處熟悉的公寓，但也許我是第一次踏進這裡。在那著名的十七年中，事實上，我搬家離開了蒙馬特，來到奧特伊生活。我的家人在家中等我，我很高興再見到他們，但卻非驚喜。無論眞實或是虛擬，我們在時間括號中所生存的這些日子，都還與其他時間緊密相連，沒有感到明顯的割裂。所有的一切都無縫接軌。巴黎街頭景象，阻塞的車陣，沒什麼能讓我感到驚訝。夜間照明、計程車、供暖公寓、自由買賣商品，一切又都已十分熟悉。眞情流露時，我的妻子笑著跟我說：

「終於！十七年了，我們總算是見面了！」

然後，她將路易和茱麗葉推到面前，分別是八歲跟六歲，她補充道：

「我向你介紹你還沒有幸認識、最小的兩個孩子。」

然而這兩個最小的孩子完完全全可以認出我，當他們掛在我的脖子上玩樂時，我越發相信波諾梅教授離事實並不遠，確定時間推移不過只是一則笑話。

夏日開始時，我們決定去布列塔尼的海灘上渡假。旅程就定在七月十五日。早先，我必須應一位老朋友的邀請到汝拉地區短期旅行，他曾是一位作曲家，退休回到老家，在那裡他已久病了五、六年。

我還記得，七月二日的早上，出發的前一天，我到巴黎市中心購物，還帶著六歲的小女兒茱麗葉。協和廣場上，當我們在安全島上等待車流過去，茱麗葉指著格里隆飯店跟海事飯店給我看。在解釋完她所詢問的問題之後，我回想起德軍佔領那一段憂鬱的時光，我接著解釋，更多是爲了我自己而不是爲了孩子：「你那時還沒出生呢。」

那是戰爭，法國被戰敗。巴黎被德國人佔領了。他們的旗幟在海事部上空飄揚。德國海軍在人行道上站崗，就在入口前面。香榭麗舍大道和廣場上，處處都是穿著綠色制服的人。已經邁入老年的法國人想著也許他們永遠看不到這些人離開了。

一九五九年七月三日上午，我在里昂車站搭火車，在中午抵達多勒。我的老友住在離城市十七公里外的村落，位在休斯森林的中央。提供定時載客服務的公車中午十二點半出發，但指示不清，我只差那幾分鐘就錯過了車。爲了不要讓等待我的朋友擔心，我租了一輛腳踏車，但是酷暑難忍，我將出發的時間推遲到中午之後，這讓我有了時間吃午餐，不用急。料理很好吃，還有來自阿爾波的極佳葡萄酒。

我得意地認爲自己能夠在一個小時內騎完全程。當我上路時，已是暴雨將至的天氣，天空覆蓋著厚厚的低雲，中午過後令人窒息的暑氣是最讓人無法忍受的酷刑。此外，我還受限於劇烈的頭痛，我將其歸咎於那太過豐盛的一餐，還有那絕佳的葡萄酒。迫於暴風雨的威脅，我選擇了一條小路，以至於在森林迷了路。再反覆繞行之後，我發現，當暴風雨來臨時，自己身處一條狀況極糟的森林小徑上，馬車運輸輾出深深的痕跡，因爲夏日曝曬而硬化。我躲到灌木叢中，但是大雨來的如此猛烈，很快就穿過葉叢。然後我瞥眼瞧見小徑旁有一間避難所，由四根木樁上放著樹枝當作屋頂組成。我在那裡找到了一塊橡木板，我可以很舒適地坐在上面，等待暴風雨結束。

低沉的天空跟密集的降雨加速了天黑的速度，森林的樹蔭讓黃昏的陰影顯得更深，陰暗處被巨大閃電的微藍光束照亮，讓地景遠處滿是樹幹跟高大的橡樹閃現出來。森林中久久迴盪的轟隆隆雷聲間，一開始我聽到的是單調的無數輕微響聲，但是耳朵學會了分辨各式各樣的變化，雨在樹枝間、從一片樹葉到另一片樹葉間流淌。精疲力竭，頭顱沉重，我掙扎了一會，不願睡著，但最後還是沉沉睡去，額頭靠在膝上。

我被一種墜落的感覺驚醒，在睡夢中，那似乎無止盡的墜落，好像從摩天大樓的高處掉下來般。暴風雨停了，天色又亮了起來。說實話，好像暴風雨從來就沒有發生過一樣。

地面乾涸、缺水，樹木、灌木叢、野草尖端上，也沒有閃著一滴水。我四周的林子像是早就乾旱了好幾天。透過樹叢看到的天空是淡雅的淺藍色，而不是驟雨之後的乳白藍色。突然間，我察覺到我周圍的森林起了變化。不再是我來的時候發現的高大森林，而是大約種植二十餘年的年輕小樹林。

我的樹枝庇護所消失了，同時消失的還有後背靠著的高大毛山櫸。方才讓我拿來當作座位的木板也消失不見。我坐在地上，小徑也消失了。唯一可辨認之物，一座高高的雙面界碑，必定爲了標示某種公共劃分的界線。認出它來時我深感氣惱，因爲它的存在並沒有讓疑問變得簡單。我試圖說服自己，由於光線不足，我對這個森林景觀的第一印象是錯誤的。再說，我並沒有因爲這場奇特的轉變而感到焦慮。我的頭痛消失了，並感覺到四肢跟整個身體都非比尋常的輕快、體格輕盈。爲了好玩，我想像自己在布羅塞利揚德森林裡走失了，在那裡，某位叫做摩根的仙女對我下了咒[3]。

牽著腳踏車，我重新回到那條爲了要躲雨而離開的小道。我設想它會滿是泥濘、小水窪跟濕黏的車道。我注意到它是乾燥而凹凸不平的，完全沒有一點濕氣。「魔咒還沒解除呢」，我好心情地想。騎了十五分鐘，路徑突然開闊，來到一片平原，是長方形的，被森林包圍。在夕陽的照耀之下，可以看到村莊的屋頂跟鐘樓從麥田跟草原中冒出來。我離開錯誤的小路，來到一條狹窄但鋪滿碎石的道路，我在公里數路標上讀到了村名，但那並非

3 仙女摩根與布羅塞利揚德森林皆出自於亞瑟王的故事。

我要找的村莊。

距離村莊兩百或三百公尺時，我的車前輪出了一點意外，迫使我在接下來的路上必須用走的。一路上，我觀察到，距離榛樹叢幾步之遙，在溝渠邊，有位老農民在麥田前沉思。幾乎就在他的身旁，靠在擋住我視線的榛樹叢旁邊，我接著發現了兩個男人，他們也盯著高高的麥田瞧。這兩個男人穿著佔領期間德軍的長筒靴跟綠色制服。我並沒有太驚訝。我的第一個想法是這些制服在德軍撤退此區的時候被遺忘，被當地的農民找到，最後再利用。制服現在的擁有者，是兩個約四十五歲的健壯男性，皮膚黝黑，似乎像極了農民。然而，他們仍保有軍人的儀態，皮帶、軍帽，脖子到耳朵間剃得乾乾淨淨，令人深思。

老者似乎無視他身旁的這兩人。又高又瘦，他保持動也不動、挺直，有著汝拉山區的老農民身上常常見到的傲慢、莊重的神情。當我走進時，其中一個穿著制服的男人轉身來向著他，以內行人的語氣，用德文說了幾句話，稱讚麥穗結得漂亮。老者慢慢的轉過頭來，用平淡平靜的聲音觀察道：「你們完了。美國人就要來了。最好馬上滾回你們的老家。」

另一個人顯然不懂這些話的意思，自信地笑著。當我走近他的時候，我看出老者十分直率。

「這些傢伙什麼也不懂，」他說。「除了說一些怪腔怪調的話以外，我的木屐鞋都還比較會說話。畢竟是從未開化的世界來的。」

我目瞪口呆，看著他，卻找不到話好接。我最終問他：

「看來，我沒有搞錯吧？這些人是德國士兵嗎？」

「在我看來很像是。」老者說，語氣中帶有一點諷刺。

「可是怎麼會這樣？他們在這裡做什麼？」

他不善的打量我，幾乎沒有回答我的問題。他改變心意，反過來詢問我：

「也許您是從自由區過來的？」

我結結巴巴地說了幾個不連貫的字，他想要從中認出確定的答案，因爲他打算告訴我「佔領區」的生活條件。頭腦一片混亂，我沒有辦法跟上他說話的思路，話語中離不開這些荒誕的字眼：「自由區」、「佔領區」、「德國政權」、「徵用」、「戰俘」還有其他同樣驚人的詞彙。兩個德國人已經離開往村莊走，軍人沉重、搖晃的行走方式，顯示他們是在漫無目的的無聊閒晃。我憤怒粗暴的打斷了老人的話。

「不管怎樣！」我大喊，「你這是在唱哪齣？這些都毫無道理！戰爭已經結束好幾年了！」

「已經好幾年了是嗎？要結束可難著，」他沉著的觀察道。「戰爭才開始不到兩年。」

村莊裡的一家商店內，一位德國副官正在挑選明信片，我買了當天的報紙。在櫃台上放了一枚硬幣，沒看一眼就機械式的拿回零錢。報紙上的日期是一九四二年七月三日。大標題：俄羅斯戰爭、非洲戰爭，喚起了曾經是我曾經經歷過的事件，我知道它們的未來發展跟最終結局。我忘了自己在哪，站在櫃檯前，全神貫注地閱讀。一位來採買的農婦提到他成戰俘的兒子，她爲了他準備了一個包裹。那天早上，她甚至收到一封來自東普魯士的信件，他的兒子在那裡的農莊工作。我所聽到，跟報紙的日期同樣能說明問題，然而我還是拒絕相信自己的眼睛跟耳朵。一個五十來歲的男子，穿著馬褲跟綁腿、頭髮梳理整齊、臉色紅潤，頗有鄉村紳士的風範，走進了店裡。從他跟商家的談話中，我了解到他是鎮長。我和他搭話，我們一起出了店門。小心翼翼，直覺告訴我，小心不要透露我不正常的情況，我跟他聊起了夏令時間，然後是時間大躍進。他大笑著跟我說：

「啊！是的！時間大躍進。我上次去多勒是兩個月前，副區長跟我說了此事。我想，還記得報紙上有提到過。就是在娛樂民眾的玩笑話。時間大躍進，還眞想不到！」

再跟他提了幾個更詳細的問題之後，我想我明白這個村莊發生了什麼事，這讓我鬆了一口氣。由於行政的疏忽或是傳送錯誤，沒有告知這個迷失在樹林中的小鎭時間推進的法令，還是按照舊制度。我張大嘴要跟鎭長解釋，他的村莊確實有時代錯誤的情況，但在最後一秒鐘，我判斷出閉上嘴才是明智之舉。他不會相信我的，我得承擔被當成瘋子的風險。我們繼續友好的對話，當提到戰爭時，我好奇地做出幾個預言，對方完全不相信，未來發展確實跟邏輯概率不太相符。我們分開之前，他跟我指了去拉維耶伊爾盧瓦埃市區的路，我旅程的目的地。我顯然是繞了遠路，因爲我還有十三公里的路程要走。

「騎腳踏車，是四十五分鐘的路程。你能在入夜前抵達。」他跟我說。

正當我猶豫要不要走夜路時，他向我表示，像我這樣的年輕人，十三公里的路程不算什麼，我提醒他，過了五、六十歲，人們就不再年輕了。他相當驚訝，說我看起來跟我的年紀完全不一樣。我在當地唯一的旅店過夜。入睡之前，我想了一下我的冒險。第一個驚嚇退去後，我就沒有感到任何不安。如果在這場旅行中，我有更多閒暇時光，我很願意能夠在這段重新拾回的時光中渡過幾天，有這些落後在本世紀前半葉的可憐人們相伴，以崇敬的心再次經歷這場國難。然後我仔細思量幾個流放在時間中所帶來的謎團，一開始我的注意力並沒有放在上面。比如說，這個村莊能夠同時收到巴黎送來的報紙以及東普魯士戰俘的來信，是很奇怪的。在這個一九四二年的村莊跟其他已經老了十七歲的世界之間，存在交流或是表面上的交流。報紙，從巴黎十七年前就出發，在抵達目的地之前，在哪個儲藏室、哪個時光櫥櫃裡存放著？那些無法歸來的戰俘，不可能在東普魯士，他們在那裡？我幻想著兩個時代間神秘的連結，睡著了。

第二天，我很早就醒了，有了幾個奇怪的發現。我的房間相當簡陋，沒有鏡子，爲了刮鬍子，我只好從我的旅行用品中拿出鏡子。看著鏡子中的自己，我發現自己不再是五、六十歲，而是三十九歲。此外，我感覺到更輕鬆、行動更有活力。這些驚喜不會令人不悅，但是我很困惑。幾分鐘之後，我有了其他發現。我的衣服也變新了。我前一天穿的灰色套裝已經變成另一套，有點過時，依稀記得之前曾穿過。

我的錢包裡，鈔票不再是一九五九年流通的。發行於一九四一年，甚至是更早。冒險越來越複雜了。並非以旅行者的身分，穿越到過去的時空，像個漠不關心的旁觀者，我融入了這裡。沒有什麼讓我確信，我會成功逃脫控制。我用站不住腳的理由安慰自己。

「身在某個時代，」我想，「就是要用屬於這個時代的方式去感受這個世界跟自己。」我想相信，在越過這個鎮子的邊界之後，我將重新找回前一天的視覺跟感覺，而這個世界甚至不需要改變，就會以另一種面貌展現在我眼前。

我早上七點抵達拉維耶伊爾盧瓦埃。我急著見到我的好友波尼耶，跟他聊聊我的劫難，但首先得讓他放下心來，他一定還在等我。在路上，我與兩個戴著野戰頭盔的德國摩托車騎士擦身而過，我自問，再度焦慮起來，我自問是不是沒辦法很快就可以重返一九五九年了。我穿過半個村莊，沒有看到一個德國人，我認出兩年前拜訪過，我朋友波尼耶的房子。百葉窗是關著的，花園的門是鎖上的。我知道他起得晚，猶豫要不要叫醒他，但我需要見他還有聽到他的聲音。好幾次，我喊他的名字。房子裡仍是一片寂靜。三個把乾草叉扛在肩上的年輕人經過，聽到我的叫喊並且停在路邊。他們告知我，我的朋友在西利西亞成為戰俘，最近才收到他在巴黎妻子的消息。

「他在一個農莊裡工作。」其中一人說。但那才不是適合他的職業。空氣中安靜了一陣。我們想到作曲家那纖細而謹慎的外型，佝僂靠在十字鎬上。

「我可憐的波尼耶。」我嘆息。他剛過了艱苦的冬天，但我想到他再六個月之後會得到肺充血。悲慘！

三個年輕人面面相覷，默默地離開了。我留了一會兒，望著百葉窗緊閉的房子出神。我還記得上一次拜訪波尼耶。我看到他坐在鋼琴前，為我彈奏他剛譜好的《恐慌森林》。從此之後，我的女兒就常常彈奏此曲，我也記住了幾段。我想哼一段，獻給我在德國土地上服勞役的朋友，雖然生了病，但他終將會回到這裡，再之後就會譜出連他自己都還沒想到的作品。但我發不出聲音。

十分恐慌，我急於逃離這場回到過去的冒險，跳上腳踏車然後往多勒的方向一路騎去。一路上，我還是看到許多被外國佔領的證據。我全速踩踏板，急著離開這座森林，在我看來，抵達邊界就可以重新回到原本的時間，彷彿灌木叢的陰影能暗中促使喚醒過往的歲月。

抵達休斯森林的邊緣時，我大大的鬆了一口氣，確信自己終於踏出了魔咒的圈子外。但是，失望卻來得如此殘酷，當我在城鎮入口的杜布斯橋上時，經過了一排德國步兵，他們結束操練歸營，一面唱著歌。

雖然森林裡那座落後時間的村莊，足以使人吃驚，但就我看來，不過是避開了法令實施的區域，理智上還說得通。

但突然間，問題不僅僅出在大小範圍，整個外面都發生了變化。所有的數據都不一樣了。我在昨天——一九五九年七月三日離開多勒城，而我隔一日回到此地，卻變成一九四二年九月四日。我想相信有一條新的法令，無視時間不可逆的教條，取消了之前頒布的那一條。但如果是這樣，那城裡的居民會跟我一樣，記得他們未來的生活，所以我可以說服自己事情並非如此。我得出了一個古怪的結論，兩個多勒城同時存在，一個活在一九四二，另一個在一九五九。

毫無疑問，世界上其他地方也是如此。我不敢想像巴黎，我等等要搭火車去的那個巴黎，會屬於另一個時代。

茫然失措的我在城入口處下了車，坐在譚納運河的小橋上。我沒有勇氣再一次體驗曾經經歷的生活。我方才找回的相對年輕的我，對我一點吸引力也沒有。

「是幻象。」我想。沒有更多要探索的青春就不是青春。

「在我面前展開的是已經探索完成的十七年領域，對這十七年，我比所有法國和納瓦拉的老人加起來都來得有經驗。我是個可憐的老人。對我來說，已經沒有明天，不存在任何巧合，我的心不再因爲對未來日子的期盼而跳動。我是個老人。在這裡，我淪爲可悲狀態的神。在往後的十七年，任何事情對我來說都是已經是確定的，不再有希望。」上火車之前，我想要歸還腳踏車，但是出租腳踏車給我的店現在還不存在。取而代之的是一間雨傘店。商家是個二十五到三十歲的年輕人，倚在店門口。爲了問心無愧，我問他在這座城裡是否認識一個叫做瓊．杜雷的腳踏車商。

「這裡沒有喔。」他回答我。而我早知道了。「但眞怪，我也叫這個名字，我也叫做瓊．杜雷。」

「確實，眞妙的巧合，」我說。「你沒有打算或是想有一天要賣腳踏車？」他開懷大笑。顯然，有一天會賣腳踏車的主意對他而言相當滑稽。

「不，謝啦，這不是吸引我的職業。注意，我不是說賣腳踏車有什麼不好，但是跟雨傘完全不一樣。」

當他如此說話的時候，我把他這張清新、愛笑的年輕臉龐跟老了十七歲，狼瘡毀了半張臉的那張臉對照。

火車要出發了，我希望能找回最初我離開時那個時代的巴黎。

我的冒險是如此離奇，這讓我覺得自己能稍微往奇幻方面想，但火車本分且符合原理的行駛，又證實這是一個邏輯理性的宇宙。

在所有鄉間跟所有停靠的車站，我都瞧見了德國軍隊，他們沒有在兩個時代間猶豫。根據四周旅客的說法，其中有些人離開巴黎才不到一週，很明顯，首都還在一九四二年。我沉痛的放棄對此時代的抵抗。在這節火車車廂中，我眞的重回了戰爭時期、被佔領那些年的沉重氛圍。不像在多勒，在那兒我只停留了一會兒，也不像在休斯森林的村莊裡，時事沒有這般壓迫感。在這裡，對話中皆是對時間的焦慮，或是由某些迂迴的方式才來到這裡。大家聊起了戰爭的可能性、戰俘、生活困難、黑市、自由區、維琪法國，還有困苦。心頭一緊，我聽到旅客交談，關於世界情勢發展，並以能掌握的確定概率來調整他們的命運。我早已知曉，原想要指出他們的錯誤，但是眞相太過異想天開，無法成爲我鄰座的人能相信的縝密、無懈可擊論點的來源。坐在我身邊的老太太跟我坦承，她是來巴黎找孫子的，一個九歲的小孩子，住在奧特伊，貧困讓他有肺結核前期症狀。假期時，他的父母將他托付給她，但是因爲學業而被要求十月份回來。她打算因爲肺部生病而幫他多爭取一下。

在巴黎里昂車站，火車停下之前，我的目光停在一個在月台上行走的德國警察身影。巴黎是被佔領的。

說實話，我不需要親眼所見來確定這事。我下了車，然後走往出口，此時我發現我忘了我的帽子。折返回去，我在空無一人的車廂內找到了帽子，同時發現鄰座的老太太忘記了一個笨重的大行李。我拉著它，抱著希望可以追上它的擁有者，不過老太太並不在出口，我也沒有在地鐵站遇到她，我以爲她會先我一步到達，因爲她跟我一樣，要回到奧特伊。我讓兩列車先走，留點時間等她來，第三列來的時候我上了車，我坐在一個德國軍官對面。扛著老太太的行李，我在晚上八點抵達奧特伊。天還是亮著的，卻沒找到我的房子。取代我在一九五〇年住所的是一道圍牆，後方還有樹木露出。這才想到我此時還住在蒙馬特的公寓，位於拉馬克街，我還要住那裡八年。於是重新搭了地鐵。

拉馬克街上，一位我忘了名字的女僕幫我開了門。

她問我旅途是否愉快。我充滿同情的回答她，想到明年畢加勒廣場上的一位黑人會從她的廚房將她擄走，把她丟在人行道上。現在是晚上九點。我的妻子沒有等我，已經吃完晚餐。她認出了我的聲音，跑到走廊上。一眼看到她如此年輕，還不到二十八歲，我一陣感動，緊緊抱住她，眼裡滿是淚水。

但是對她來說，她不知道前一天見到我後，一別就是十七年多，我沒有改變，我感覺到自己的情緒讓她有點意外。在浴室，我匆匆沖澡，她問我去吉倫特省的旅行如何，要回答她的那一刻，我想起來過去那次相同日期的旅行。我向她報告沿路發生的小事，然後，用的好像是我過去曾經使用過的措辭。此外我有一種感覺，好像無法完全控制自己話語，而是必需得這麼說，像是在扮演一個角色。妻子跟我提到克洛維睡在隔壁房間，還說替他找奶粉很困難。

他很健康，但是對一個十四個月的孩子來說，完全沒達到正常體重。前天，當我離開巴黎時，克洛維正在考大學資格的寫作測驗。我沒有詢問路易斯跟茱麗葉，兩個最小孩子的近況。我知道他們還不存在。還要等九年路易斯才會出生，茱麗葉則是十一年。在火車上，我想了很多關於他們還不存在的事，爲此做了很多準備，而現在，我還是很難接受。最後，我用謹愼的慣用語詢問：「其他孩子呢？」妻子意味深長的揚了揚眉毛，而我趕緊補充：「對啦，盧西安的孩子。」但我慘了，因爲我的弟弟盧西安兩年後才會娶妻，還沒有孩子。我立即糾正，宣布是自己把這個說成那個，應該要聽到維多而不是盧西安。這個口誤讓我有點焦慮。害怕在更重要的事情上，我會搞混兩個年代。

走廊上，我們停在瑪莉－泰黑絲的身旁，女僕抱她去上床睡覺。我最年長的孩子，昨天訂婚了，今天是個三歲的小女孩。雖然早已預料到這種變化，我深深的感到失望，讓作爲父親的我遲疑了一下。當她是長大的年輕女孩時，在她跟我之間，我們有通信，有相互理解的方式，跟那麼小的孩子是不可能的。確實，我也會有其他喜悅。我安慰自己想著瑪莉－泰黑絲還有那麼長、那麼美好的童年。

我們接著去了飯廳，我的妻子爲簡樸的一餐請求我原諒。

「當然沒辦法做太豐盛的晚餐。這些天什麼都找不到。」

幸運的是，我剛才才在布努內家，吃了兩顆蛋和半條香腸。

我聽到自己對她說：

「順帶一提，我成功在那裡找到一些補給。沒有我想要的那麼多，就是這些了。」

我宣布有一打雞蛋、一磅奶油、一百克眞正的咖啡、鵝肉罐頭跟一小瓶油。在前廳，進門時放著的，老太太在火車上忘記的那個包裹，已被毫無顧忌地打開了。裡面裝著的正是我剛才宣布的那些食物。我也沒有絲毫悔意。這個包裹必須到我手上，並且在這個時候，當我妻子面前打開。這是寫在秩序中的，我只是遵循必然率。我甚至懷疑那個包裹是否屬於那位老太太。忘在車廂內的帽子現在對我來說，就像千種命運詭計中的一種，把我拉了出來，放回這個已經經歷過的小皺褶中。

我吃到甜點時，前門大開又關上，發出巨大聲響。詛咒的聲音從前廳傳來。

「湯姆叔叔又喝醉了。」我的妻子說。

確實，我忘了湯姆叔叔。去年，他在諾曼第居住的房子被轟炸摧毀，妻子在逃離入侵時被殺，兩個兒子被俘。他到我們這裡避難，爲了忘記他的不幸，他大部分的時間都在咖啡館度過。他不太能喝酒，會變得粗暴又吵鬧。而且，他的存在對我們來說越來越沉重。

但是今晚，雖然他咄咄逼人的發洩自己的惡劣情緒，我還是以極大的耐心和寬容歡迎他。湯姆叔叔將在三個月後死去，而且我還記得他的痛苦。他嚷著要他的戰俘孩子，無時無刻不斷重複著：「我要回法國。」

過了一夜，我一覺到天明，沒有做夢。醒來時，已經沒有我前一天晚上懼怕的那種換環境的茫然感。公寓對我而言又再度變得熟悉。我跟孩子們一起玩，沒有多想。

我想念茱麗葉跟她的哥哥路易斯，但比起昨天晚上沒有感覺那麼殘酷了，記憶中孩子的臉蛋對我來說像是希望。在我看來，不過也許只是一種幻象也說不定，我對未來記憶已經沒那麼確定了。今天早上，我饒有興趣地閱讀報紙。雖然我已經知道現在這些事情的結果，但只大概記得衝突的幾個階段跟轉折點。

我搭地鐵到瑪德蓮站，在城裡散步，但是街景並沒有讓我感到驚訝。已經過去的十七年，現在和過去融爲一體。協和廣場上，我重新看到德國水手在海事飯店站崗，我並不後悔女兒茱麗葉不在這裡。

今天早上這段期間，我有幾場令人驚奇的相遇。其中，讓我印象最深刻的是一個好朋友，畫家D……。我們兩個人面對面在阿卡德街跟馬士然街的轉角遇上了。我滿足的笑了，幾乎要向他伸出手，但是他看著我，無視我友好的微笑，繼續走過。我及時想起距離我們認識還有十年呢！我本來可以追上他，找個藉口自我介紹，但是我不知道是什麼，是尊重人或是順從於命運阻止了我，我毫無信念地決心服從命運安排的秩序，進展我們不用考慮的情誼。不過，我可以透過這件事帶給我的悲傷，衡量我在此的失望與不耐煩程度。

片刻之前，我遇到了雅各·薩里葉特，我的女兒瑪莉－泰黑絲的未婚夫。他手裡拿著一粒核桃，並握住他母親的手。我停在薩里葉特太太身邊，她跟我談起了他的孩子，尤其是雅各。

優秀的妻子，跟她的丈夫一樣憂心，爲提升法國的道德而努力，跟我坦承他們已把小男孩奉獻給教會。我跟她說他們是對的。在回蒙馬特的地鐵上，我發現羅傑就在我身旁……，他是個三十多歲的男孩，我對他向來沒有太多同情。他非常沮喪，跟我吐露自己處在極端窘迫的情況中。我好奇的看著這個可憐人，在十幾年後，他會發現自己身處巨額財富之中，在醜惡的非法交易中不誠實地獲得利益。當他跟我述說目前的苦難時，我再次看到他在未來的富裕中，因傳奇般的粗野事蹟勝利，他將以此爲榮。此時此刻，他是一個可憐人，滿臉憔悴、眼神悲傷、低聲下氣。想到他輝煌的事業，我在同情跟厭惡之間左右爲難。

同天下午，我待在家裡，從抽屜裡拿出我正在寫的作品，我已經寫了五十多頁。太過瞭解之後會寫的內容，我對繼續工作失去興趣，我沮喪的想著，在這十七年間，我的生命將會是反覆而乏味，罰抄作業般枯燥。除了跳躍、穿越時間回到過去之謎外，我對任何事都不再感到好奇。

再說，我得出的結論異常令人沮喪。前一天，我已經設想同時存在兩個宇宙，一個與另一個相差了十七年。我現在接受宇宙無限的惡夢，在此，時間代表我的意識從一個宇宙移動到另一個宇宙，然後又到另一個宇宙。三點鐘：我意識到在這個宇宙我的形象是拿著一隻蘸水筆。三點鐘零一秒，我意識到另一個宇宙我的形象是放下了蘸水筆，諸如此類……。一天，全體人類，在一個步驟中，就一起跨過了約好爲期十七年的時期。我獨自一人，在集體跳躍後，不知道是誰授的意，重複了這個步驟，但卻是反方向。

這些世界讓我的存在增加到無限大，在我眼前延展開來，令人作嘔。頭很重，我最終倒在桌子上睡著了。

距離我記下這些冒險已經快一個月了，我今日重讀，爲沒能寫得更精確而感到抱歉。我怪自己從那之後便無法預見發生在我身上的事情。在這幾週內，我已重新校準，回到這個令人悲傷的年代，失去了對未來的記憶。我忘記了，幸或不幸，所有接下來十七年會發生在生命中的事情。我忘記我之後會出生的孩子的臉龐。我對戰爭的結果如何一無所知。我不知道戰爭會在何時、如何結束。我全忘記了，也許有一天，我會懷疑自己是否已經經歷過這些磨難。記錄在這些書頁上，我在未來的記憶，是如此的少，以至於如果之後要用來驗證準確度，我只能相信是單純的預感。

打開報紙，想著政治事件，我用想脫離恐慌的意志力，試圖喚醒自己的記憶，但總是徒勞無功。

我偶爾一次才會有那種似曾相識的感覺，而且越來越少感覺到了。

法院執達員

在法國一個小鎮上，有一位名爲馬利寇恩的法院執達員，他在完成自己可悲的部門工作時是如此無私，無私到會毫不客氣的查封自己的傢俱，可惜的是，這個機會並沒有到來，再說了，法律不允許執達員對自己提出訴訟。一天晚上，馬利寇恩在妻子身旁休息時，在睡夢中死去，立刻被帶到一審法官聖彼得面前。這位持天堂大門鑰匙的聖人冷漠的接待了他。

「你叫做馬利寇恩而且是個法院執達員，天堂幾乎沒有執達員。」

「沒關係，」馬利寇恩回答，「我並不一定要有同事。」

聖彼得臉上掛著諷刺的微笑，一面監視安放好一隊天使剛帶來的大水缸，裡面顯然裝滿了水。

「在我看來，孩子，你想得挺美的。」

「我只是希望，」馬利寇恩說，「僅此而已。再說，我覺得問心無愧。當然，我是個可惡的罪人，身體裝滿了罪惡，是不潔的害蟲。儘管如此，我從來沒有虧欠人任何一分錢，我經常去彌撒，履行自己身爲執達員的職責，基本上都讓人滿意。」

「眞的嗎？」聖彼得說。「看著你嚥氣時跟著你上天堂的這一大缸。你認爲裡面裝了什麼？」

「我一點想法也沒有。」

「好啊，裡面裝的滿是被你逼上絕路的寡婦和孤兒的眼淚。」

執達員思考著那一缸，和裡面苦澀的淚水，不知所措的馬上回答：

「這很有可能，因爲寡婦和孤兒很容易付不出欠款，必須訴諸查封動產。裡面不可能沒有淚水和顫抖，您知道的。所以這缸會滿也不令人意外。感謝上帝，我的工作順利，沒有一天停工。」

用平和的口氣說出憤世嫉俗的話，這激怒了聖彼得，轉身對天使大吼：

「下地獄！讓人準備好生火，每天將寡婦和孤兒的眼淚灑在他燒傷的傷口上，直到永遠！」

天使們已經擺好陣仗了，馬利寇恩堅決的阻止他們。

「等一下，」他說。「我要向上帝上訴，這個判決不公平。」

聖彼得大怒，但還是得按照訴訟程序，於是不得不暫停執行判決。上帝沒有讓人多等，在一陣雷聲之後，駕著雲登場了，他似乎也不大喜歡執達員。

這可以從他粗暴地詢問馬利寇恩看出來。

「我的上帝，」馬利寇恩回答，「事發經過是這樣的。聖彼得將我進行執達員職務時讓寡婦和孤兒流下的淚水歸咎於我，他還安排了讓這些灼熱的淚水成爲永遠折磨我的工具。這不公平。」

「的確如此，」上帝說，表情嚴肅地轉向聖彼得。「執達員沒收窮人家的財產，不過只是充當人類法律的執行工具罷了，他不必爲此負起責任，他也只能在內心憐憫他們。」

「是這樣沒錯！」聖彼得叫道。「但這個人，想起那些受害者，沒有一點同情，方才談起此事時還很開心，憤世嫉俗又自鳴得意。」

「並非如此，」馬利寇恩反擊。「我是在高興自己一直以來都兢兢業業、盡職盡責，工作沒有一點失誤。如此熱愛並做好自己的職業，難道也是一種罪？」

「一般來說，這不是一種罪，還正好相反。」上帝同意道，「不過你的例子比較特殊；但是，我還是得承認，聖彼得太過倉促就下判決了。現在，讓我們看看您的善行，在哪呢？」

「我的上帝，我方才對聖彼得說過，我死的時候沒有欠其他人什麼，而且我參加彌撒總是相當準時。」

「還有嗎？」

「還要有嗎？我記得，大概十五年前，我從彌撒出來，我給了窮人十蘇錢。」

「沒錯，」聖彼得道。「還是枚假硬幣。」

「這點不用擔心，」馬利寇恩說。「他會找到方法花掉的。」

「這就是你的全部善行嗎？」

「我的上帝，我記不清了。有句話說：你施捨的時候，不要叫左手知道右手所做的。」

很容易就能夠證實，這些花言巧語背後根本沒有其他善行，這毫無善行的靈魂，怎麼敢在上帝法院面前誇誇其談。上帝有些氣惱。爲了不讓執達員聽懂，他用希伯來語對聖彼得說：

「你的輕率讓我們行差踏錯。很顯然，這位執達員是個無趣的人，他該去的地方是地獄，但是你指控的罪名是錯誤的，加上，你嚴重冒犯他的職業尊嚴。我們得給他補償。但是你想要我怎麼做？我可不能爲他打開天堂之門。這會是醜聞。所以該怎麼辦？」

聖彼得陰沉不語。如果不是他的話，執達員的下場已經決定了。放著心情不好的聖彼得，上帝轉向馬利寇恩，用流利的法語對他說：

「你就是個惡棍，但是聖彼得的錯誤救了你，因此免下地獄。由於你不配進入天堂，但總不能又判你下地獄，所以我將你送回人間，繼續你的執達員生涯，試著重新抓住你行善的機會吧。去吧，好好利用授予你的緩刑吧。」

隔天早上，他在妻子身旁醒來，馬利寇恩原可以相信自己只是做了個夢，但是他沒有騙自己，並開始想辦法拯救自己的靈魂。

八點鐘進辦公室的時候，他還在想這件事情。與他共事了三十年的書記老布利雄已經坐在桌前。

「布利雄，」執達員進門時說，「我給你每個月加薪五十法郎。」

「您人也太好了，馬利寇恩先生，」他一面雙手合十道。「非常感謝，馬利寇恩先生。」

如此表達感謝並沒有打動執達員的心。

他從櫃子中拿出一本全新的筆記本，用一條直線將第一頁分成兩欄。在左半部的頂端，他一筆一畫寫下「爲惡」，反過來，在另一半邊寫上「行善」。他向自己保證，要對自己嚴格，不要忘記任何可能成爲不利於他的呈堂證供。本著如此審愼公平的精神，他檢視今早以來的行程。他找不到任何事可以寫在左半邊，並在「好的行爲」一欄寫下：「我自發性的給我的同事布利雄每個月加薪五十法郎，雖然他不配。」大概九點時，他的最佳客戶葛傑杭先生前來拜訪。他是在城裡有四十二棟房子的屋主，由於某些特定租客缺錢，他時常求助於馬利寇恩的部門。這一次，他來此談的是一個貧困的家庭，已經遲交了兩期房租。

「我無法再等了，這六個月都只拿言語來敷衍我，該結束了。」

馬利寇恩不情不願的，努力爲這些壞房客辯護：

「我想說給他們延更多時間對您會更有利，他們的傢俱連四分錢都不到。賣掉後也賠不了欠您的十分之一。」

「我當然知道，」葛傑杭嘆道。「我就是太好了。我們總是對人太好。這些人在利用我們的好。這就是爲什麼我來求你做必要的事情。想像一下，我有一百五十一個房客。如果有傳言說我人很好，我會連一半的房租都收不回來。」

「的確如此，」馬利寇恩贊同。「但是凡事都得考慮到結果。但是，請放心，葛傑杭先生。我認識很多人，沒聽誰說過你人好的。」

「那就最好了，我信你。」

「某種程度上也許眞的是這樣。」馬利寇恩沒把自己的想法說完，因爲他想到，如果在站在上帝審判台前，整個城鎮就已經把他的善行傳開，那該會有多舒服愜意。

將其客戶送到門口後，他直奔廚房，在他驚慌的妻子面前，對女僕說：

「梅蘭妮，我每個月幫你加薪五十法郎。」

沒有等到她的感謝，他回到書房，在他本子上善行那一欄記下：

「我自發性的每個月幫我的女僕梅蘭妮加薪五十法郎，雖然她是個邋遢鬼。」

沒有人能夠讓他再加薪，他到城市貧民窟拜訪幾個窮困的家庭。那裡的主人看到他來了，非常驚慌，把他當作敵人迎進來，但是他趕緊安撫他們，離開時留了一張五十法郎的鈔票。

通常，當他前腳出門時，他們會把錢收入口袋中，一邊嘟囔：

「老賊（或是老劊子手、吝嗇老頭），他當然能用從我們的苦難中壓榨來的錢來做慈善。」不過這更像是對他的看法改變後，拉不下臉感謝下所形成的說話方式。

復活的當晚，馬利寇恩在他的本子上記上了十二件善行，這花了他六百法郎，而且沒有做任何壞事。第二天和之後的日子，他持續發錢給有需要的家庭。他規定自己一天平均要做十二件善行，當肝臟或胃引發不適時，則加到十五或十六件。執達員消化系統不舒服，又給布利雄加了五十法郎的薪水，在不久之前，助手還擔心會因爲執達員生這樣的病給自己遭難。

如此多善行是不會被忽視的。城裡都在傳，說馬利寇恩準備參選，大家認識他太久了，難以相信他的行爲出於無私。他一時有點洩氣，但是一想到事關重大，很快就重振旗鼓，加倍施捨。他沒有將自己的慷慨施捨限於個人，還想捐獻給城市女施主協會、教區牧師互助協會、消防兄弟會、大學校友會，還有所有的慈善機構，基督教或是非教會的，只要該單位具有影響力的領導人。四個月的時間，他幾乎花光了自己十分之一的財產，不過，名聲穩穩地立起來了。整個城都奉他爲慈善楷模，他的榜樣令人信服，捐款開始從四面八方流向慈善事業，理事委員會因此能多次舉辦宴會，菜餚美味豐盛，發表令人受益匪淺的言論。窮人們不再猶豫對馬利寇恩感謝，他的善行家喻戶曉。人們常說：「跟馬利寇恩一樣好」，甚至常常不經思考，就套入另一個詞語：「跟執達員一樣好」，而且講的人越來越多，外地人聽到會覺得很突兀、不尋常，有點像在冒犯對方。

馬利寇恩只需要保持這樣的名聲，堅持行善的同時靜靜的等待上帝把他召回身邊。當他捐款給城市女施主協會時，理事聖奧奴弗爾夫人溫柔地對他說：

「馬利寇恩先生，你是個聖人。」

他謙卑地抗議道：「噢！夫人，說我是聖人太誇張了。我還差得遠了。」

他的妻子，務實節儉的家庭主婦，覺得這些善行都很昂貴。她知道了揮霍的眞正原因，更生氣了。

「你買你的天堂，」她直接的說，「卻不願分我一分錢。我看出你很自私。」馬利寇恩弱弱地抗議，說他是因爲給予帶給他快樂，但是這種責備戳到他的痛處，良心不安，只好授權給他的妻子，讓她能做任何她認爲能夠進入天堂的花費。她憤慨的拒絕了這項慷慨的提議，這讓他不禁感到如釋重負。

一年之後，執達員繼續記錄自己的善行，已經塡滿六本小學生筆記本。他無時無刻都會從抽屜把本子拿出來，高興地掂量這些本子，時不時花時間翻一翻。沒有什麼比看到這一頁一頁，善行都被記在緊湊的欄目裡，就在一大片空白旁，爲惡一欄記都沒記。馬利寇恩有預感，福至心靈，幻想著開庭那一刻他背著令人肅然起敬的包袱。

一天早上，他剛收走一個失業者的傢俱，執達員走在貧民區的小巷裡，感到一陣煩惱跟不安。那是一種痛苦而憂鬱的不確定感，跟某個特定對象無關，他不記得自己曾經經歷過這樣的感覺。然而他毫無畏懼，也沒有無用的惻隱之心，履行了自己的職責，而且在完事後，權作慈善，心中毫無波瀾的給了失業者一張鈔票。

在波特恩街上，他跨過一棟既破舊又潮濕還臭氣沖天老房子的門檻，這棟屋子屬於他的客戶，葛傑杭先生。他早就知道這裡，對付過不少租客，前一天還來過這裡，施捨一些財物。現在只剩三樓還沒看過。他沿著一條幽暗的走廊走，四周都是黏糊糊的牆壁，攀上三道樓梯，他鑽出來，出現在一個有著奇怪光線的閣樓裡。三樓跟頂樓的光線全來自於一扇天窗，通往用來鞏固斜屋頂的加蓋處。馬利寇恩因爬上樓而有點喘不過來，停下來檢視這個地方。閣樓牆板的粉刷，在潮濕的影響下，形成水泡，多處破裂，像膿瘡深處，木頭隔板結構露出了黑色腐爛木頭。天窗底下，地板上放著鐵盆跟粗布拖把，這些預防措施絕對不足以用來防止雨水滲入，因爲地板被侵蝕、蟲蛀，有些地方像是地毯一樣柔軟。無論是陰暗且狹窄的樓梯間，抑或是令人作嘔的氣味，都沒有讓執達員感到驚訝，他的職業生涯中還見過更誇張的。然而，他的焦慮越發強烈，似乎就快知道是什麼了。他聽到通向樓梯間的兩個房間其中的一間傳來孩子的哭聲，但不能確定聲音來自哪一邊，於是隨意敲了敲其中一扇門。

屋子裡有兩間窄得跟走道一樣的房間並排，第一間房內，陽光還只能從門上玻璃窗戶透進去，甚至比樓梯間要來得更加陰暗。一位非常年輕、瘦弱卻疲憊的女人，前來迎接馬利寇恩。裹在她裙子中的，是一個兩歲的孩子，眼框還濕濕的，好奇地看著來訪者，忘了自己在哭什麼。執達員被引到第二間房間，裡面有一張行軍床、一張白色小木桌、兩張椅子和一台舊的縫紉機，放在可以通往屋頂的閣樓窗戶前。這種悲慘的境地對他而言也不是前所未見，卻是馬利寇恩首次在踏入窮人家時有種害怕的感覺。

以往，他的慈善訪問相當簡短。他沒有坐下，只是問了幾個明確的問題，宣布幾句鼓勵的話，然後，放下自己的施捨，就馬上出門。這一次，他不知道自己爲什麼來，也沒想著要將錢包掏出來。他的腦海中閃過各種想法，話在嘴邊說不出來。一想到他自己的執達員工作，就不敢看眼前的小裁縫。而另一邊，她也十分害怕，儘管早就知道對方是個慈善家，但所有賺來的錢幾乎都拿來養孩子了。孩子起初是害怕的，但很快就變得親人，爬到馬利寇恩的膝蓋上。他後悔沒帶糖果在身上，有點想哭。突然間，門口傳來一陣陣劇烈的敲門聲，像是用拐杖敲出來的。女裁縫顯得驚慌失措，走到另一個房間，關上了有玻璃窗的門。

「所以呢？」一個粗魯、傲慢的聲音說，馬利寇恩認出是葛傑杭的。「所以呢？我希望是今天！」回答對執達員來說像是模糊的耳語，但是意思卻很容易理解。葛傑杭開始用可怕的音量咆哮，響滿整間屋，嚇壞了孩子：

「啊！不！我受夠了！你不要再廢話了。我要我的錢。給我我的錢，馬上！讓我看你都把錢放哪了。我要看到錢。」

在其他時候，作爲行家，馬利寇恩會很欽佩葛傑杭，連收窮人房租這種髒活都肯幹的活力。他心跳加速，跟逃到他懷裡的孩子一樣感到恐懼。

「來，拿出你的錢！」葛傑杭叫道。「拿出來，不然我也是知道要去哪裡搜的！」

執達員起身，將孩子放在椅子上，沒有想好自己要幹嘛，走進另一間房間裡。

「看！」葛傑杭叫道，「我才提到狼，狼就從樹林出現了。」

「出去！」執達員命令道。

葛傑杭啞口無言，愚蠢的眼睛盯著他。

「滾出去！」馬利寇恩重複道。

「怎麼，你是瘋了吧。我才是房東。」

「確實。」馬利寇恩失去理智，因爲他衝向葛傑杭，把他摔出門外，叫喊道：「骯髒的豬頭房東，沒錯。打倒房東！打倒房東！」

擔心自己的安危，葛傑杭掏出一把左輪手槍瞄準執達員，他死了，直直地倒在樓梯間，就在臉盆和拖把旁邊。

在馬利寇恩獲准出庭時，上帝剛好經過法庭。

「啊！」他說，「我們的執達員回來了。他的行爲如何？」

「老實說，」聖彼得回答，「我看他的案件很快就可以下判決了。」

「看點他的善行吧。」

「噢！別提善行了，他只有一件事值得。」說到這裡，聖彼得憐憫微笑看著馬利寇恩。

執達員想抗議，想報告記在他筆記本上的所有善行，但是聖人不讓他說話。

「是的，只有一件善行，不過很有份量。一個執達員，他喊出了『打倒房東！』」

「眞美，」上帝喃喃道。「還眞美。」

「他喊了兩次，是在起身幫窮人對付殘暴的房東的時候死的。」

上帝驚嘆，命令天使演奏魯特琴、小提琴、雙簧管跟豎笛，獻給馬利寇恩。

然後，他敲了兩聲，就像爲被剝奪繼承權的人、流浪漢、遊民和判死刑的人那樣，打開了天堂的大門。

而執達員，音樂引領著他，頭上出現光環，進入了天堂。

諺語

在照亮廚房的吊燈下，賈柯亭先生看到全家人都埋頭吃著飯，斜眼看去，他看到了這家人對大家長脾氣的畏懼。他很清楚自己對此的奉獻和犧牲，雖然是嚴正的憂心家中公義，但卻讓他顯得不公正且暴虐，使得這個易怒男人脾氣爆發的時刻不可預期，這讓他的家中總有一種壓抑的氛圍，這種氛圍使他氣惱。

下午時他得知自己被提名了學術棕櫚勳章，他打算等晚餐後再告知家人。配著最後一口起士喝下一杯紅酒後，他正打算發言，但是對他而言，當時並不是他希望用來迎接喜訊的氛圍。

他的目光緩慢的巡過整個餐桌，首先停在自己的妻子身上，孱弱的身形、哀傷、怯生生的臉，在他的同事眼裡是如此不體面。目光掃視到茱莉姑姑，她住進家裡，稱自己年事已高、並身患數種致命疾病，在七年間花掉的錢一定比等到她的遺產要來得多。然後輪到他兩個女兒，分別是十七跟十六歲，月薪五百法郎的店員，然而穿得像公主一樣，手錶—手鍊、領口有金別針，擺出比她們的眞實身分要來得更高高在上的裝扮，人們會很震驚她們的錢是從哪來的。賈柯亭先生突然間有種難以忍受的感覺，家人偷走了他的財產，每個人都喝著他辛苦流下的汗水，而且可笑的，還很好喝。酒一下子衝腦，讓他那平時便已是以自然紅潤引人注目的大臉發燙發熱。

在這樣的情緒狀態之下，他的目光落在兒子路西安身上，他是十三歲的男孩，從用餐開始，就盡量讓自己不被注意。父親從這張蒼白的小臉上隱約看出了什麼不對勁。孩子沒有抬眼，但是，感覺到自己正被觀察，他的雙手將黑色學生罩衫扯得滿是皺褶。

「你要把它扯破嗎？」父親丟下一句話，聲音似已斷定。「爲何你要用全身力量扯它？」

路西安放掉罩衫，把雙手放在桌上。他把頭傾向自己的餐盤，不敢向他姊姊尋求安慰的目光。被所有人遺棄在受恫嚇的不幸中。

「我跟你說話，說啊。你應該可以回答我吧。我懷疑你做了虧心事。」

路西安以驚恐的神情抗議。他完全沒有希望可以擺脫懷疑，但是他知道，如果在兒子眼神裡沒有找到恐懼，父親會很失望的。

「不，你一定心裡有鬼。你想告訴我今天下午做了什麼嗎？」

「今天下午，我跟畢雄一起。他跟我說兩點會過來接我。離開這裡後，我們遇到去跑腿的夏皮索。一開始，我們因爲他生病的叔叔一起待在醫生那裡。從前天開始，他就感覺肝臟那裡有點痛……。」

但父親了解到這是在用無聊的事來混淆視聽，然後打斷：

「你少操心別人的肝了。我不舒服的時候，可沒見你那麼關心過。告訴我你今天早上在哪裡吧。」

「我跟富蒙一起去看前幾天晚上在龐加萊大道上燒掉的那棟房子。」

「所以，你一整天都在外面？從早到晚？聽好了，因爲很明顯你星期四玩了一整天，所以我想你的作業應該都做好了吧？」父親用一種溫柔的口吻說最後這幾句話，讓所有人一口氣都吊在那。

「我的作業？」路西安喃喃道。

「是的，你的作業。」

「我昨天晚上從學校回來的時候有用功了。」

「我不是問你昨天晚上是不是有用功，是問你是不是做了明天要交的作業。」

每個人都感覺到劇情時機成熟，希望可以脫身，但是經驗告訴他們，在相同情況下的任何干預只可能會把事情弄得更糟，讓這個暴力男人從惱怒轉變爲暴怒。路西安兩個姊姊的策略是假裝漫不經心地關注此事，至於母親，不想近距離看這令人難受的一幕，逃向櫥櫃。賈柯亭先生本人，在憤怒的邊緣，猶豫是不是放棄宣布學術棕櫚勳章的消息。但是茱莉姑姑，寬厚善感，管不住她的舌頭。

「可憐的小傢伙，你總是在後面逼他。就只因爲他跟你說他昨晚有用功。一定也是要讓他玩一下。」

賈柯亭先生被惹毛了，傲慢地回答：

「我拜託您不要干涉我用心教育自己的兒子。身爲他的父親，我就是這樣做的，我打算按照我的觀念領導他。當你有了自己的孩子，要怎麼對付他們千奇百怪的反覆無常，是你的自由。」

茱莉姑姑已經七十三歲了，認爲談到她未來的孩子也許是種諷刺。這次輪到她生氣，離開了廚房。路西安一臉感動的用目光追隨著她，有那麼一刻，她在半明半暗、一塵不染的飯廳，摸索著開關。當她關上門後，賈柯亭先生讓全家人作證，他並沒有說出什麼讓她生氣離開的話，還抱怨她這樣離開會顯得自己沒有禮貌，怎麼能那麼陰險。無論是他已經開始收拾桌子的女兒們或是妻子，並未贊同他的說法，也許贊同一下能緩和氣氛。但她們的沉默讓他開始新一輪的憤怒。他生氣的對著路西安說：

「我還等著你的答案呢，就是你。你做作業了嗎，有或沒有？」

路西安了解再拖下去也不是辦法，猛的跳入水中。

「我沒有做法文作業。」

父親的眼中閃過一絲感激。他很高興能夠與這孩子聊下去。

「請告訴我，爲什麼呢？」

路西安聳了聳肩，表示自己不知道，甚至是震驚，好像問這種問題很荒唐。

「我要痛揍他一頓。」父親喃喃自語，兇狠的盯著他。

他沉默了一陣，思考這個忘恩負義的兒子墮落到何種無恥的程度。沒有任何可以公開的理由，也很顯然沒有任何悔意，毫不在意他的法文作業。

「這就是我的想法，」他說，而且他的語調隨著他說的話開始提高。「你不只要持續，也要堅持。你有一份法文作業，是老師上週五給你的，明天要交。你有八天的時間可以寫，但是你根本沒想過要完成。如果我沒有提到這件事，你會什麼也沒做就去上課。最厲害的是，你整個星期四都在外面閒晃、偷懶。和誰一起？和畢雄，和富蒙，夏皮索，都是些倒數的，是全班最懶最笨的。就像你這樣又懶又笨。物以類聚。你當然不會想說要跟貝呂夏一起玩。你認爲跟好學生一起玩很丟臉。

「首先，貝呂夏，他才不會跟你玩。我很肯定他沒什麼娛樂活動。從來就沒有在玩。這樣才是對你好。貝呂夏他很認真。結果他總是班上前幾名。也就在上週，他領先你三名。你想想，這對我來說這可眞是一件多愉快的事情，整天和他父親一起待在辦公室。然而他風評卻不如我。

「貝呂夏是怎麼樣的人？我是指爸爸。這樣形容他好了，他很勤奮，卻缺乏能力。在政治思想上，就跟工作一樣。他一點概念也沒有。而貝呂夏有自知之明，當我們討論事情或另一些事情，在我面前，他都是提心吊膽的。

「可若是提到孩子，占上風的總會是他，他孩子總是班上第一名。無論如何，我都發現我處在不利的處境。我運氣不好，沒有一個像貝呂夏的孩子。班上法語第一名、算術第一名的兒子。拿了所有獎項的兒子。路西安，別再玩餐巾環了。我受不了你心不在焉的樣子聽我說話。到底有沒有聽到我對你說話？或是你想要挨一巴掌，好讓你知道，我是你爸？懶惰、無賴、無能！一個法文作業拖了八天！如果你還有一點良心，或是想過我的辛苦，還會發生相同的事嗎。不，路西安，你才沒有。

「要是你有的話，早就寫完你的法語作業了。在工作中，是我，我給自己痛苦。我擔心跟焦慮。爲了現在也爲了未來。

「當我到了停下來的年紀，沒有人會給我生活所需。與其依靠別人，不如靠自己。我一分錢都不會用討要的。我，爲了活下去，從來不會去找鄰居。也從來沒有獲得家人的幫助。我的父親不讓我讀書。十二歲時去當學徒。在各種天氣下都推著手推車。冬天，長了凍瘡，夏天，襯衫黏在背上。但是你，你懶洋洋地晃來晃去。

「你很幸運，有個太好的父親，但不會一直這樣下去。一想到法語作業，你這個遊手好閒的畜生！要是我太仁慈，就會讓你永遠這樣軟弱下去的。我剛才還在想要帶你們全部人，下星期三去看雨果大作《衛戍官》的演出。

「沒想到回家等著我的卻是這一切。可想而知，我不在的時候，家裡是多麼的無政府狀態。像是沒完成的作業，以及隨之而來發生的一切。當然了，你們大家挑這一天……。」

父親頓了一下。一股微妙的感覺，混著靦腆跟謙遜，讓他垂下眼皮。

「我得知自己被舉薦學術棕櫚勳章的這一天。對，大家可眞會挑日子。」

他等了幾秒鐘，等待最後幾句話的效果。但是，語境才脫離之前長長的質問，似乎沒人能理解這句話的意思。

每個人都聽到了，相同的還有他那些長篇大論，但沒有人眞的能理解意思。

只有賈柯亭太太一人，知道他爲當地樂理暨交響樂團協會擔任志願財務主任已經兩年，正等待自己辛勤服務的獎勵。而他言語似乎略過了什麼重要的事情。學術棕櫚勳章這個詞在她聽來，既陌生又熟悉，在她的想像裡，她的丈夫頭戴上榮譽音樂家的帽子，跨坐在椰子樹的最高枝杈上。生怕自己一不留神聽錯，等她發現到這個具有詩意的想像畫面的意義，準備張口表示敬重的喜悅時。已經太遲了。賈柯亭先生，心酸地享受家人們的冷漠以對，害怕他妻子說話會緩和沉重沉默帶來的羞辱感，趕緊打斷她。

「讓我們繼續吧，」他帶著痛苦而嘲諷的笑說道。「我剛說到你有八天的時間做法文作業。是的，八天，這樣吧，我想知道貝呂夏什麼時候開始做的作業。我敢肯定他沒有等八天、等六天、等五天，也不是等三天、等兩天。貝呂夏，他隔天就做好了。而你想跟我聊聊這個作業在做什麼嗎？」

路西安根本沒在聽，回答的時機就這麼過了。父親大聲喊他，聲音穿過了三道門，傳到了茱莉姑姑的房間裡。她穿著睡衣，一臉挫敗，過來一探究竟。

「發生了什麼事？您看看，您對這個孩子做了什麼？我想知道。」

不幸的是，此刻賈柯亭先生的想法中滿是他的學術棕櫚動章。這也是他失去耐心的原因。最憤怒的時候，他習慣使用最得體的語言表達自己。然而這位老太太的話在他耳裡聽起來像是算計過的善意，對一個即將授動的人如此毫無顧忌的說話，對他而言是一種無禮的挑釁。

「您，」他回答道，「我就回您五個字母[1]。」

茱莉姑姑目瞪口呆，眼睛睜得大大的，仍舊難以置信，當他說明五個字母代表的意思時，她暈了過去。廚房裡傳來驚恐的叫聲，戲劇性的嘈雜聲伴著燒水壺、茶碟跟小瓶子的震動。路西安的姊姊跟媽媽用同情跟安慰的話，忙於安撫病人，每句話都殘酷得讓賈柯亭先生十分不安。她們避不看他，但是每當碰巧她們的臉對上了他，她們的眼神裡充滿苛責。他自覺內疚，同情這位老姑娘，由衷懊悔自己脫口而出的過分言語。他想要請求原諒，但是明顯圍繞在他身旁的責難強化了他的自尊。當茱莉姑姑被帶回她的房間時，他用響亮而清晰的聲音說道：

「第三次了，我在問你法語作業的內容。」

「是個解釋題，」路西安說。「解釋諺語的意思：『與其跑，不如走得早。』」

「然後呢？我看不出來是什麼阻止你完成。」

路西安點頭表示同意，但是他的臉上帶著保留。

「總而言之，快去拿你的作業本來，然後開始動工。我要看到你的作業完成。」

---

1 指merde，狗屎之意，五個字母是委婉用法。

路西安去拿他放在廚房一角的書包，拿出他的作業本，在空白頁最上方寫下：「與其跑，不如走得早。」這幾個字就算他寫得再慢，也用不了五分鐘。接著他只好開始吸吮沾水筆，帶著頑固和敵意思考這句諺語。

「我看你不是很有意願做這件事，」父親說。「隨便你，我可不著急。如果有必要我可以等一整晚。」

確實，他已經就一個可以舒服等待的姿勢。路西安抬起眼，見父親一臉平靜，這使他絕望。他試圖思索要寫的諺語：「與其跑，不如走得早。」對他來說，句子顯而易見到不須舉證，他厭惡的想起拉封丹寓言：《龜兔賽跑》。

然而，他的姊姊們在照顧茱莉姑姑睡覺後，開始將碗盤收進碗櫥裡，即便她們已經小心翼翼不發出噪音，還是發出了激怒賈柯亭先生的碰撞聲，對他而言，這似是提供這位小學生一個什麼都不做的好藉口。突然間，一陣惱人的騷動傳來。母親失手讓一個鐵鍋掉到水槽，並且彈回到磁磚上。

「注意一點，」父親怒吼。「這些聲音不管怎樣就是煩。你們要他怎麼在這樣的鬧市裡用功？別吵他，去其他地方。餐具已經放好了。去睡吧。」

女人們立刻離開了廚房。路西安感覺到自己被丟給了父親，在大半夜的，想到自己會因爲一句諺語在日出時分死去，他開始哭泣。

「哭就能寫得出來嗎，」他的父親對他說。「大蠢蛋，寫啊！」聲音粗暴，但帶有一絲同情的語調，因爲賈柯亭先生開始爲了方才自己造成的事件感到羞愧，希望可以藉由寬容對待兒子來彌補自己的行爲。路西安察覺到了細微差別，軟了下來，又哭得更厲害了。一滴淚落在作業本上，諺語的旁邊。被此景觸動的父親繞過桌子，拖了一張椅子，過來坐在孩子身邊。

「去吧，把你的手帕給我，然後結束這一切。在你的年紀，你應該想說如果我狠狠的責備你，那是爲了你好。長大後，你會說：『他有道理。』一個嚴厲的父親，沒有比這個對孩子更好的了。貝呂夏昨天就是這麼告訴我的。他習慣用打的。有時候賞耳光，有時候用腳踢在……我想就是那裡，有時候用鞭子，或是用牛筋抽。他取得了好成果。他的孩子當然會直直走，走得遠。但是要我打自己的孩子，我可辦不到，當然除了久久一次。

「每個人都有自己的理念。這是我跟貝呂夏說的。我想還是跟孩子講道理比較好。」

被這些眞誠的話語安撫到，路西安停止哭泣，父親又焦慮起來。

「因爲我對你像大人般講理，你不會覺得這是一種軟弱吧？」

「噢！不會的。」路西安用充滿信心的語氣回答。

放下心來，賈柯亭先生以仁慈的目光看著。然後，一方面想到諺語，另一方面，又想到兒子的麻煩，他覺得可以輕易展現自己很大方，好心的說：

「看得出來如果我不親自露一手，我們凌晨四點還會在這裡耗著。來吧，該用功了。所以我們說：『與其跑，不如走得早。』我們一起看。光跑沒有意思……」

剛才，法語作業的主題在他看來幾乎可笑，因爲實在太簡單了。現在他承擔了責任，要以不一樣的眼光看待這份作業。臉色凝重，他重念幾次諺語然後喃喃道：

「這是一句諺語。」

「沒錯。」路西安贊同，懷抱著嶄新信念等待後續。

如此安心的信心讓賈柯亭先生的心有點困擾。一想到這涉及身爲父親的威望就讓他緊張。

「在給作業的時候，老師沒有說什麼嗎？」

「他跟我們說：『最重要的是，不要引用《龜兔賽跑》。你們要自己找一個例子。』這就是他說的。」

「唉呀，確實，」父親說，「《龜兔賽跑》，是個好例子。我可沒想到。」

「對啊，可是禁止使用。」

「禁止使用，當然，禁止使用。但是如此一來，如果這些都被禁止……」

臉色一紅，賈柯亭先生試圖抓住一個想法或是可以當作出發點的句子。他的想像力停滯了。他開始對這句諺語感到恐懼跟怨恨。漸漸的，他的神情厭煩，跟剛剛路西安的表情一樣。

最後，他想到從報紙副標題發展，「軍備競賽」，今天早上才讀到的。發展得很順利：一個國家從很久以前就爲戰爭做準備，製造大砲、坦克、機關槍跟飛機。而鄰國的軍備則很鬆散，以至於戰爭來臨時完全沒有準備好，拚盡全力也無法彌補自己的軍需落後。能完成出色作業的素材都在這了。

但臉上剛有光彩的賈柯亭先生瞬間沉了下來。

他想到自己的政治信仰不容許自己選擇一個如此傾向鮮明的例子。他太過正直，對自己相信的事拉不下臉來，但是不用又太可惜。儘管他十分堅持自己的意見，他卻任憑自己因爲沒能屈服於反動的黨派而閃過一絲遺憾，這讓他在良心認可之下利用這個想法。一想到自己的學術棕櫚勳章，他恢復鎮定，但是充滿憂鬱。

路西安一點也不焦慮，等著父親冥思苦想的結果。他認定自己擺脫了解釋諺語的煩心事，乾脆不再想了。但是長久的寂靜讓他覺得時間過了很久。眼皮沉重，他讓人聽到自己打了幾個長長的呵欠。他的父親，臉部因爲努力思索而繃緊，將呵欠當作是怪自己，又更緊張了。雖然已經絞盡腦汁，但還是想不到什麼。軍備競賽困擾著他。看來這件事死死的跟諺語焊在一起，想努力忘記反倒又迫使自己想起來。他不時悄悄抬頭，一臉焦急看著他的兒子。就在他不抱希望，準備坦誠自己的無能時，又有了其他的主意。將軍備競賽改寫成其他樣子，終於擺脫軍備競賽的糾纏了。還是一場競賽，不過是運動競賽，兩個划船隊伍，一隊井然有序，另一隊則漫不經心。

「來吧，」賈柯亭先生命令道，「寫吧。」

半睡半醒，路西安一驚，拿起他的沾水筆。

「我的天，你睡著了？」

「噢！沒有。我在思索。我在思索那句諺語。但我什麼也沒想到。」

父親寬容的一笑，然後神情堅定，慢慢的，他開始口述：

「在這燦爛的夏日星期日下午，逗號，這些引人關注的，逗號，漂亮綠色長型物體是什麼？從遠處看，他們好像長著長長的手臂，但這些手臂其實是船槳，綠色的物體事實上是兩艘賽艇，隨著馬恩河的波浪輕輕搖擺。」

路西安隱約有些不安，放膽抬起頭，神色驚慌。但是他的父親沒有看到，太過忙於潤色改寫句子，用於呈現兩個敵對的隊伍。半張著嘴，半閉著眼，他時時注意他的賽艇手，集中在自己的思緒中。摸索前進，他把手伸向兒子的沾水筆。

「給我，我要自己寫，這樣比聽寫更方便。」

滿腔熱血，他開始用墨水筆大量書寫。他輕而易舉地寫出想法和文字，簡單又振奮，傾向抒情。他覺得自己很富有，擁有一塊富饒生機的沃土。路西安看了一會，不無一絲擔憂的看著那靈感之筆在筆記本上不停翻頁寫著，最後倒在桌上睡著了。十一點，他的父親把他叫醒，將筆記本遞給他。

「而現在，你要從容不迫的抄完這些。我等你寫完再讀一遍。尤其要儘量把標點符號寫清楚。」

「很晚了，」路西安觀察道，「也許我明天盡量早點起來？」

「不，不行。『打鐵趁熱』。又是另一句諺語，來吧。」

賈柯亭先生滿足的笑了，補充道：

「這句諺語，要我解釋也不難。如果我有時間，也不必催促我。這是一個很美的主題。就這主題，我可以寫到十二頁。是至少十二頁，你懂了嗎？」

「懂什麼？」

「我問你是不是懂：『打鐵趁熱』這句諺語？」

路西安不堪重負，差點就要失去勇氣。他定了定神，很溫柔的回答：

「是的，爸爸，我懂了。不過我必須要先抄寫作業。」

「就是這樣，抄吧。」賈柯亭先生說，口氣中流露出對這種低級行為的藐視。

一個星期之後，老師把批改好的作業發回。

「整體來說，」他說，「我非常不滿意。除了貝呂夏，我給了十三分，還有其他五、六個學生勉強過得去，你們沒有看懂作業。」

他解釋了該做的事情，然後，在一疊用紅墨水批改加註的作業紙中，他選擇了三份來評論。第一份是貝呂夏的，老師十分讚揚。第三份是路西安的。

「在閱讀你的作品時，賈柯亭，我對你用一種有別以往的方式寫作感到十分吃驚，這讓我很不愉快，我毫不猶豫地給了你三分。我平常都指責你文章發展枯燥無味，但我必須說，這一次你陷入了相反的錯誤。你找到方法寫了整整六頁，卻頁頁都偏離了主題。

「但最令人受不了的，就是你以爲必須要用裝腔作勢的語氣寫作。」

老師對路西安的作業給了相當長的評論，還讓其他學生當作不應該如此寫作的範例。他大聲朗讀了一些對他而言「受益匪淺」的段落。課堂上，有人微笑、有人咯咯笑，還有持續不斷的笑聲。路西安臉色慘白。傷了自尊心，也傷了父子情。

無論如何，他怨恨他的父親害他處於被同學恥笑的境地。身爲平庸學生的他從來沒有因爲粗心和無知被如此嘲笑。不管是法語、拉丁文或是代數作業，即使在不足中，他都保持著一種得體的感覺，甚至優雅得像女學生。

在眼睛通紅入睡的那天晚上，他抄寫賈柯亭先生的草稿時，已經預料到自己的作業會遭受如此評價。第二天更加清醒後，他甚至開始猶豫是否要將它交給老師，因爲他想起上課的內容，強烈的感受到草稿包含的錯誤和離題。但在最後一刻，他本能的信任父親，相信父親不會有錯。

從學校回來，中午，路西安怨恨的想到了自己對父親宗教般的信任，當時強過赤裸裸的事實。父親在解釋這個諺語時到底夾雜寫了什麼？當然，看到自己法語作業二十分只得了三分，這不是父親應該得到的羞辱。這會讓父親不想再解釋諺語。還有貝呂夏，得到了十三分。父親會難以平靜下來的。這給他上了一課。

在餐桌上，賈柯亭先生顯得興高采烈，幾乎是和藹可親。眼神跟談吐間有種近乎狂熱的歡樂。他大獻殷勤，沒有一開始就問那個讓他嘴唇發燙、兒子正等著的問題。午餐的氛圍跟平時沒有什麼不同。喜悅的父親，非但沒有讓同在餐桌上的家人們更自在，反而多了一份尷尬。賈柯亭太太跟她的女兒徒勞的試著配合一家之主的好心情。而對茱莉姑姑來說，她認爲這是自己的責任，去點出他的這種好心情對全家來說，是多麼的怪異，於是展現出惱怒的態度和受到冒犯的驚訝神情。賈柯亭先生感覺到了，他很快就變得陰沉。

「順帶一句，」他突然說。「諺語呢？」

他的聲音洩露了一種情緒，與其說是不耐煩，不如說是焦急。路西安感覺到這一刻他可能會給父親帶來不幸。

他現在以自由的眼光看待父親這個角色。他明白了，許多年一直以來，這個可憐的男人一直靠自己是無懈可擊的一家之主的感覺活著，在解釋諺語時，他相信自己無懈可擊，正在進行一場危險的冒險。不僅家庭中的暴君會在家人面前丟臉，他同時也會失去自尊。一切將會崩潰。在廚房、在餐桌上、面對茱莉姑姑時時伺機報復，這場只有一句台詞的戲碼風雨欲來，而現實是駭人的。路西安被父親的軟弱嚇壞了，他同情心氾濫，心軟了。

「你是在月亮上嗎？我在問你老師是不是把作業發回來了？」賈柯亭先生說。

「作業？對，發回來了。」

「我們得到了幾分？」

「十三。」

「不錯嘛。貝呂夏呢？」

「十三。」

「最好的成績是？」

「十三。」

父親的臉龐亮了起來。他轉向茱莉姑姑，眼神堅定，好像十三分是她不得已打出來的分數。路西安垂眼，用感動喜悅看著自己。賈柯亭先生碰了碰他的肩膀，親切的說：

「看看你，我親愛的孩子，當我們著手工作時，首先要做的就是好好的思考。理解工作，就已經做好四分之三以上的事了。這就是我想要徹徹底底讓你好好了解的。而且我

月光下

仙女烏婷從河底現身，她被關在那裡九百年。

「美麗的月光，」她說，「眞舒服，我眞的很久沒看過了。不是我在說，我還以爲自己這輩子之後都要一直泡在水裡了。啊！我不會再那樣無所事事了。」

她抖了抖自己的金色長髮，全部都金光閃閃，拍了拍自己穿了好久的薄紗洋裝。她的衣物還有點濕濕的，像月光一般撒下雨露。俯身看向映照自己臉龐的河流，她面露欣喜說道：

「我不想看著倒影說自己漂亮，不過我好像從法蘭西開朝的卡佩王朝開始，容貌就沒變過了。」

其實，她被賜予十八歲的身材和容貌。她從黃金腰帶上取下自己的魔杖，是她的魔力來源，在空中畫了三個圓圈，她念道：

「嗶力噹，嗶力咚，嗶力叮！」

三隻巨大白兔馬上就從地面上出現，拉著一輛由碧玉跟水晶打造的車。只有車輪用大量的黃金打造。烏婷在座位上坐好，整個隊伍在國家公路上全速前進。春天的夜晚，仙女沉醉在速度跟大自然的空氣中。

「最棒的是，一個人在河裡待了九百年，出關的時候就沒什麼人需要拜訪了。除了老朋友，就沒認識什麼人了。」

烏婷一邊想，此時，衝在其他兔子前面的嗶力叮，突然間兩隻腳立起來，開始焦急的咽咽叫。仙女看到一個騎馬的警察攔在路上，她用一種說不定可以打動郵局職員的優雅態度，請求通過。

「沒有點燈，」警察說，「我要開罰單。在夜間上路不可以沒有點燈。」

「警察先生，點燈要做什麼？月亮在滿蒼穹的星星中發出光芒，像茉莉花叢間蒼白的玫瑰花一支獨秀，還要燈做什麼？」

「是比不上茉莉花，但我只知道規定，跟我說您的名字和身分。這是命令。」

「但是先生，我看不出來知道我的名字對您來說有什麼用。從很久以前開始，大家就都忘了，哎！」

「我再次請您遵守規定，您叫什麼名字？先給我您的姓氏，再說您的名字。」

「我叫做烏婷，警察先生，我跟您保證沒有必要……」

「職業？」

「仙女。」

「我問的是職業。您聽不懂嗎？您從事什麼樣的工作？什麼樣的職位？」

「先生，我跟您說過了。我是仙女。事實上，我已經有一段時間沒有執業了，但您看嘛，我的魔杖還在，我敢說我也還有魔力。」

烏婷舞動她的魔杖，這惹毛了警察，他脾氣上來，低聲抱怨：

「現在可不是開玩笑的時候……您必須知道，每一個人都必須遵守規定。首先，烏婷是怎麼回事？你姓烏婷名叫什麼？」

「就是叫烏婷，我沒有其他名字。我們做仙女的，沒有其他家人，要名字沒什麼用。」

「必須要有個名字，」警察說，「這是義務，是法律規定的。」

然而，他仔細考慮這個不良仙女跟她的奇特隊伍，這讓他備感疑慮。

「我的天呀，嗶力叮，」仙女說，「不要再搖尾巴了，路上整個都是塵土；還有你，嗶力咚，不要再跳了，警察要受不了了……您看看，先生，我的三隻兔子都不耐煩了。瞧，嗶力咚不幹了，你看牠想掙脫項圈。」

「呃……這對我來說不能表示什麼，也不符合規定。您有證件嗎？」

烏婷了解，如果她不施點法術就無法脫身，但她是個好仙女，對把不幸的警察變成美麗諾綿羊或是磨豆機相當厭惡。她總是藉口說已經夠多壞仙子折磨這個可憐的世界了。突然間，靈光乍現，烏婷把兔子抱到警察面前，自信的念道：

「警察先生，我懂了，您因爲好奇心，打算不留情的盤問到底。我想最好馬上說實話，我是局長的妻子。我相信我應該在警察局見過您。也聽局長提起過您……」

警察在他的馬匹上一震，用手敬了個禮，震驚得不知所措。

「原來是這樣，」他結結巴巴地說，「我不可能，我哪裡會知道自己正在跟誰講話呢……當然，規定不過就只是規定而已。無關緊要的，如果您有一盞燈，我可能會比較容易猜到……」

他把馬匹退到溝渠中，烏婷在飛馳的兔車上拋下幾句話：

「警察先生，我向您保證，您很快就會有我的消息了，會是個好消息！」

仙女很仁慈，她想讓他晉升爲隊長。當車子穿越田野的時候，仙女想到自己在這個警察身上，浪費了好些寶貴的時光，還沒有算上在河底度過的九百年。她天性善良，迫不及待想做些好事，以維持好久以前的輝煌名聲，卻苦於缺席的日子實在太久。這世界並不乏嘲弄不幸同伴的壞仙子。

以前，烏婷保護寡婦跟孤兒，還清好幾個家庭的債務，幫忙不幸的王子奪回王冠，出席他們女兒的受洗禮；不過，愛情才是她最關注的事，倒不是因爲她沒跟年輕男子談過戀愛。仙女大都像是老教母那樣，但烏婷就是喜歡幫助受阻礙的戀人們，在艱難的情況下促成約會，資助窮困的美麗姑娘，讓粗俗的競爭者和腸肥腦滿的追求者都吃癟。全部都是良好動機。從河底出來後，烏婷發現她的任務變複雜了，因爲根本沒有需要幫助、資助的孤兒，也沒有十七歲就出嫁的少女。

「這種事沒法那麼快做到。」她心想，「如果想要遇上適合的家庭，還需要很多時間打聽情報。不過，我可以在等待的時候找其他事情來做。啊！如果能遇到絕望的、靈魂保守折磨的戀人，我一定要管上一管。」

只要仙女說出口，事情就會來得恰到好處。烏婷在一個十字路口猶豫，她走下車，餵她的兔子吃包心菜。在路邊，她看到一位非常俊美的棕髮年輕男子，坐在車子裡，駕駛座

的踏板上，用格子手帕摀著臉啜泣。烏婷在河底看過不只一輛汽車，並沒有被嚇到，而是首先詢問是什麼原因讓這樣一個美男子陷入深深的絕望中。汽車駕駛抬起頭，因爲烏婷有著一頭長髮，他看出眼前人是個仙女，但是沒有表露神色。

「啊！女士，」他說，「我是最不幸的男孩。我叫做雅各，我喜歡上一個美麗的年輕女子；她會演奏三角鐵、通過大學會考、維持一整年的捲頭髮。她的名字叫做瓦倫婷，是的，女士，瓦倫婷。有那麼一陣子，她喊我親愛的，剛剛我們兩個吵架了。瓦倫婷跟我堅持，鋼琴的法文拼法開頭是X，但明明我才是對的，鋼琴的拼法開頭是T。她是個很敏感的孩子，你知道的，神經質；她把一隻蟑螂丟到我頭上，我們互罵，我在說了無法挽回的話之後離開了。沒有人可以再讓我得到安慰了！」

「您對瓦倫婷很有愛嗎？我是指眞摯的愛情，那是我唯一感興趣的。」

「啊！女士！我只爲了能跟她結婚而活著，我們兩個人已經認識兩個多月了。」

「您是否認爲您的計畫遭遇嚴重的困難？遇到眞的無法克服的障礙？」

「可以說，結婚是不可能了。」

「很好！您可以吹噓自己超幸運了！」

「怎麼做？您是說，我可以期待有一天再度執起瓦倫婷的手？啊！女士！」

「沒錯，沒錯，我會處理您的事，不要焦慮，事情現在解決了。」

「女士，您會跟他說，鋼琴一詞的開頭字母是T，而不是她傻乎乎以爲的X……」
「不是這樣，因爲我完全不知道這個字怎麼拼寫。不過，告訴我你的未婚妻住哪裡。」
「是在進城前左手數來第三間房子。離這裡不超過三十五公里。聽好了，我可以開這輛C6載您。這車超讚的，關於讓我提心吊膽的事，您到時候再給我最新消息。」
「謝謝您，雅各，不過我自己有交通工具……嗶力噹，嗶力咚，嗶力叮！今天吃夠了吧。」
看到由三隻白兔拉的車，雅各沒有掩飾自己的驚訝，然後他搖搖頭說：
「好獨特的車，但是作爲篷車有點小了，您說什麼都可以。我的汽車……」
不過烏婷已經拉起韁繩，不要命的飛速駛在往城裡的路上。她想到要爲這兩個已經相愛的年輕人辦一場盛大的婚禮就很開心、很滿足。
「如果從這個不幸男孩的沮喪來看，對方的情況一定也一樣，我必須全力介入才行。也許他的家庭裡也有術士幫助……算了，這樣也好。不管怎樣，這個雅各眞是個有魅力的年輕男子；親切有禮的面孔、討人喜歡的態度，還有眼睛……噢！烏黑深邃的雙眼……」
她對這個人多了一些遐想，這對仙女來說並不合適，此時，雅各在他的駕駛室內，暗自慶幸有一個好仙女支持他。車開了五分鐘之後，他驚訝兔子居然比他快那麼多，腳下開始不耐煩。他緊踩油門，面前卻空無一物，只有通往城裡的白色道路。儀表板上的數字從七十跳到八十、九十。終於，碧玉水晶車在車頭燈下閃耀；然而在他看來，三隻兔子還在加快步伐。

「被兔子跑贏！」雅各喃喃自語，「沒這個可能！我這種好車的引擎還跑輸，也太倒楣了。」

就憑讓這輛脆弱機器翻車的衝勁，他成功追了過去，一直開到城裡第一棟房子前，都維持同樣的速度。烏婷過了一會兒才在他後面抵達，所有的兔子都因拼盡全力而冒煙。仙女因爲這場競速顯得狼狽，她已經披頭散髮。

「您看吧，」雅各說，「我原本應該可以至少載您五公里的。我可沒有盡全力。您看，我的車後輪裝載了動力橋，我什麼也不怕。」

仙女滿臉不悅地看著停在路邊的C6座車，盡力掩飾自己的不滿。

「我不知道，」她說，「我的兔子今天怎麼了，但是他們的速度不如平常。我在想嗶力可是不是因爲吃苜蓿醉倒了……我沒看過牠動作那麼笨拙過。」

「當然，」雅各同意，「兔子就像引擎。沒有什麼比他們更任性的了。」

烏婷等不及要做善事，雅各有著好美的黑色雙眸，她很想要忘記這件事。

「那裡，」她說，「是您親愛的瓦倫婷的家嗎？被蘋果花擋住的漂亮白色屋子？」

「是的，那裡是她的房間窗戶，打開就看到花園。啊！爲什麼鋼琴必須以T開頭，而我又是如此熱愛眞理？」

可憐的男孩又開始啜泣；善良的仙女心都要碎了，眼框濕潤。

「所以說雅各，您就是在這座充滿白色蘋果花和甜桃香氣的花園，瓦倫婷的窗戶底下，每天晚上唱永恆的情歌？」

「噢！不是的，女士；首先，牆上面有貼警告，說花園裡有陷阱。然後，我想瓦倫婷也沒有很喜歡聽歌，她說我的音都唱不準，是眞的，我從來沒有和她的三角鐵合音過。我想見瓦倫婷的時候，就拉響門鈴。這樣最方便了。」

「您是說您會直接走進她的父母家？不，不可能，這樣做太危險了！」

「就是這樣，我直接走進瓦倫婷的父母家。這樣不自然嗎？」

「這樣很無聊，」仙女皺著眉頭說。「總而言之，依我的理解，她家裡沒有人反對你們結婚，因爲她的家人已經把你當成未婚夫。沒有父親或是兄弟發誓要取你性命、沒有人阻礙你的計畫，以保護瓦倫婷名聲的名義要宰了你。」

「沒有，眞的沒有，好險眞的是這樣。如果要煩這種事情，那我乾脆放棄就好了。」

「什麼！甚至不存在比我們更有錢的駝背追求者？啊！這樣，我的孩子，怎麼會這樣啊！如果沒有敵人可以攻克，您要我如何展現我的力量？我要保護的人很受歡迎，要我用什麼理由對一戶人家施展咒語？您知道的，我呀，當我出手管小情侶的事情，是爲了相反的情況，是爲了對抗一切；沒有一個仙女會願意爲了向你這種丁點大小的事動一下她的小指頭的。這種情況下結婚有什麼意思？我的好孩子，我很生氣，很顯然我幫不上你任何忙。」

見這位小情人陷入極度的絕望，仙女又再一次心軟了。關乎職業尊嚴的決定，仙女並不常改變主意。對所有事情，她們都有原則到固執的地步。祈禱和威脅都沒有辦法撼動她們。至於烏婷，必須相信，在河底關了九百年後，她的原則有了些許軟化。無疑的還是因爲棕髮的帥氣年輕男子很討喜。她拉起雅各的手，用爲王室受洗時的溫柔嗓音說道：

「眞的，雅各，我就是見不得你受苦。總而言之，算了，我想幫您解決麻煩。但我要怎麼樣才能幫上忙？我需要讓瓦倫婷過七道試煉嗎？一共是水之試煉、烈火試煉、俘虜試煉、禿頭試煉、醜陋試煉、貧窮試煉和瘋狂試煉？我們的目標如此微不足道，七道試煉好像太久了。」

「噢！女士，」小情人提議道，「我想，如果您可以說服她，鋼琴裡有T這個字母，事情不用拖太久就可以順利解決。但是我的媽呀，她眞的很固執，您也知道。她什麼也聽不進去。」

「這再簡單不過了，」仙女說，「我只需要將拼寫的天賦獻給瓦倫婷，仙女有特權可以給一個人原本沒有的天賦，就這樣定下來了。」

雅各雙手合十，既崇敬又感激。

「雅各，我也可以賦予你相同的天賦。如此，不要忘了要好好利用。」

感動之餘，她用魔杖輕點年輕人的臉頰；但是她心下混亂，以至於搞錯咒語。突然間，雅各長出了小牛耳朵，下巴也長出一隻角。

「噢！我很抱歉，」仙女說，「我搞錯了。不過不用擔心，馬上就可以復原。」

事實上，她只要把錯誤的咒語倒過來念，就會立刻恢復正常。這時候，她唸起另一個咒語，這一次是對的，對不會拼寫的人來說，唯一正確、有效的那個咒語。一開始，雅各眼冒金星，然後他大叫，好像被什麼強烈的情感控制：

「眞是奇蹟！我感覺到拼字法滲入我的腦海裡，像是沁人心脾的茶香！」

這時，瓦倫婷聽到她未婚夫的聲音，走出房子，眼神犀利的走向他。

「瓦倫婷！」雅各大叫，「鋼琴的拼法是……」

「才不是！」瓦倫婷打斷他，「鋼琴的拼法是……」

然而此時，好仙女用魔杖點了點她。這對戀人抱住對方，喃喃低語道：「P-i-a-n-o。」

仙女烏婷走到馬路對面，低聲召喚：「嗶力噹，嗶力咚，嗶力叮！」在躍上車子之前，她側耳聽到小情侶溫柔低聲，正在拼一些很困難的詞，像「鴨嘴獸」寫成

ornithorynque，還有「頭部畸形」，則拼成microcéphale。愛情對掌握了正確拼字法的人們來說，是如此甜蜜而撩人，瓦倫婷和雅各甚至沒有聽到，三隻白兔載著烏婷，開始了全新的冒險旅程。

七里靴

潔曼・布格離開了拉里森小姐的公寓，她剛剛在這位大齡未婚女士挑剔的注視下，仔細打掃了兩個小時。這時是十二月的四點鐘，已經天寒地凍兩天了。她的大衣幾乎沒有了保暖功能。

大衣只有薄薄一層，羊毛混棉質，但是磨損讓它空有大衣的外觀，僅此而已。冬日凜冽的風穿過大衣，像穿過鐵絲網一般。也許寒風甚至還穿過了潔曼，她實際上看起來沒有比她的大衣要來得厚多少。她是微弱的影子，一張瘦小的臉上，滿是憂慮，她屬於那種人，苦難和忘卻像是命運的施捨，好像只要在生命中少暴露自己一些，就能維持好生活的那種人。在街上，男人看不見她，女人也很少看見她。商家記不住她的名字，雇用她的人是幾乎唯一認得她的。

潔曼匆匆忙忙，沿著拉馬克街向上爬。在抵達瑟尼山街的轉角處時，她遇到幾個學童從大斜坡上跑下來。

然而，現在可是才剛開始放學而已。在學校前面，通往蒙馬特山丘的巨大石階梯底下，被放出來的孩子們組成了一個吵雜、密集的隊伍。潔曼站定在保羅－費瓦街的轉角，環顧四周，找尋安端。幾分鐘後，學童在街巷中四散，她擔心找不到他的兒子。

過了一會兒，學校門口前只剩下六個討論運動的孩子。就要往不同的方向走，他們拖時間不願分開。潔曼靠近他們，並且詢問他們是否認識安端・布格，有沒有看見他。最小的那一個，大概是差不多年紀的孩子，脫下帽子說：

「布格？有，我，我認識他。我看到他離開了，不過，他跟費烏拉一早就走了。」

潔曼又待了一分鐘，然後失望地走了。

在保羅－費瓦街的另一端，安端其實有看到他的母親在那裡等他。他心中一緊，感到愧疚。好險，他躲在人群中間，大聲詢問自己是否應該要追上她。

「你想怎麼做就怎麼做，」費烏拉冷冷地回答。「我們有隨時退縮的自由。到時候你就不是我們這夥了，就這樣而已。」安端認栽，留了下來。他可不想被認爲是臨陣脫逃。另一方面，他相當執著於參與這個小團體，儘管有時候會覺得帶頭的人太霸道。費烏拉，是個出色的人。沒有比安端高大，但是結實、靈敏，而且什麼也不怕。有一次，他還罵了一個成年男子。諾丹跟侯傑有親眼見到，那可不只是謠傳。

這夥人目前有五個學生在此，正等著第六個同夥——于時敏，住在這條街上的一棟房子裡，回家放自己還有其他同學的書包。于時敏回到團裡後，全員到齊。安端仍然很難過，徘徊不前，看著學校，想著跟媽媽一起回去巴許萊街上的住所。費烏拉猜出了他的猶豫，很老練的交給他一項棘手的任務。

「你去偵查。我們到時候就知道你有能力做什麼。但要小心，這事很危險。」

臉因驕傲而脹紅，安端飛快的沿著索勒街而上，停在第一個十字路口。天色暗了下來，路上行人很少，總而言之，只有兩個老太婆跟一隻遊蕩的狗。回來後，安端用謹慎的聲音講述了他的任務。

「我沒有被襲擊，但是聖文森街那裡有點可疑。」

「我知道了，」費烏拉說，「但我已經採取了預防措施。現在我們要出發了。所有人在我身後排成一列，貼著牆壁。沒有我的命令，沒有人可以離開隊伍，就算受到攻擊也是。」

巴宏甘是一個年輕的金髮小子，這是他第一次探險，似乎很激動，想要從安端那裡了解他們即將面臨的危險。

費烏拉嚴正的維持秩序，巴宏甘沒有多說一個字就重新排回隊伍中。隊伍順順利利沿著索勒街往上坡走去。有幾次，費烏拉命令手下趴在結冰的人行道上，沒有具體說明伺機而動的危險會是什麼。他自己則無所畏懼，就像傳奇故事中的船長，站得直挺挺的，對四周環境警戒，將雙筒望遠鏡放在眼前。沒有人敢說話，但是覺得他好像演得太逼眞了。經過寇托街時，他朝巷內發了兩發彈弓，不過認爲沒有必要向他的同伴解釋具體原因。這幫人在諾凡街的十字路口歇歇腳，安端想藉此機會問問在寇托街發生了什麼事。

「除了閒聊，我還有其他事要做。」費烏拉冷漠的回答。「我，我才是帶頭探險的人。」他又說，「巴宏甘，往前偵查到加布里爾街，快動身。」

夜幕低垂，有點不安，小巴宏甘小跑步出發了。等待的同時，帶頭大哥從口袋拿出了一張紙，皺著眉頭仔細讀。

「老天爺啊，閉嘴。」他對正在大聲說話的于時敏及侯傑兩人說。「你們沒看到我在想事情嗎？」

很快，聽到了巴宏甘木底皮鞋的喀拉聲，再加上體操般的步伐。偵查過程中，他一臉無辜的宣布，沒有看到任何可疑的地方。費烏拉對這種違反遊戲規則的行爲感到震驚，一點冒險史詩感都沒有了，他拉同伴們一起認可。

「我是很習慣發號施令，」他說，「但是像那樣的白痴，我眞的從來沒見過。」

他的同伴完全能夠理解這種指責，而且也很有道理，但是他們全部都有對費烏拉生氣的理由，所以都沒有回應。

一陣安靜後，安端道：

「那個時候，他什麼都沒看見，所以就這樣說了。我不懂，有至於要怪他嗎？」

于時敏、侯傑跟諾丹大聲贊同，這讓帶頭老大有些爲難。

「所以呢？那又怎樣，如果我們眞的遇到事情，是沒有辦法什麼都不做的。」他說。

安端暗自承認，他有道理，怪罪自己減損了帶頭者的權威。尤其是，他很羞愧自己自命爲常識的捍衛者，對抗幾乎是以崇高想像力爲本的英雄主義。他想要認錯，但是才剛開口，費烏拉就責怪他。

「你給我閉嘴。與其來掩護幫裡的無紀律，你最好還是回你媽那。就是因爲你，我們已經遲了一刻鐘。」

「很好，」安端反擊，「那我最好不耽誤你的時間了，我不再是幫裡的一員了。」

他往加布里爾街的方向走遠了，巴宏甘陪著他。其他人還在猶豫。諾丹跟于時敏決定跟隨異議份子，但離得遠遠的。侯傑想要加入他們，但又不敢公開與帶頭者決裂，慢吞吞地離開，一副在等他的樣子。費烏拉最後一個行動，一邊大喊：

「一群綠帽龜，你們自己去應付！這任務我不幹了！你們會後悔的！」

一幫人分成四段，分散在一百多公尺的範圍，朝著探險的目標前進，那是夾在兩條拐彎間，愛麗榭美術學院街的一段。小巷子陰暗，像夾在峭壁間，荒涼得像蒙馬特山丘的高處。

快要抵達時，安端和巴宏甘走得更慢，整個隊伍像手風琴那樣收緊。在第一個轉彎處，街道被一條深溝切開，旁邊還放有紅色警示燈。這項工程是最近兩天才開始的，因爲三天前他們第一次來探險時，還一點痕跡也沒有。這原是這幫人可以好好用來製造恐懼場景的元素，遺憾他們沒注意到這點。接著要穿過一塊狹窄的木棧板，夾在兩條充作欄杆的繩子之間。

儘管好奇想看清楚那個洞，但安端沒有停下來，怕被懷疑他是想等其他人。

六個小學生發現，幾步路不遠處，有一間古董店就在前面。窄窄的店面，油漆看起來是被刮掉了，沒有店名。相反的，在陳列架上，掛著許多標語。

最明顯的幾個是這樣寫的：「好機會只留給眞正的鑑賞家」。另一個「本店只給有錢人分期付款」。每個展示物品都附上了超可疑的歷史參考資料，寫在一張長方形紙板上。「奧坦絲皇后的鄉間寫字檯」指的是一張白色木頭、被洗潔劑侵蝕的廚房小桌。「杜巴利伯爵夫人的磨豆機」、「馬拉的肥皂盒」、「大腳貝絲皇后的毛拖鞋」、「費利克斯・福爾的圓頂禮帽」、「舞場女王波瑪蕾的菸斗」、「坎波福爾米奧條約[1]簽訂時用的鋼筆」，以及其他幾百種以相似手法描繪的物品——甚至有裝有足球的皮製包裹，資料上寫的是「曾在女教宗瓊安手上的仿製品」。

小學生們不知險惡，眞的相信商家就是在他的古董店內，蒐集了這些歷史上不知名戰利品。簽署坎波福爾米奧條約的鋼筆，模模糊糊的在他們腦中留有印象，但是條約內容依稀閃過腦中，就不那麼確定了。尤其他們沒想到，一個商人會對自己的商品作惡作劇標示，這些親筆寫成的參考資料必定是眞的，跟印刷品一樣眞，並掛保證原汁原味。

但這一幫人可不是爲了瞻仰歷史紀念物才組織遠征隊的。櫥窗中央只有一樣物品強烈吸引六位學童的注意力。是雙靴子，同樣附有一張牌子，可以讀到簡單的幾個字：「七里靴」[2]。而跟坎波福爾米奧條約、馬拉、費利克斯．福爾、拿破崙、路易菲利普和其他偉大的歷史人物放在一起，便賦予了這雙靴子幾乎無庸置疑的權威。

1坎波福爾米奧條約是第一次反法同盟戰爭中，由法國與奧地利簽訂的和約。條約於一七九七年十月十七日在坎波福爾米多（今義大利）簽訂。條約標誌著第一次反法同盟的崩潰、拿破崙於義大利戰場的最終勝利和第一波的法國大革命戰爭終結。

2法國小說家夏爾．佩羅的童話故事《小拇指》中的魔靴，穿上後一步能跨越七里。

也許這六個孩子並不確信他們之中一個穿上這雙靴子就足以一步七里。他們也懷疑過童話裡小拇指的冒險故事不過只是童話，但是由於不能肯定，他們很快就相信了。也許是爲了一切當眞的遊戲規則，也許是因爲不想接受現實世界來拆穿謊言，他們不得不承認，隨著時間流逝，七里靴的功能已經減弱或是消失了。但無論如何，無庸置疑那是雙眞正的七里靴。整個商店都能作證那是存在的史實。

還有，這雙鞋眞是超乎尋常的美，令人驚嘆的奢華，擺在其他櫥窗中的物品間，其他東西不是慘淡就是醜陋。黑色漆皮、柔軟細緻、正是做給這個年紀的孩子穿的，內襯有白色毛皮，高出皮質鞋口，翻成雪白的鞋領。這雙靴子有種高傲、直挺挺的優雅，有點使人膽怯，不過這圈白毛給人一種溫柔又狡黠的優雅印象。

布格和巴宏甘的想像力率先活躍起來，站在靴子的正前方，鼻子貼在櫥窗上，兩人沒說幾句話。他們欣喜若狂，幾乎無法言喻，像一場幸福的夢境，在夢中，人們偶爾會重新意識到略帶痛苦的生活還在等著他們。穿上七里靴，安端的生命像是一場迷茫卻熱烈的冒險，想著他的母親，想到她獨自一人回到他們居住的小閣樓，他喘了口氣，一時間內疚、看著自己將要過的生活、自己在櫥窗的這一邊，獨自一人，在夜間，在冬日，離她那麼近，而她吐了口氣，在玻璃窗上凝成了一顆小水珠。

兩個孩子不時可以看到，在靴子的後方，商店主人的剪影，他是這些幻夢的擁有者。

商店內部，還有櫥窗擺設，都被一盞沒有遮光罩，牽著電線的燈泡照亮，昏黃的光線讓人無法好好辨認其中的物件。

單從外表看，商店主人是一個身材矮小的老人，臉圓而乾淨，沒有皺紋，也沒有凹凸不平。他穿著高而硬的領子、緊扣著的短上衣、短馬褲、內搭自行車緊身褲，繃在乾癟的雙腿上。雖然是一個人在商店裡，我們有時可以聽到他尖銳的聲音，總是聽起來很煩躁。有時候，他會極度激動，在地板上大步走，到最後幾乎是跳來跳去了，但是，更多時候，他坐在電燈泡底下，面對一隻巨大的塡充標本鳥，絕對是隻蒼鷺，他似乎正和它熱烈的交談。

巴宏甘甚至斷定，他看到那隻鳥在動，以威脅的姿態襲向老者。而這種事在這裡，在這七里靴隱退之地，一切皆有可能。

這幫人又重新集合了，在櫥窗玻璃前面排成一排，全部都巴巴地望著靴子。費烏拉站在這一排人的三步外，他諷刺的想著，一面冷笑一面自言自語。

「如果他們想要的話，可以一直看這雙靴子看到明天早上。但笑到最後的人會是我。因爲我有個計畫。但是既然不再有領導者，就不會有計劃，什麼也不會有。」

是安端的反抗造成了眾人叛逃，安端毫不懷疑這些話是針對他說的。無知和沉默對他而言是明智的，但是還不夠。他想著應該要做一些偉大、英勇的事蹟，好讓他成爲全部人裡，最配穿上這雙七里靴的。在那一排人中，大家似乎都在期待有人會反唇相譏。侯傑跟巴宏甘滿懷希望地看著他。他的心臟怦怦直跳，但是漸漸的，他堅定了自己的決心。終於，他從那一排人中踏出來，從費烏拉面前經過，瞧都沒瞧他一眼，直直朝店門口走去。大家都用欽佩的目光看著他。店門的玻璃有兩處破損，用一張床前小地毯罩著，掛在門內，上面標著：「巴格達大盜的地毯」。

安端激動的壓下門把手，怯生生的推開門。但他從門縫中瞧見跟聽到的事情，讓他定在門檻上不動。在商店中央，商店主人雙手叉腰，眼睛發亮，站得直挺挺的，面對標本鳥，然後用一種憤怒女孩的語調對他說話。安端聽到他尖聲道：

「你至少要坦蕩地說出自己的意見！到最後，你總是用這種暗諷的方式傷害我！此外，我不接受你剛剛提出的理由。給我看你的文件，給我看你的證據。哈！先生，這樣你能接受嗎？不好意思？」

老人擺出聆聽的姿態，傲慢、安靜地聽著。他小而圓、光滑如蘋果的頭，陷在兩肩之間，蜷縮在他又高又硬的領子中，幾乎蓋到耳朵，時不時瞥眼看那隻鳥，像是要羞辱諷刺人那樣閉緊嘴巴。突然間，他撲向那隻動物，拳頭砸向他的鳥喙，開始大叫：

「我不許你！這太卑鄙了！你誹謗女王。關於巴伐利亞的伊薩博，我沒有什麼想知道的，你聽到我說的了沒，沒有！」說到這裡，他開始繞著這隻標本鳥走，伴著表達憤怒的手勢，一邊低聲說話。就是這一走，他抬眼，在門縫中看見了安端的剪影。警惕的看了他一眼之後，他大步走向他，頭向前，看不到肩膀，好像他想要嚇人一樣。但安端把門關上了，向他的同伴做手勢，用令人留下深刻印象的恐慌聲音警告他們。

這幫人似乎在他的領導下重新組織，跟在他的身後，急切地詢問他，在商店的十、十五步之外停下。費烏拉一開始也打算撤退，但又振作起來，獨自一人面對那雙七里靴。商店主人拉開小地毯的一角，鼻子貼上門上的玻璃窗塊，特別留意街道，尤其是安端那夥人。學童們偷偷看他，低聲議論。最後，他放下小地毯，消失了。

竟敢在店主人偵查的時候，還一直待在櫥窗光線下的費烏拉，轉身對著這一群假裝還是一夥人的人輕蔑的說：

「不需要救你們，他又不會吃掉你們。但要是沒有領導人就會變成這樣。有些人自以爲聰明，一副想進去的樣子，但到了最後關頭就退縮了。這可讓我笑翻了。」

「沒人阻止你進去，」于時敏道。「如果你比其他人更聰明，那就去啊。」

「非常好。」費烏拉說。

他毫不猶豫走向門口，猛的推開門，幾乎讓門大開。但是當他跨過門檻時，他往後退，同時嚇得大叫。一隻比他還大的鳥，就藏在門後，彈出來迎向他，發出奇怪的尖叫聲，有點像人。那幫人早跑掉了，費烏拉開始全速奔跑，沒有時間回頭看。老人把鳥抱在懷裡，走到門口，又怪叫一聲，嚇得學童加快腳步逃跑之後，他回到店裡。費烏拉像砲彈一樣衝出去，在街口轉角處重新加入這夥人。沒人想到那道十五分鐘前用木板才能跨越的溝縫，距離轉角處僅三公尺，侯傑走到溝縫邊緣時有看到，想要停下來，但是他無力反抗後方的推力，費烏拉抵達，衝力如此之大，把那些還在試著恢復平衡的人推下了洞，自己也跟著掉進去。溝渠有兩公尺深，而冰凍的土像石頭般堅硬。

潔曼點燃爐子，爲了省錢，在等待安端回來前只生著小火。房間很小，但是很難暖起來，因爲閣樓窗戶難以緊閉，冷風能從縫隙吹進來。當風從北面吹來，可以聽到它在屋頂和傾斜的隔板間呼呼作響，隔板是用一格一格的柵欄，外包一層薄薄的灰泥石膏所製成的。坐在兩張小鐵床間，一張花園桌、一張木椅、一座鐵鑄爐子和幾盒肥皂盒，是她所有的傢俱，潔曼·布格，身體和心神一動也不動，盯著放在一旁的煤油燈火光。

眼看已經六點半了，她開始害怕。安端知道自己在等他時，從來沒有那麼晚回家過，而且，中午的時候，她已經跟他說過，自己不會在五點之後才回家。她走上天台好幾次，希望腳步聲能夠縮短她的焦慮時間，一分鐘也好。最後，她把門半開著。她聽到有人從窗戶那邊喊她的名字。在狹窄的庭院深處，門房的聲音像是從煙囪傳出來，喊著：

「喂！布格……。」

每當有女士來要潔曼幫忙家務時，門房都會這樣喊她，並猶豫要不要爬上七層樓，上到某間小破屋。門房處，一名警察等著，正與門房談天。看到警方，她明白事關安端，整個身體都因爲恐懼而扭動。迎接她的是一陣同情的沉默。

「您就是安端．布格的媽媽？」員警說。「您的兒子出了意外。我想不是太嚴重。他跟其他孩子一起掉進挖開的管道裡。我不知道是不是很深，不過天氣很冷，地凍得很硬。他們都受傷了。孩子被送去了貝東諾醫院。也許您可以試著今晚去探望他。」

街上，在把讓一邊口袋漲起來的零錢包跟手帕拿出來之後，潔曼脫下圍裙，並將其捲在手臂下。她的第一個反應是叫計程車，但是她想到車資應該要留給安端用。她這一趟就用走的，沒覺得冷，也不覺得累。她沒有要反抗痛苦，然後，想到安端和他們在小閣樓上的生活，細數這些年的幸福，爲自己逃避眞正命運感到罪過。是時候算總帳了，這場災難讓一切都恢復秩序。「這件事情必須發生，」她心想，「我太高興了。」

醫院裡，她被帶到一間等候室，裡面坐著四位女性跟三位男性，正熱烈的交談。她聽到第一句話，就會意過來，她是和其他孩子的父母在一起。而且，她認出了費烏拉太太，身材矮小、黑色頭髮、皮膚黝黑、神情嚴厲，在拉梅街上經營一間食品行，她有時候會去那裡買東西。

她閃過念頭要混入這群人，好知道更多關於意外發生的經過，但是沒有人注意到她靠過來，除了費烏拉太太，不客氣地打量這個沒穿大衣、顯然沒有結婚也沒有男伴的女人。

潔曼在一旁坐著，聽著他們的對話，但沒聽出什麼。這些人似乎也沒有比她知道的更多。

「我一直問自己，怎麼會發生這種事。」諾丹的父親問，他是個年輕的男人，穿著地鐵售票員的藍色制服。

「是我先生首先得知這個消息的。」費烏拉太太說，提高聲音讓潔曼知道她是有另一半的。「他想要去車庫開車出來，但我跟他說：『不用了，我搭計程車去。』他得留下來顧店。」

每個人輪流說說他們是怎麼得知這場意外的。專注聽幾分鐘就讓潔曼知道了在這裡等著的家長名字。她太常聽到安端提到這些名字，對她來說很熟悉。她對這些名爲諾丹、于時敏、侯傑的小學生欽佩且敬重。她似乎與他們是表親，然而她能意識到自己與這些成對、有工作、父母、公寓的人之間存在距離。他們持續無視她，但是她沒有怨恨，反而感謝他們的謹慎。但她獨怕費烏拉太太，有時候可以感覺到她有敵意的目光落在瘦弱的自己身上。她隱隱約約了解有敵意的原因，如果焦慮能夠讓她的思想更自由，她就不難理解他們。長期的經驗告訴她，有些地位較高的女士，比如像費烏拉太太那樣，不喜歡自己和貧困的人處於相同的環境。

拉梅街的雜貨店女主人，與她認可的社會結構不同，這個布格竟然跟她一樣出現在這裡，這讓她心中出現了惡毒的懷疑。然後，她開啓了對話。

「您呢？太太，您一定也是爲了這場慘事來的吧？」

「是的，太太，我是小布格，安端．布格的媽媽。」

「噢！噢！安端．布格，太完美了。我可有聽過呢。他似乎有魔鬼附身呢，這小子。你們一定也聽孩子提起過吧，諾丹太太？」

「有呢，侯伯特有跟我說過。」

「噢！我跟你們說過了，你們看看，大家都提起過。就是個野孩子。」

「不是的，不是的，我跟你們肯定。安端是個好孩子。」潔曼抗議道，但是費烏拉太太不讓她說下去。

「本質可能不壞，但是像很多人那樣，他可能缺乏紀律。」

「孩子們可要好好管教才行。」地鐵職員說。

找到一個人可以針對，並且用來解釋意外的發生，讓父母們都鬆了一口氣，他們高聲交換教育孩子的心得，而且，大致上，很明顯地就是在針對像潔曼．布格這樣的狀況。每對夫婦，出於憂心，對自己的兒子都有著極大的寬容，就是因爲太單純了，才招惹上這種不幸，每個人都堅信就是安端帶頭的。

「我不怪你，」費烏拉太太對潔曼說，「這種時候，我沒有心情責怪任何人，但無論如何，事實就是事實。要知道如果您能好好監督這個孩子，我們今天就不會在這裡了。現在傷害已經造成，我只希望一件事情，那就是這場冒險能給你上一課，我的孩子。」

其他母親看到費烏拉太太以眾人的名義發言，感到受寵若驚，以十分恭敬的低語，歡迎這次高談闊論。潔曼由於工作，早就適應了這種責備，毫無反抗的接受了，所有的目光都注視著她，她不知道怎麼辦，只能低下頭。一位護士進門。

「別擔心，」她說，「情況並不嚴重。醫生已經來看過他們了。只有腿跟手臂斷了，還有幾處不嚴重的擦傷。幾個星期後就會恢復正常的。因爲被嚇壞了，他們有點沮喪，最好今晚就不去看他們了。不過，明天就能正常探視了，下午一點鐘的時候過來吧。」

五個孩子聚在一間方形的小房間裡，另外還有三個年齡相仿的傷患，已經住院第三週了。

安端被排在費烏拉跟于時敏的中間，對面是侯傑和諾丹，兩人的床位在隔壁。第一夜過得很不安穩，第一天也同樣的痛苦。他們仍舊疼痛和發燒，幾乎不說話，對房間裡發生的事情也不感興趣。除了安端以外，眾人對父母第一次來訪沒有過多的喜悅跟情緒。

安端則是前一天就在想這件事。他擔心他的母親，在這個痛苦的晚上，獨自一人在寒冷的小閣樓裡，以及接下來的所有夜晚。當她進入病房，他害怕看到她滿臉疲憊跟失眠的面龐。她明白他的擔憂，一開口就是要他放心。

在左邊的隔壁床，于時敏以發出兩聲嗚咽，用痛苦的聲音回答了他的父母，阻止了他們的提問。右邊，費烏拉對他的母親十分暴躁，母親哄小孩的話聽起來相當可笑。她稱他爲「我可愛的小天使」還有「媽咪的乖孩子」。逗樂了旁邊聽到的小夥伴。護士要求，這是第一次探視，時間不能太長。父母不能待超過十五分鐘。在新規定下，孩子們逃脫了父母的統治，而且，由於他們出了意外，所以有權這麼做，這讓他們有點侷促不安。很難再有什麼對話。潔曼・布格沒有在安端床邊感受到這種尷尬，卻也不敢留下來，跟著其他人一起離開了。

小巴宏甘是隊上唯一一個摔到洞底後沒事的人，在父母們離開後不久就到了，他的探訪讓人得到安慰。他眞誠的懊悔命運對他的眷顧。「你們眞的很幸運，你們這些摔斷什麼的。昨天晚上，我很想要代替你們。我到家的時候等著我的都是些什麼。我的父親已經回家了。他把鞋子重新穿好在我屁股上踢了一腳。我整個晚上聽到的都是我最後會進監獄什麼的。中午的時候，他又開始唸。今天晚上，他一定又會繼續。他總是會唸上整整一個禮拜的。」

「就跟我家一樣。」侯傑說。「如果我平安無事的回到家，又能有什麼好結果。」

如果不是因爲身體上的痛苦，每個人都會慶幸自己入院了。安端不記得自己被母親斥責過，只有他沒有辦法用這種碰運氣的觀點來安慰自己。雖然費烏拉感覺被父母給寵壞，但他也說，如果他像巴宏甘那樣，外套撕裂但全身毫髮無傷，回家時也會有很大的風險。

接下來的日子更忙碌了。扭傷跟脫臼都沒那麼痛苦，甚至不用擔心上了石膏的四肢。因為無法動彈，除了閱讀和交談以外，無法從事其他娛樂。大家談起這次探險，每個人都相當熱中於重溫探險的高潮迭起。激烈的爭吵，護士出聲也沒有辦法讓大家平靜下來。費烏拉吸取事件的教訓，讚揚秩序跟權威的準則，堅持如果整個隊伍聽令於帶頭的，就什麼也不會發生。

「這樣也不會讓人比較不害怕。」其他人抗議道。

「我才是最後逃跑的人，」費烏拉道。「你們把我一個人丟在那裡，一群膽小鬼。」

在動彈不得時，討論會比平時更激烈，反正也不會有被一拳打在鼻子上的危險。

但一講到七里靴，大家就和平了。商家會不會已經找到買主了，大家都不安的等待巴宏甘的探視，都很怕他會帶來壞消息。而他也很清楚，所以一踏進門就讓大家放心了。靴子還在櫥窗裡，而且，他確定，靴子一天比一天更美、更閃亮、更柔軟光滑，就連白毛翻領也是。

到了傍晚，在日落點燈前，他們很容易就說服自己，這雙靴子仍完好無損，且保有了最主要的優點，他們幾乎沒有多想就相信了。這是因為，沒有什麼比躺在床上，想著那雙能走出驚人大步伐的七里靴要來得更加更有娛樂性、更放鬆的了。每個人都幻想要怎麼發揮靴子的最大用途。費烏拉很喜歡自己可以打破世界賽跑紀錄的想法。侯傑通常比較樸實。當自己被派去取四分之一的奶油或是一公升的牛奶，他就可以去諾曼第的村莊買，這樣會比較便宜，然後把賺的差價收到自己口袋裡。大家一致同意，禮拜四下午要穿著靴子去非洲或是印度，在那跟野蠻人作戰並且獵殺大型野獸。安端跟他的同伴同樣被探險所吸引，不過，他還藏著其他更溫柔的夢想。他的媽媽從此就不用為食物發愁了。家中缺錢的日子，他會穿上七里靴，繞法國一圈不用十分鐘。在里昂，他在貨攤上拿一塊肉；在馬賽，一塊麵包；在波爾多，一種蔬菜；在南特拿一公升牛奶；在雪堡拿四分之一的咖啡。他放任自己繼續幻想，也可以給母親拿一件外套，讓她保暖。也許再一雙鞋，因為她只有一雙，已經穿舊了。付房租的那一天，如果少了繳房租的一百六十法郎，還是要給的。

很簡單，走進一間里爾或是卡爾卡松的華麗商店，顧客進去的時候，不會把錢緊緊的攥在手裡。一位女士在櫃檯領取零錢時，就從她的手中拿走鈔票，在她還沒時間來得及生氣前，就回到蒙馬特了。即使只是躺在床上幻想，用這種方式奪取他人財產也讓他覺得丟臉，但是肚子餓也相當煩人。還有當他們沒有足夠的錢支付房租，必須向門房坦承以及對房東做出保證時，也覺得十分丟臉，不比偷東西好多少。

潔曼．布格給兒子帶來不少柳橙、糖果、畫報，不比其他人的父母來得少。然而，安端，也因為這些探視，讓他在住院後越來越感覺到自己家的貧窮。聽到其他病人的父母親在病床前談天，他們的生活似乎非常豐富，幾乎不像真的。他們總能提到多采多姿的東西，滿是兄弟、姊妹、阿狗、阿貓、金絲雀，再到同一層樓的鄰居、同一個鄰里的四個角落、巴黎的四個角落、郊區、外省，直到國外。關於埃米爾叔叔、瓦倫丁阿姨，住在阿讓特依的表兄弟的事情，或是一封來自於克萊蒙費宏或是比利時的信件。

比如說于時敏，在學校看起來沒什麼，卻有個飛行員堂兄，還有個伯伯在土倫兵工廠工作。有時候，會突然有個從義大利邊境或是埃皮納爾的親戚來探訪。有一天，來自克利希的一家足足五口人，圍在諾丹床邊，但家裡居然還有人沒來。

反觀潔曼．布格，總是一個人守在安端床邊，沒有帶來任何人的消息。他們的生活中沒有叔叔伯伯、表兄弟或是朋友。

因爲被貧困、生活狀態跟健談的鄰居嚇到，他們不再像第一天毫無保留又自在。潔曼提到了她打掃的家庭，但很簡短，深怕這些話會被費烏拉或是他媽媽聽到，她猜想，一個商人的兒子與一個清潔婦的兒子只隔了一床，可能會令人不愉快。

安端擔心她的三餐，勸媽媽不要花太多錢在糖果跟畫報上，也害怕被偷聽。他們對話的聲音幾乎很低，大部分的時間都沉默地看著對方，或是被高聲交談的對話分散了注意力。

一天下午，訪談結束後，平時很健談的費烏拉，卻沉默了好一陣子，目光定在某個地方，好像對什麼很著迷。對於問他怎麼不說話的安端，他滿足的回答了：

「老朋友，這太棒了。」

他顯然很高興，但他的快樂好像參雜了內疚，讓他說不出口。最後，他決定說了出來：

「我都跟我媽說了，她說要買給我，出院時能帶著回家。」

安端心下一涼。靴子不再是每個人都可以取用，不會讓鄰居冒著變窮風險的共同寶藏了。

「我會借給你。」費烏拉說。

安端搖搖頭，他對費烏拉生氣，是因爲他跟他的母親說了本應是小學生秘密的事。

從醫院出來後，費烏拉太太搭計程車去愛麗榭美術學院街，毫不費力就認出他兒子跟他描述過的櫥窗。靴子還在那裡。她在外逗留了幾分鐘，細看擺設跟手寫的參考資料。她對歷史所知甚少，坎波福爾米奧的鋼筆根本沒有讓她吃驚。她不是很喜歡這種生意，但是櫥窗擺設給了她好印象。一張標語給了她信心，上面寫著：「只給有錢人分期付款。」她認爲這種警告很笨拙，但是商家在她看來似乎很有原則。她推開門，看到在點亮店家的電燈泡下，有個瘦小的小老頭，在他的對面，坐著一隻大鳥標本，似乎在跟他下棋。他沒有理會進門的費烏拉太太，推著旗子，一下子幫自己下，一下子幫他的夥伴下。他時不時發出一些咄咄逼人的、滿足的冷笑，毫無疑問是幫自己下的時候。費烏拉太太先是十分驚奇，想要表明自己在這裡，但是突然間，坐在座位的老人半直起身體，眼睛發亮，帶威脅地指著鳥頭，開始尖聲叫：

「你作弊！別撒謊！你剛剛又作弊了。你方才偷偷摸摸的移動了你的騎士來掩護你即將被吃掉的女王。啊！不過你承認了。敬愛的先生，我很高興，你明白剛剛我說的了，我要沒收你的騎士。」

他從棋盤上拿掉棋子，並且收到口袋。之後，看著那隻鳥，他開心地笑了起來，然後放聲大笑。他倒回椅子上，斜身看著棋盤，雙手在胸前交叉，肩膀顫抖著，幾乎無聲地笑著，笑聲越來越遠，尖尖的像老鼠的叫聲。費烏拉太太有點害怕，問自己是不是該推門離去。老人終於回到嚴肅的態度，擦了擦眼睛，對他的古怪角色說：

「抱歉，但你這種表情實在太好笑了。拜託別看我了，我感覺到自己又快笑出來了。你可能不知道，但你的樣子眞的可笑極了。好啦，剛才的事情不算好吧，你的騎士還給你。」

他從口袋拿出騎士，放回原處，專心檢查棋盤。

費烏拉太太遲疑要不要做決定。想到自己已經付了計程車錢來這間店，她決定留下來，咳了好幾聲，越咳越大聲。第三次的時候，商人轉過頭來，不免有點責備，好奇地看著她：

「您一定會下棋吧?」

「不。」被這個問題困惑了的費烏拉太太回答,「我不懂,不過我會玩跳棋,我爺爺很厲害。」

「總之,您不會下棋。」有那麼幾秒鐘,他像解謎那樣打量她,既驚訝又困惑,好像在問自己她爲什麼會在這裡。他似乎無法解決這個問題,可能根本沒興趣,因爲他擺出漠不關心的樣子,回到他的棋局,對著那隻鳥說:

「輪到你了,先生。」

費烏拉太太被這位舉止隨意的奇特商店主人搞得手足無措,一時愣在原地。

「啊!啊!」老人一邊說,一邊搓著手。「這一局開始變有趣了。我很好奇想知道你要怎麼從這糟糕的一步抽出身來。」

「不好意思,」費烏拉太太冒著險說,「我可是顧客。」

這一次,商店主人露出訝異的神色。

「顧客!」

他沉思片刻,然後,轉向那隻鳥,低聲對牠說:

「是顧客!」

他迷惘地看著棋盤。突然,他的臉亮了起來。

「我沒有看到你剛剛的那一步。越來越有意思了。高超的一招，遠遠出乎我的意料。令人讚嘆。形勢完全逆轉了。這一次，被威脅的是我。」

看到他又重新投入棋局，費烏拉太太覺得自己被冒犯了，提高嗓門說：

「我可沒有要花整個下午看你下棋，我有其他事情要做。」

「那麼，夫人，您想要什麼？」

「我來打聽櫥窗裡那雙靴子的價錢。」

「三千法郎。」埋頭在棋局裡，商人宣布。

「三千法郎！你是瘋了嗎？」

「對，夫人。」

「你看看，一雙鞋子要到三千法郎，這不可能！你不是認眞的吧。」

這一次，老人惱怒的起身，在顧客面前相當堅持：

「夫人，您決定要花三千法郎買這雙鞋了嗎，要或不要？」

「啊！不，」費烏拉夫人激動地叫，「當然不！」

「那就不用談了，我繼續下棋。」

得知自己就快可以擁有七里靴，費烏拉的夥伴們表達了強烈的不滿，費烏拉認爲有必要安撫他們。他說，如果自己有跟媽媽提過，那也不是刻意的。何況，她什麼都沒有答應。她只是沒有拒絕。

但是一想到他不小心流露出的那種得意的喜悅，大家都很難放下心來。這一整天，他幾乎被其他人排擠了，跟他說話時都很不情願。

不過，因爲對夢想懷抱強烈的希望，大家雖然都有點擔心，但都說服自己事情還沒確定。漸漸的，大家都不再提到那雙靴子了，至少表面上是如此。有了費烏拉的先例，每個人都開始爲了自己的利益而制定計畫。一天下午，母親離開之後，于時敏臉上洋溢著幸福的光芒，整個晚上都以沉醉在美夢的沉默掩護自己。隔天，換成侯傑跟諾丹開心了。

費烏拉是第一個出院的人，當其他人要他保證會來看他們的時候，他回答：「你們想，我下次來這裡的時候會是怎麼來的呢！」

一路上從醫院到家裡，他都跟父親一起，他沒有問任何問題，因爲體貼，所以也不想破壞他父母想要給他的驚喜。回到家時，沒有人跟他提起靴子，但是他並不擔心。早上，父母在雜貨店忙生意。毫無疑問，他們是想要在晚餐的時候才給他。等待的時候，他到雜貨店後門的小院子裡玩，自己做了一架戰鬥機。他有各種各樣的物品：院子裡寄放的貨物箱、桶子、瓶瓶罐罐、罐頭。在一個空的貨物箱，他安裝好了飛行儀器，鮭魚跟豌豆罐頭，並且用一罐白蘭地當作機關槍。他於一千兩百公尺處航行，天空晴朗，此時他看到一架敵軍飛機。他沒有一秒鐘的驚慌，繞了個半圓、拉高機鼻直到兩千五百公尺。敵軍什麼也沒有懷疑，靜靜的飛行，費烏拉俯身衝向他，並且用機關槍開火，但當他斜靠在貨箱邊緣的時候，他失手讓白蘭地酒瓶滑落，摔破在路面上。他並未氣餒，咬著牙喃喃道：

「天啊！他一槍打在我的機關槍上。」

在雜貨店後院的費烏拉太太被聲音驚動，看到一攤白蘭地中間有瓶子的碎片。

「這太過分了，」她吼道。「不會一回家就馬上開始管不住了吧。要是你能在醫院待久一點就好了。一罐剛剛漲價了百分之十的上等白蘭地。我本來打算今天下午去買靴子，但你現在可以跟靴子說再見了。這事不用再提了。再說，不惜一切代價要我買靴子的這種想法太可笑了，你已經有一雙幾乎全新的橡膠鞋。」

兩天後，侯傑也出院了。在家裡，當他決定談起靴子，全家人似乎都很吃驚。他母親想起自己答應過他的，喃喃道：「靴子，是的，沒錯。」看到她爲難，父親開口道：「靴子，」他說，「很漂亮，但是我們等你在班上表現得更好再談。要擁有所有的權利，僅僅斷一條腿是不夠的。你躺在床上的時候，你的母親答應了一些事，這樣很好。但是現在，你已經痊癒了。你現在身體很好了。現在要補上浪費掉的時間。如果你一直到年底都好好表現，就會得到好好用功的獎勵，所以，我們到時候再看看、考慮一下，想一下。不用著急，好嗎？先好好用功。」

諾丹在兩天後回到家，也是同樣的失望，但是沒有掩飾。當他質問他的父母，他的母親，前一天還重申過答應他的事，心不在焉的回答：「去問你父親。」而這一位喃喃道：「噢！靴子！」，語氣冷漠又堅決，好像他的妻子假裝對三十年戰爭的原因來了興趣。

安端和隔壁床的于時敏，在諾丹出院之後還得留院一星期。因為被其他新來的病患給孤立，讓兩人更加親密，但這對安端來說也是相當艱難的考驗。那一週，他更苦於自己的貧窮。在自己的生活中，他找不到充實自己自信的方法，只好聽于時敏談他的充實生活，除了點評以外沒有辦法回應什麼。沒什麼比扮演窮知己的角色更令人沮喪的了。舉例來說，每個人都知道，在古典悲劇中，與知己的對手戲才是最有戲的。看到這些誠懇的人，生命中什麼大事也沒發生，順從有禮地聽著自鳴得意喋喋不休的討厭鬼講述自己的冒險，實在可惜，于時敏成功的找到讓知己厭煩的好方法，大講特講他家庭成員的情誼跟軼事。他特別提到他的叔叔和阿姨，對他們寄予厚望。因為從費烏拉、侯傑跟諾丹的經驗中可以知道，父母的諾言是沒法相信的，所以他更相信叔叔和阿姨。他已經準備好向叔叔阿姨爭取買七里靴給他了。安端的耳裡滿是他的儒勒叔叔、馬賽爾叔叔、安德烈叔叔、盧西安叔叔，還有他的安娜阿姨、羅貝特阿姨以及雷奧婷阿姨。

晚上，其他人睡著的時候，安端比平時更頻繁、更長時間想到自己古怪的命運，在世界上沒有叔叔、阿姨，也沒有堂兄表弟。除非自己是個孤兒，這種情況也不少見，但他無法想像會有比他家更小的家庭。這種事既悲傷又令人疲憊。某天，安端厭倦了貧窮跟作為知己。當于時敏跟他提到某位賈絲婷阿姨，他打斷了他的話，漫不經心地說：

「賈絲婷阿姨，還有你整個家族，我都不大感興趣。你懂的，這幾天我光想從美國回來的叔叔就夠了。」

于時敏睜大眼睛，驚呼道：

「從美國？」

「沒錯，是的，我的叔叔維克多。」

安端有點臉紅。他不習慣撒謊。他的生活簡單到沒有必要說謊。迫於疑問，他不得不找證據支持跟發展第一個謊言，他愉快的創造了維克多叔叔這個人物。

這不僅僅是想要比較，也是對自己生活的報復，自己的人生突然間變得多采多姿。維克多叔叔既有聲望，又帥、勇敢、慷慨、強壯，有學位，一星期殺一個人，口琴演奏得有聲有色。可以確定的是，他可以以一敵四，如果需要的話，對再多人口的家庭都能出手無所不用其極，只爲了給姪子弄到他想要的靴子。價格也不會阻止他。安端，長久以來扮演著知己角色，如今散發的熱情和信心，擾亂了于時敏的心，對靴子只剩下微弱的希望。

隔天早上，安端良心不安，後悔昨天晚上控制不住自己焦躁的想像力。惱人、煩人、又不愼重的創造出維克多叔叔，怕是已經有了影響力。安端試圖忘掉、忽略，但是叔叔強烈而獨特的個性已經樹立起來。漸漸的，他習慣了，接下來的幾天，他只好將就這個叔叔夥伴，免不了會提到他。他的良心不再困擾他，除了訪客時間，媽媽在那裡的時候。他想要介紹維克多叔叔給她認識，用這種美好的親屬關係充實她的人生，但是他不知道該怎麼做。他不能要求她跟自己一起說謊。他考慮用一種幼稚的條件式句子說話：

「我們會有一個叔叔，他會住在美國，他會叫做維克多叔叔。」但是他的母親，無疑有比他更艱苦的童年，對遊戲一概不知。潔曼．布格這邊則猜想這是一個謎團，兩個人苦於無法溝通。

安端非常擔心，眼看就要出院了。他的朋友會這樣跟他說：「嘿，你的叔叔回美國去了，但是靴子還在櫥窗裡呢。」回答說維克多叔叔在最後一刻推遲了他的行程，是很危險的。一位英雄，如果我們需要他的價值時卻不在，就只是謊言或幻象。朋友會說：「騙鬼。」又會說：「在誰那裡？」還會說：「你的叔叔，是不是有時候在電影院裡啊？」

安端和于時敏同一天出院，那天早上下著冷冷的雨，讓人後悔離開溫暖的病房。他們沒有一起離院。

安端不得不等待被扣在肉販勒福家打掃的媽媽。他還希望她不要來，他現在很怕維克多叔叔這個角色。潔曼．布格遲到了，為了不讓堅持開五百公尺車載她來的勒福先生生氣，她在肉店等了他將近一小時。安端往外踏出步伐，有些遲疑，腿還不習慣。儘管颳風下雨，他不想讓媽媽把錢花在叫計程車回家，兩個人用走的回家。他們慢慢的走，但是蒙馬特的上坡路很辛苦，只看到灰色的石板，孩子累了，很挫敗。他連回應母親的話的力氣都沒有了。想到還要爬七樓才能到家，他在斗篷下哭了出來。但是比起爬上樓更叫人精疲力盡的，便是停在門房的管理室。她帶著窮人對待比自己更窮的人的那種親切卻輕蔑的態度，質問他，認爲應該要大聲地對他說話，像她通常對遲鈍或是微不足道的人說話那般。他不得不讓她看他的腿，骨折的地方，然後解釋。潔曼．布格想要省掉這件苦差事，但是害怕會惹怒如此有影響力的人。安端不得不再次謝謝門房，她開心的給了他十蘇錢。

一進到閣樓，他就呆住了，因爲壁紙全換了。他的母親觀察他，擔心他面對這個驚喜時的反應。他努力微笑以掩蓋自己的失望。他自己也意識到，其實，他比較喜歡舊的那張紙，儘管滿是劃痕，又舊又髒，圖案因磨損和髒污褪了色。在陰暗的牆上，他的眼睛學會辨認自己幻想的風景、野獸，和黃昏時移動的人們。新的壁紙是淡綠色的，看起來好像已經褪色了，上面滿是顏色更深一點的綠色小花苞。薄薄一層，被臨時工倉促地貼上去，看上去好像生病了。潔曼．布格生了火，因爲天氣冷，爐子冒起煙了，這讓她必須打開窗戶，風雨又吹了進來，她用了點小技巧將風雨擋住。安端坐在自己的床上，用某些從病中康復的孩子的眼光，以黎明般的清醒看待生活。餐桌擺好了，他的母親端著肉湯跟他說：

「你喜歡嗎？」

她微笑，一面看著好像生了病的牆。

「喜歡，」安端說，「我很滿意，好漂亮。」

「我其實很猶豫，你知道嗎。還有另一種樣式，粉紅色跟白色的，但很容易髒。我想要拿樣式給你選，但是我想，這樣就會破壞驚喜了。你眞的喜歡嗎？」

「眞的，」安端重複，「我很喜歡。」

他開始無聲地哭泣，淚水似乎怎麼樣都不會乾，豐沛且頻繁。

「你還痛嗎？」他的媽媽說。「無聊了？想朋友了？」他搖搖頭。她想起自己曾見到他因兩人的貧困而哭泣，向他說明目前情況是很安心的。她剛繳清了房租。另一方面，他們可以平安無事至少三個月。她上週找到一份一個半小時的清潔工作，一大清早就要上工，對方很滿意她的工作成果。

「然後，還有一件事我沒跟你說過，這事昨天才發生。拉里森小姐的狗死了。可憐的小傢伙，不是隻壞狗狗，但既然它死了，我們可以利用這個機會。我現在可以去拉里森小姐那裡領回狗的遺體。她會和和氣氣地把它交給我。」安端原想要以感激的話語回應這些歷盡生活滄桑的微笑，但卻說不出話來，憂鬱的情緒讓他的母親焦慮，考慮該不該下午放著他獨自一人在家好幾個小時。下午一點半，看到他比較平靜了，她決定去那個對她做事方式吹毛求疵的拉里森太太家做兩個小時的家務。

安端神秘的悲傷折磨著潔曼．布格，打算去校門口詢問他的同伴。她最認識的是小巴宏甘，因爲他曾經在安端床邊或是醫院門口陪伴他。詢問的結果超乎她的預期。巴宏甘沒有任何遲疑就道出了安端憂鬱的原因。母親頓時得知了靴子還有美國維克多叔叔的故事。在幾次走錯路後，潔曼．布格終於找到了愛麗榭美術學院街上的古董店。櫥窗還亮著，但是她打不開門。當店主掀開遮住玻璃窗的掛墊一角，並且示意她走開的時候，她還在試圖轉動門把手。潔曼不懂，指著櫥窗裡的靴子給他看。最終，老人半開門對她說：

「您不懂嗎？商店關門了。」

「關門了？」潔曼一驚。「但現在還不到六點。」

「但是我今天早上就沒開店。今天是我的生日。懂了嗎？」

正說著，門整個大開，潔曼看到他穿西裝，打了白色領帶。

她跟他解釋自己來這裡的原因，跟他說安端還在家裡等她，但是他不想聽。

「女士，眞的很可惜，但我跟您重複，今天是我的生日。我恰好有一個朋友要來看我。」他向後看了一眼，壓低聲音補充：

「他很擔心。他會問我在跟誰說話。進來，假裝你是來祝我生日快樂的。他會很生氣，因爲他嫉妒得要命，我全身上下都讓他覺得不安，但是我不後悔再給他上一課。」潔曼抓住機會，進到老人身後。那裡只有巴宏甘提過的那隻大鳥。大水鳥尤爲引人注目，牠的打扮怪裡怪氣，長長的脖子上繫著一條白色領帶，有著黑色蝴蝶結的單片眼鏡，夾在一邊的翅膀上。商人對潔曼使了使眼色，盡可能大聲地對她說：「公主，您眞是人美心善，還記得您的老朋友，眞是一個驚喜。」他偷偷的瞄了幾眼那隻鳥，判斷這些話製造出的效果，壞壞的一笑。潔曼不知道該怎麼反應，但是店主能言善道，他一個人就負責說個不停，這讓她安下心來。一陣子之後，他轉向鳥，用得意洋洋的語調告訴他：

「公主完全同意我的看法。這一切都該歸咎於昂克爾侯爵。」

他忘了公主的存在，背對著她，投入到對歷史的討論，但是看來他的論點也沒有佔上風，所以最後安靜的、帶著怨恨，看著那隻鳥。潔曼趁著這一陣沉默，提醒他自己是來店裡買靴子的。

「眞奇怪，」商人觀察道。「最近這陣子，常常有人來問。」

「靴子值多少錢？」

「三千法郎。」

他心不在焉的回答，而且好像沒有注意到顧客驚慌失措。

突然，他爆發了，看著那隻鳥，用憤怒的語調尖叫：

「當然，你也不同意！你認爲那雙靴子不值三千法郎。來啊，說出來啊，不要害羞。今天戴單片眼鏡的是你，事情是你說的算。」

短暫的沉默之後，他轉向潔曼，苦笑著對她說：

「您都聽到了。看來我的靴子只值二十五法郎。好吧！就這樣吧。二十五法郎就帶走它吧。這麼說吧，我在這裡已經什麼都不是了。這麼說吧，先生才是這裡的主人。拿去吧，女士。」

他去櫥窗取靴子，用報紙包好，然後遞給潔曼：

「混帳，」他對鳥說，「你害我損失了兩千九百七十五法郎。」

潔曼此時正打開她的錢包，因爲同樣的想法而感到尷尬。

「我不想要占這便宜。」她對老人說。

「沒關係，」他喃喃道，「我會處理好他的。他就是既愛忌妒又惡劣。我要用劍殺了他。」

接過二十五法郎的時候，潔曼看到他的手因憤怒而顫抖。

硬幣一到手，他轉頭用硬幣朝鳥頭扔過去，砸碎了單片眼鏡，一片碎片在緞帶的末端搖來晃去。然後，他屏住呼吸，從櫥窗裡抓到一把老軍刀，將刀身拔出鞘。潔曼・布格沒等到最後結果出爐就拿起靴子跑了。

到了外面，她想要報警或是至少警告某位鄰居。對她來說那隻鳥眞的麻煩大了。仔細想了一想後，她告訴自己，這樣的行爲說不定沒有用，說不定還會惹上麻煩。

一看到靴子，安端就脹紅了臉，高興起來，貼在牆上看起來很悲哀的新壁紙，現在看來像漂亮的春天蘋果綠。晚上，趁著母親睡著了，他悄悄的起身，穿好衣服、套上七里靴。漆黑的夜裡，他摸索穿過閣樓，再小心翼翼的打開窗戶後，爬上排水管的邊緣。邁出的第一步帶領他來到市郊，在羅尼蘇布瓦、第二步就到了塞納馬恩省。十分鐘後，他抵達地球另一端，在一大片草地上停下來，採集一大束的清晨第一縷陽光，並用蜘蛛織成的白色絲線將陽光繫起來。

之後安端毫不費力的回到小閣樓處，他悄悄溜了進去。在媽媽小小的床上，放下那一束光芒，光線照著母親睡著的臉龐，他發現她看起來沒那麼疲倦了。

奧斯卡跟艾利克

三百年前，在歐克蘭王國，有個姓氏爲歐爾傑松的繪畫世家，這家人只畫曠世巨作。全家人都相當出名且受到敬重，如果說他們的聲名並未遠播，那是因爲歐克蘭王國孤立於極北之地，和其他國家未有往來。船隻只將海洋視爲捕魚或打獵的地方，而南向之路則被海岸線的礁石所阻擋。

老歐爾傑松，此家族姓氏中的第一個畫家，有十一個女兒跟七個兒子，每個人都有繪畫的天賦。歐爾傑松家族的十八位成員，個個飛黃騰達、備受關注、授有獎助和勳章，但沒有人有下一代。見到自己做了那麼多努力的家族後代沒落，老者很受傷，遂與一位獵熊人的女兒結了婚，八十五歲的時候，他的小兒子誕生了，取名爲漢斯。在這之後，他就平靜的過世了。

漢斯和他的十八位哥哥姊姊一樣，在學校受教，成爲了一位備受景仰的風景畫家。他畫杉木、樺樹、牧場、雪景、湖泊、瀑布，他在畫布上創作，就如同上帝創造大自然般，是如此傳神。在他畫的雪景前，人們會不受控制的感到冰寒刺骨。甚至還有一次，有隻小熊在他的畫作前，將其中的杉木錯當成眞的，還試著爬到樹枝上。

漢斯．歐爾傑松結了婚，並且有了兩個兒子。艾利克是長子，完全沒有展露任何藝術天賦。他每天只幻想著要獵熊、獵海豹、獵鯨，並對航海有著高度興趣。他讓整個家族，尤其是他的父親失望了，對待他就好像他是個醜象頭般的廢物，不忍直視。相反的，奧斯卡比他的哥哥還要小一歲，很小就展露了天賦異稟的藝術家才華，擁有無人可比的敏感度跟能精準描繪的雙手。十二歲時，他畫出來的風景畫，就已讓所有的歐爾傑森家族成員嫉妒。他筆下的杉木跟樺樹比他父親畫的更加眞實，畫作價格也因此水漲船高。

兩兄弟品味天差地別，卻沒有讓他們因此分道揚鑣。艾利克沒去捕魚或打獵的時候，不會離開他弟弟的畫室，而奧斯卡只有跟他一起的時候，才會感到全然的快樂。兄弟倆的連結如此緊密，一個人的喜悅或是痛苦，另一個人都會感同身受，像是兩人一心同體一樣。

十八歲時，艾利克已經是一位出色的水手，參與了許多捕魚的大航程。他的夢想是越過海岸線的礁石，開啓南方海洋的大門。他時常跟弟弟說這些，弟弟則對幻想這些冒險感到十分擔憂。即使才十七歲，奧斯卡繪畫的技巧已經是大師了。他的父親驕傲的表示，已經沒有什麼好再教給他的了。然而，年輕的大師，突然間，對繪畫稍稍失去了熱忱。他不再畫壯麗的風景，而是在隨手取得的紙張上塗鴉，然後立刻撕掉。歐爾傑松家族，現如今還有十五位成員，警覺到此事，發起集會試探奧斯卡。父親以所有人的名義發言：

「我親愛的兒子，你是否厭倦繪畫了？」

「噢！不，我的父親，我比之前更愛這件事。」

「好，這樣很好。我才在想，是不是艾利克那個大傻子轉移了你對繪畫的注意力？啊！老天，要是我能知道就好了！」

奧斯卡因爲大家居然如此懷疑他的哥哥而感到氣憤，並且表明，沒有比對方在的時候畫得更好的時刻了。

「所以呢？你還有愛嗎？」

「抱歉，我的父親。」奧斯卡垂下眼回答。「我的姑姑、伯伯，十分抱歉。我們都是藝術家。我向各位坦承，我見過許多女性，但是還沒有一個人能夠束縛住我。」

十五位歐爾傑松家族成員放聲大笑，高聲談論這些下流的玩笑是歐克蘭畫家的傳統。

「言歸正傳，」父親說。「說吧，奧斯卡，告訴我們，你休息的時候還有什麼其他需求。如果你有什麼想做的事，不必隱瞞。」

「好的，我的父親，我想請您將您洛汗山的別墅讓給我一年。我想要在那裡隱居。也許我可以在那裡好好工作，尤其是如果您可以讓我的哥哥陪伴我一起度過這段孤獨的時光。」

父親高高興興地接受了，隔天，奧斯卡跟艾利克搭乘雪橇前往洛汗山。在一年間，歐爾傑松家族常常談起這對兄弟的離去，尤其是奧斯卡。「你們等著瞧，」父親說，「你們會看到他帶著出色作品回歸。我確定他腦中一定有什麼想畫的。」在他的兒子們離開一年後的一天，他自己也出發往同一條路，在一個星期的旅程後，抵達洛汗山的別墅。奧斯卡跟艾利克看到他從遠方過來，在門前等著，以傳統的方式迎接，一個人穿著狼毛袍子，另一個端著一盤熱氣騰騰的海豹肺。但是父親沒有什麼時間吃海豹肺，他急著要沉醉在奧斯卡的風景畫中。

進到畫室，父親先是因厭惡而靜默。所有的畫布上滿是形狀詭異、奇形怪狀的物體，顏色是像植物的綠色。其中一些怪物則由巨大的熊耳朵、葉子，並且插著刺組合而成。其他的則像是祭祀蠟燭，以及有好幾個分岔的大燭台。雖然說還是很荒謬，但其中較不會讓人不適的，也許是長有鱗片的蠟燭，看起來無限高大，長滿了一束一束的葉子，每一片都至少有兩個手臂長。

「這些是什麼鬼東西？」父親怒吼。

「我的父親，」奧斯卡回答，「這些是樹。」

「什麼？樹？這個？」

「老實說，我猶豫再三，不知是否要讓您看我的畫，我可以理解，您感到相當意外。不過，我只是畫下自己所見的自然，無論是您，還是我，都無法改變。」

「只是畫下自己的所見！所以你就是爲了自甘墮落才隱居在山裡的？要讓我消氣，你只能回家。至於你，艾利克，就是另一個大麻煩！」

一個星期後，兩個男孩跟父親一起回了家。十五位歐爾傑松家族成員催促著想看奧斯卡的新作品。其中兩位在震驚中離世，其他人則一致同意，必須採取更強硬的手段。至於艾利克，被懷疑是敗壞弟弟品味的始作俑者，眾人決定讓他離開兩年。年輕人裝備了一艘遠洋船，計畫著要跨越礁岩，探索海洋的另一端。碼頭上，兩人聲淚俱下道別，艾利克對弟弟說：

「很顯然，我會離開好幾年，要對自己有信心，永遠記得，我會回來找你的。」

至於奧斯卡，歐爾傑松家族成員決定將他關在自己的畫室，直到他找回令人滿意的作畫品味。他對這樣的處置沒有異議，但他的第一幅風景畫，是一叢熊耳，第二幅遠景畫則描繪在沙地上的燭台。關於大自然，他沒有回到正常的觀點，而是一天天邁入更荒謬的境地，這種病看似沒有解藥。

「好啊，」他的父親某天對他說，「一定要讓你明白，對繪畫界來說，你的畫作是一場恐怖攻擊。一個人只有權利畫自己所見到的。」

「但是，」奧斯卡回答，「如果上帝只創造自己所見之物，就創造不出任何東西了。」

「好啊！現在你只差沒探討哲學了！可憐的傢伙，別說你從沒見過好榜樣！說到底，奧斯卡，當你見我畫樺樹、杉木……老實說，你在我的畫作裡看見什麼？」

「抱歉，我的父親。」

「不用客氣，老實跟我說。」

「老實說，我覺得很好，好到可以通通燒掉。」

漢斯．歐爾傑松強裝鎮定，但幾天後，藉口自己的兒子浪費過多木材取暖，便將他趕出家門，一分錢也沒給。奧斯卡在港邊租了個破房子，在門外安了一個彩色信箱。從這時開始，他活得相當悲慘。爲了維持生計，他替船家卸貨，剩下的零碎時間，就繼續畫熊耳朵、燭台跟羽毛。他的畫作不僅賣不出去，還成了被嘲笑的對象。這些畫作以荒謬聞名。隨著時間一年一年過去，奧斯卡也越來越悲慘。大家喊他「瘋子奧斯卡」。孩子在他背後對他吐痰，老人朝他扔石頭，港口的女孩子見他經過，像見了髒東西般在胸口畫十字架。

七月十四日，有個傳言在港口和城裡傳了開來。高塔上的守衛方才上報，一艘遠洋船，有著金黃色的船首、大紅色的船帆。在歐克蘭，沒人見過如此陣仗。官方派人迎接，才知是艾利克的船艦，離開了十年，在環遊世界後歸鄉。得知此訊息，歐爾傑松家族成員在人群中擠出一條路，直到港口。奧斯卡身著藍色緞面短褲、金邊上衣、頭戴海盜三角帽，在歐爾傑松家族成員面前踏上岸，皺起眉頭。

「我沒看到我的弟弟奧斯卡，」他在父親欲迎上前擁抱時問道：「奧斯卡在哪裡？」

「我不知道，」父親紅著臉回應。「我們鬧翻了。」

然而，一名穿著破爛衣服、面容消瘦的男子，試著從人群中擠出來。

「艾利克，」他說，「我是你的弟弟奧斯卡。」

艾利克一邊哭一邊擁抱了他，情緒稍稍平靜下來後，他一臉嚴肅，轉向歐爾傑松家族成員。

「老東西，你們還真不在乎我的弟弟餓死或慘死。」

「你想怎樣？」歐爾傑松家族成員說，「是他應該好好作畫。我們把家族基業都傳給了他，他卻堅持只畫那些荒謬可笑的景色。」

「閉嘴吧，老東西，沒有比奧斯卡還要更偉大的畫家了。」

老傢伙們露出諷刺且惡毒的冷笑。

艾利克對留在船艦上的水手下令：

「把仙人掌、椰棗樹、旅人蕉、龍樹、芭蕉、還有長滿毛的仙人掌都搬來這裡！」

在眾人的驚呼聲中，水手在碼頭上卸下一箱箱種在貨物箱裡的樹，恰恰好就是奧斯卡畫中的物體。老傢伙們睜大眼睛，還有幾個因爲憤怒跟怨恨哭了出來。眾人跪在地上向奧斯卡道歉，請奧斯卡原諒自己稱他爲「瘋子奧斯卡」。從那天開始，老歐爾傑松們畫作的名聲一落千丈。大家只偏好仙人掌跟其他異國植物。兄弟倆蓋了一棟漂亮的別墅，生活在一起。他們倆都結了婚，即使娶了妻子，兩兄弟依然深深地愛著對方。奧斯卡畫的樹木越畫越奇怪，都是些沒人認識的樹種，或許根本就不存在。

A班和B班

僅僅只是瞟了一眼，儒丹先生就確定爐子正燒著。然後，他用尺敲了一聲桌子，拿下眼鏡說：

「最後一排的先生們安靜下來的時候，我才會開始講課。」

場面頓時安靜下來；老師重新戴上眼鏡。最後一排的先生們共有六位，五個學生是三年A班的，全是吊車尾的，一位三年B班的學生。薩利農，三年B班的學生，只對數學有興趣。據說此人相當不守規矩。這些混球小心翼翼，選擇遠離老師講台的後排座位，由此可見幾人的不尊重。

「今天，我們要講的是，」儒丹先生說，「劇本《昂朵瑪克》。爲了分析此劇對母愛的精準描繪，我會用我的經驗幫助你們，讓大家了解爲什麼作者配得上『動人的拉辛』的稱呼。高貴而動人的女性形象、沐浴在純淨的光芒之中，這將有助於你們年輕學子，更全面了解拉辛的其他巨作，在那些作品中，拉辛的天才在激烈的熱情以及隨之而來的悲劇所產生的神秘氛圍中得到昇華。」

老師看了看天花板，將手放在禿頭上，對自己喃喃自語：

「事實上，我不相信一個人可以在二十五歲之前了解拉辛。」

他一面感嘆，同時打消了那些多愁善感的念頭，面露諷刺的微笑繼續道：

「誠然，我很想要以眞正的人道主義精神來談論拉辛；也希望可以停留在探討維吉爾對拉辛的影響，啓發拉辛如何處理彎彎繞繞的想法，以及如何處理韻文詩句；探討其詩句節奏、甚至是句子結構，還需從希臘羅馬古典作品對他的影響談論起。這個崇高的研究，可是唯一一個取得長期成果的，我可以拿出來跟A班的同學分享，他們對拉丁文的造詣，可以嘗試跟上目前的成果。哎呀！三年A班和三年B班的法文課，依照規定，得混成一班上課，讓我只得考慮降低課程的水準。而我並不想浪費時間在考慮這個體制所帶來的結果，讓三年B班的同學承受沒有意義的後悔，從六年級開始，壞的開始注定導致對精神世界的理解會變得狹隘……」

三年B班的學生焦慮地聽著這些話。勒諾，班上成績最好的學生，坐在第一排，帶著複雜情緒想到自己的不足之處，默默看著自己兩位修拉丁文的同學，瓊維耶跟魯治文。身形矮胖的瓊維耶則顯得趾高氣昂，雙臂插在胸前，因這世界對他精緻的靈魂許下承諾而驕傲起來。

教室最後一排的吊車尾學生不覺得有什麼好驕傲，也沒有覺得被羞辱。他們甚至沒有笑，只對薩利農的實驗很有興趣，他將一隻蟑螂和一隻蜘蛛關在安了鐵絲網的紙盒裡，企圖讓牠們交配。

然而，老師開始詢問同學，他前一天有要求大家念《昂朵瑪克》，希望大家可以概述一下劇情大綱。首先，他問瓊維耶跟魯治文，老師視他們爲兩位最好的學生。魯治文的回答十分癟腳，他將畢拉德和畢呂斯兩個角色混淆，並且由於脾氣暴躁，就將愛米翁妮看作是昂朵瑪克的後母。瓊維耶表現得比較好，但也只是差強人意。在劇情簡介之後，老師問他，關於亞斯提安納斯的父母，而他回答那孩子是海克特的兒子、普里亞姆的孫子，拉丁語研究中認爲是重大錯誤。幾個A班的學生笑了出來，而儒丹先生則露出了寬容的微笑。這種甜蜜的誤會，他心想，是多麼經典，只有拉丁文主修學生會搞混。

「試試看，」他對勒諾說，「跟我說說亞斯提安納斯的後代。我很好奇B班學生對海克特的親屬有什麼想法。」

勒諾起身，平靜地解釋說普里亞姆一共有五十個兒子，他幫其中十幾位取名，聽到這裡老師不知道該說什麼。勒諾還說了帕特克之死、海克特的道別，還有阿奇里斯的勝利。儒丹先冷冷地聽著，一面搖頭，因一位B班學生講述海克特親屬圖從太古老的人物開始，而感到被冒犯。勒諾提到普里亞姆之死，講述這位受害者持矛的姿勢，是無力地舉起虛弱的手臂，老師懷著苦澀打斷了他的話：

「是的，是的……空有武器，卻無法給出一擊，眞是空談……」

勒諾臉紅，好像被暗指自己出身平民一樣。儒丹先生看出了他的困惑，懷疑一位B班學生是透過不名譽的方式取得這些知識：

「請坐下。很好，我的孩子。不過，你是從哪裡得知你剛剛背誦的那些？」

「我在希臘歷史書上念到的。」勒諾說。

老師摸摸下巴，在靜默一陣後，贊同的說：

「整體而言，非常好。你有像百科全書般的記憶力。這很有用，尤其因爲你是學數學的……滿分二十我給你十八分。」他輕蔑的補上一句。

他的眼睛在眼鏡後射出火光，倚在桌子上，做了一個激烈的動作並喊道：

「至於你，瓊維耶，你得到零分。一位學生解釋詩人維吉爾卻漏掉了普里亞姆的名字令人無法忍受。我給你零分，已經很寬容了。」

正當教授追問其他問題，壞學生，甚至是中庸的學生，都誇張的摀著鼻子，嘴裡唸道：

「橡膠，橡膠……」

燒橡膠的味道還沒有傳到儒丹先生這裡，但是他的經驗讓他理解到，有學生把橡膠放在火爐上。他判斷是一個B班的學生，只有一個人敢開這種粗俗的玩笑；他認爲不可能是A班的學生做的，受過人文訓練、莊重、好品味，怎會忘記自己的尊嚴，用這種把戲污辱拉辛詩文的音樂性。草草的看了一眼，儒丹先生試探散落的坐在A班學生中間的B班生。直到那一排吊車尾的，他沒有猶豫，用手指著道：

「薩利農，就是你把橡膠放在火爐上！」

「不是的，先生，」薩利農的口氣聽起來不像在說謊話，「不是我！」

他起身站在椅子旁，因憤慨而臉色蒼白。

事實上，的確是薩利農搞的。前一天晚上，離開教室前，他將腳踏車內胎的小碎片放在熄了火的火爐上；今天早上，進教室後的十五分鐘，這些碎塊開始被加熱，產生了預期的臭味。然而，沒有人能證實目擊薩利農剛才在火爐旁的鬼祟行爲。他也跟其他人一樣捂著鼻子，除了對他的偏見外，沒有什麼能讓儒丹先生懷疑他的。不過，即便嫌疑犯很眞誠的在抗議，就算他是無辜的，我們也能指控他。

「不是我，先生，我跟您說了不是我。怎麼會是我……」

「閉嘴」，儒丹先生叫道。「狡辯只會讓你被罰得更重。你將留校察看三小時；首先，拿鑷子把你放到火爐的橡膠夾出來……安靜！我知道是你搞的。只有B班的學生才會搞這種怪。」

顯而易見，這是用感性理由來支持的偏見指控。薩利農感覺到正義在他這一邊。他堅定的反駁，讓B班的學生感受到一陣自豪：

「我才不要把橡膠拿出來。我是B班的學生，但那不該是指控我的原因。」

「薩利農，你現在是公然反抗你的老師。你會因此受到懲罰。現在我們回到《昂朵瑪克》。不過，因薩利農可悲的玩笑而感到困擾的同學，可以離開教室，並且去向學校督察說明缺席原因。」

好學生那一排座位上，勒諾站起身來，一個一個看著三年級B班的同學後，往門的方向走去。薩利農和所有B班的同學跟在他的身後離開。

儒丹先生太過投入，無法及時阻止學生的行爲，目瞪口呆，臉部抽搐，靜靜看著一個接著一個默默走出去的隊伍，他在自己衣領下嘀咕：

「這是命令，真正的命令……」

然而，當三年級A班吊車尾學生打算模仿B班的同學時，儒丹先生恢復了鎮定：

「後排的先生們。」他優雅地說道：「留在你們的位置上。我們留在人文研究中佔有優勢，讓我們用古代智慧做出的嶄新評論，來淨化橡膠燒焦的惡臭氛圍。」

——

儒丹先生抽出手帕，慢慢地擦眼鏡的鏡片，上半身靠在靠在椅背上，滿足的細細玩味自己要說的話，接著用仔細斟酌過的嗓音說道：

「這件事情的寓意——我該說很遺憾嗎？先生們，鴨子和灌木叢在寓言中曾是那麼好的朋友，這告訴我們什麼？寓言的作者懂得什麼是友誼，跟我們描繪了喜好旅遊的鴨子，喜歡看到不一樣的新視野，令人遺憾的，與牠不幸的朋友相反，牠的朋友不能移動，導致自己思想停滯不前。如果需要，先生們，我可以將這個象徵精神世界無法相容、動人的寓言故事，與三年級A班和三年級B班的法文課併班相比，對我個人而言，有不少教育意義……告訴我，魯治文，不用站起來，對你來說，我們三年級這個班，能否看出像鴨子跟灌木叢這種對立？講講看，用可以感動你同學們的方式，鴨子有著無人可比的優勢——如果我能用如此有意義的主題大膽比喻。」

即使已經很專心，魯治文仍無法理解老師深刻的思想。他重複好幾次問題，猶豫不決；匆匆地給出答案，他焦慮地說：

「鴨子的優勢……是可以走出教室……」

儒丹先生揮動手臂，相當氣憤：

「太荒謬了！你完全不懂，我們的重點是精神，精神！」

他憂鬱地嘆了一口氣，補了一句：

「總而言之，這種微妙的事情不是你們這年紀能懂的。我們繼續上《昂朵瑪克》。」

「在所有希臘人藉我之口與您交談之前……」

吊車尾的布尼耶，坐在最後一排，唸到一半停了下來，因爲校長庫農先生走進教室，陪在一旁的是校園督學，在這之前，是B班的十四位學生，昂首闊步，重新回到他們的位置上。儒丹先生走上前去迎接校長，率先開口：

「您也看到了，校長先生，這是三年級B班全班策劃的陰謀。」

庫農先生憤怒地瞧了B班學生一眼，而儒丹先生一臉微笑地補充道：

「今天上演這齣昂朵瑪克的密謀；三年B班的學生一點都不讓我驚訝，在學古典思想的時候總是沒什麼想法。我認爲有必要說清楚，因爲您一定還不知道，這位同學薩利農，粗魯的抗議我維持秩序的辦法，本來就是要懲罰他，還引起同學集體離席。」

庫農先生，轉向最後一排的學生，下命令：

「站起來，薩利農。你對儒丹先生的不當行爲，像我們這樣的學校是無法容忍的，這很嚴重，甚至駭人聽聞。我不管你被老師懲罰的原因，但你做這種可恥的事又出言不遜，我要再加兩天的留校察看，不能抵消三年級B班的集體懲罰。」

「校長先生，放橡膠進去的不是我！」

「安靜！」

儒丹先生傷心地撇了撇嘴，好像在遺憾自己是因行政介入爲代價才取得的勝利。他心想，造成這場無禮醜聞的罪魁禍首，就是三年B班學生的惡念。

然而督學盧班先生，接到了三年B班學生的證詞，看起來有些許不安。他除了督學職位，還同時負責六年級B班和五年級B班的教學工作。他沒有拿到文憑，所以痛恨儒丹先生，因爲他的挑釁發言詞藻華麗，總愛引用拉丁文。當薩利農因爲校長的判決垂頭喪氣地坐在椅子上時，盧班先生恭恭敬敬的開口了。

「校長先生，對我而言，在這種情況下，儒丹先生認定的事似乎沒有證據。首先，我不認爲集體懲罰B班學生合理，同學是由於老師允准才走出教室。另外，儒丹先生似乎有點急著指控薩利農……」

「抱歉，」儒丹先生說，「我確實有仲裁的權力……」

「但是是錯誤的判斷，如果能說是錯誤的話……」

「先生，我沒有讓您評價我的行爲，希望您能克制一點。」

兩個男人步步緊逼；毫不在意庫農先生也在場，兩人針鋒相對。

「夠了，」校園督學叫道：「您指控學生，並且藉口只有B班學生才能做到這種失禮的事情，您刻意強調這一點。」

「我是這樣說，但我堅信……」

「我敢說，一個A班的學生也有可能將橡膠放在爐子上……」

校長試著打斷，卻沒有用，碰了碰督學的肩膀。

「盧班先生，」他說，「別那麼堅持。這不是開辯論會的場合。再說了，這完全不是您該擔任的角色；完完全全不是。我必須鄭重提醒您這件事。」

督學紅著臉閉上了嘴，A班學生傳來陣陣耳語。

「盧班下台，盧班下台……」

儒丹先生很有尊嚴地取得勝利，他雙唇緊閉，幾乎沒有笑容。學生的低語還在持續，他做了一個安撫的手勢，全場安靜下來。

然而薩利農，因督學的辯護而受鼓舞，起身離開座位，奮力爲自己抗議。

「校長先生，不是我。沒有人看到我靠近火爐。不可能是我！」

庫農先生被惹惱了，走向他，抓住他的手臂。

「我不想再聽你解釋了。你還嫌自己不夠打擾大家的法文課嗎？」

校長肯定有被盧班先生的言論所動搖，補充道：

「維持目前的懲處直到新的命令下來。如果你有什麼異議，到我的辦公室來說。」

突然間，庫農先生直起身子，他看到薩利農的邪惡消遣，佈置來關蟑螂和蜘蛛的鐵絲網紙盒。用《昂朵瑪克》蓋著，盒子從課桌的斜面滑出來。校長彎下腰查看籠子，既害怕又好奇。

他慢慢的掀起來，用手推開，看到的是可怕的景象。

「怎麼會，一隻蜘蛛……還有這隻黑色的蟲……是什麼？」

「蟑螂，先生。」薩利農沮喪地喃喃道。

督學用不快的聲音解釋：

「蜚蠊一般稱爲蟑螂。」

他因事態轉變覺得有點煩，氣惱地估算新事件所引發的後果。雙手交叉在胸前、下巴抬起，校長對薩利農大聲斥責：

「你的行爲舉止是這個勤奮學府的恥辱。蜘蛛！蟑螂！蜚蠊！啊！你就是如此準備來迎接這個十七世紀偉大詩人豐富的教誨？你沒有將注意力放在不朽名著《昂朵瑪克》上，卻自鳴得意，將蜘蛛和蜚蠊一起關在一個可笑的盒子裡，做一些有損名譽的事，不禁讓人厭惡的想起羅馬帝國晚期給賤民提供的、沒有意義的低賤遊戲。你的父母必須做出犧牲才能送你進中學，只是爲了監看兩隻噁心的蟲子嗎？我現在可以理解儒丹先生確信就是你犯了錯：現在已經沒有疑慮，就是你把橡膠放進火爐中的！」

「不是的，先生，不是我。不可能是我！」

「安靜。你做這種卑鄙的事都不會臉紅的嗎？剛剛已經宣佈了你的懲罰，現在沒有機會挽回了！我因爲你的行爲，在老師解釋《昂朵瑪克》的時候，玩這個令人厭惡的下流遊戲，再罰一天的留校察看……盧班先生，沒收那個昆蟲箱；把它放在你的辦公室，直到有新的命令下來爲止，我要通知這個壞學生的父母。」

督學提心弔膽的檢查了籠子，小心翼翼的拿著，跟在校長後面。

課間活動時，勒諾用無關緊要的藉口打了魯治文一巴掌；魯治文用拳頭回擊，他們倆扭打在一起。所有三年級的學生圍著打架的人。瓊維耶雙手叉腰，給魯治文出主意。

「穩住……穩住……抓他的手臂……」

他靠的太近，以至於下巴也被揍了一拳。憤怒之餘，他繞到勒諾身後，盡可能地往他的屁股上踹了一腳。有點像在運動的動作又引發了另一場爭鬥。一隻眼被打得瘀青。用羞辱人的話刺激對方。

「混帳，大家都知道你爸被罰了三百塊法郎……」

「打掉B班的下巴！」

勒諾跟魯治文滾得全身髒兮兮，還是緊緊地掐住對方。這一切都預告著一場大戰，此時薩利農一言不發，看著劍拔弩張的局勢，之後，果斷地將兩方分開。

「我不要你們打架，」他說。「到時候這些帳又算在我頭上，還有一群像蟑螂一樣的A班傢伙……」

A班的傢伙激烈的抗議，薩利農補充說：

「沒錯，我說了：一群蟑螂跟無恥之徒。很顯然，口齒不清地說著拉丁語的人，態度就會跟耶穌會士一樣。」

他態度熱烈的跟B班的同學們說：

「其他人……你們要來嗎？」

督學在運動場上來回踱步，在他面前的是教數學的老師胡拉德先生，還有教自然科學的老師拉曼先生。他用開玩笑的口吻，跟他的同事解釋薩利農所遭受到的不公平待遇。胡拉德先生是個易怒的矮小男性，因憤慨而面紅耳赤。他時不時用生氣的語氣打斷：

「怎麼會，盧班，這樣很嚴重。您有什麼意見嗎，拉曼？」

自然科學課的拉曼老師是個哀傷、無精打采的人；他用搖頭回答問題。當督學提到蟑螂和蜘蛛的橋段時，他不在靜默，用無力的聲音說：

「這是個愛好自然科學的學生。不能讓他被罰……」

「您沒有聽懂，」胡拉德老師突然大聲說，「這是系統性的迫害！有人刻意讓學生不要學科學。瞧瞧這位老混蛋儒丹選了薩利農，我數學課上最好的學生，還讓他背鍋三年級A班小混混做的好事……等等，我會在課間時間結束前跟薩利農聊一聊。」

薩利農在數學老師掛保證會支持他後，秘密的構思了一個可怕的計畫，幫自己辯護。下午，三年級的學生最後上的是儒丹先生的德文課。薩利農依照慣例坐在吊車尾的那一排，但他小心翼翼的把外套掛在離火爐比較近的衣帽架上。課程結束後，他拿回他的衣服，暗中把幾塊橡膠丟在冷卻的爐子上，就像他前一天做的事一樣。

隔天，他沒有去學校。八點，三年級A班和三年級B班進到教室，火爐已經點燃。每個人都注意到薩利農缺席了，除了儒丹先生以外。前十分鐘在背誦課文。當橡膠的味道傳出來的時候，大家都盯著老師。儒丹先生此時正沉醉在「昂朵瑪克高雅的展現風情」兩次中斷課程，嗅聞可疑的味道。不確定自己聞到什麼，他重新開始講課。突然間，他推開面前的書，瞇著眼睛看著吊車尾的那一排座位，因爲視力不好，他看不清楚。

「今天早上又來了，這種橡膠的無聊玩笑，」他說，「薩利農，我要把昨天的三小時留校察看延長爲一整天，我命令你出去。」

三年級B班的學生瘋狂大笑，還拍手。勒諾開心的起身，不過很嚴肅，他請老師看看：

「先生，不好意思，但是薩利農今天早上沒有來。」

儒丹先生馬上意識到督學會利用這個失誤推翻他前一天的指控。對他而言，他的信念並未動搖，他有點失態，機械地喃喃自語：

「啊！薩利農今天早上沒有來……」

勒諾站在他的座位旁，用冷淡諷刺的語氣說：

「他還眞幸運，不然就要被罰了。」

「沒錯，」儒丹先生回答，「他應該，而且理所當然要被罰，因爲如果今天早上他來了，薩利農就不會讓B班的任何同學把橡膠放在火爐上。」

儒丹先生的失誤被督學和胡拉德先生嚴厲批評：這件事顯現出薩利農是清白的，而拉丁文老師對B班學生有偏見。校長得知此事，小心翼翼對儒丹先生提出了自己的觀察，談到可能的錯誤。儒丹先生不退讓。對他而言，他很清楚這個新的惡作劇是B班學生商量好來試圖幫薩利農平反的。這樣的惡作劇恰好是犯罪的重大證據。

「我要維持處罰他的三小時留校察看。校長先生，是否撤掉因可恥行爲跟出言不遜而處罰他的兩天的留校察看，就看您自己了。別怪我沒提醒您蟑螂跟蜘蛛的事……」

薩利農的計策不全然是失敗的。胡拉德先生更相信自己的看法了，也引起其他幾位老師注意，並讓校園裡不學拉丁語的學生更加積極團結了。不過，懲罰仍沒有撤銷。薩利農還不消氣。並非因爲他很驕傲，殉道者的光環已經能滿足他的自尊心了，沒有取得形式上的正義，他還是會感到委屈：理性做出的判決，跟正式免罰還是不一樣。薩利農數學好，想讓「看起來有可能」超越眞相。

快到週末了，他又想出了新計畫，要讓儒丹先生在他引以爲傲的拉丁文課上吃鱉。星期六早上，校長會在督學的陪同下，到各個班上分發每一週的作業成績。儒丹先生的班上，這個莊嚴的儀式就定在專門開給三年級A班的拉丁文課，第一節的一開始。薩利農故技重施，前一天晚上就佈置好了。

星期六早上，八點十分，橡膠的臭味瀰漫整個拉丁文課教室。儒丹先生正在解釋普林的一封信。

「仔細看看，」他說，「這句『爲何不是在此地？』所透露出的氣勢、簡明扼要？這一句激動人心的疑問句，似乎集結了……」

他伸長脖子嗅聞，皺緊了臉。他想說話，幾次搖搖頭，又閉上眼睛。三年級A班錯愕不已，大氣一口也不敢喘。儒丹先生摘下眼鏡，目光慢慢的看著拉丁文課的學生，從瓊維耶跟魯治文的那一排，一直看到吊車尾的那一排。他用幾乎聽不到的聲音，命令道：

「魯治文，繼續念！」

魯治文繼續念普林的信件，渾身發抖。老師倒在座位上，不再繼續上課，眼神憂鬱，模模糊糊地盯著火爐的紅光。校長和跟在身後的督學進門時，他艱難地起身，挪了幾步。庫農先生急急地打開筆記本，開始宣讀成績。讀了幾個，他注意到時間好像停止了，橡膠的臭味十分干擾。在他身後，督學聞了聞，覺得作嘔。校長念完的時候，他沒有多作評論，而是用憤怒的聲音大喊：

「又來了！又有人把橡膠放進火爐裡了！」

督學冷笑，眼神冷酷；他終於拿到拉丁文班學生搗亂的證據，並為此洋洋得意。儒丹先生靠在一張課桌上，聽校長喊著，肩膀縮著，頭低低的。他對校長氣憤的叫聲漠不關心。他慢慢站直了身，顯得很高大；他的臉色非常蒼白。

「校長先生，」他說，「我什麼也沒聞到。」

「我什麼也沒聞到。」

庫農先生顯得很震驚。督學想要說寫什麼，儒丹先生走向他，一字一字重複：

「我們沒聞到什麼吧？」

他半身轉向學生，補上一句：

全班用冷靜的聲音回答：

「沒有，先生，我們什麼都沒聞到……」

那是一陣柔和的低語，學生跟老師有感情，串通好的，這讓老師的唇上綻放出微笑。

校長遲疑了一陣，然後跟在先他一步走往門邊的儒丹先生身後，拉丁文老師輕鬆地解釋：

「我們在教普林。今天早上，我們在唸他的一封關於建立學校的信件。眞的很精彩，校長先生，眞的很精彩。」

等待

一九三九年到一九七二年的戰爭期間，在蒙馬特，寇蘭古街的一間雜貨店門前，總有十四人在排隊，他們成爲了朋友，並決心不會離開彼此。

「我啊，」一位老人說著，「我眞的一點也不想回家。在家裡等著我的，沒有火，獨自一人吃麵包，一天有兩百克，沒有什麼可以配著吃。我的妻子一個月前去世了。也不是因爲生活很艱苦，而且，你一定不會相信我跟你說的話，她是因爲一隻狐狸死的。如果沒有戰爭，她還活著，而且就像她說的，人們不值得活著。我不是要抱怨，但我爲了生活努力工作，到頭來還剩下什麼？只有辛苦勞動的疲憊感。

「四十年來，我是室內傢俱的織品商。這不是輕鬆的行業，雖然看起來不是這樣，但是一整天都得站著、眼睛盯著顧客、總是微笑著、問話得答腔、看上去時時專注。部門的經理在背後監視你，無論有道理沒道理，當他要你修正時，你只能屈服。要不就這樣，要不就離開。我們賺的錢只夠生活。基本工資幾乎付不起房租，再說到回扣，這裡可不是秘魯。跟你們介紹一下，一九一三年，最理想的狀況下，一個月是一百八十元。再加上還必須撫養三個女兒，我的妻子也因此無法出門賺錢。她也不輕鬆：兩個女兒身體不好，總有一個在生病，而且還要想辦法在有限的條件下生活。最重要的是，一九一四年我成為一名普通士兵，當然是在後勤，但是將近五年沒有賺錢。我是一九一九年回來的，職位被佔了去。最後，我在布拉金與巴龍達傢俱店安頓下來。

「那些年，銷售順利。我拿到很好的分紅，女兒們的情況也好起來。我的妻子跟我說，這一次，總算是好起來了。但我已經四十八歲，該是停止工作的時候了。當她想要多消費的時候，我卻跟她提要省錢。我的妻子一直都很漂亮，雖然不再年輕，但還是很漂亮，也還風情萬種，卻獨少了時間跟金錢。說她現在還想著那些事情，完全不是這樣的。事實上，她只是有個遺憾，或者說有個想法，讓她起了買銀狐裘的念頭。她平靜地告訴我。你知道，就像大家常說的，如果我有錢，我就會買……。在她的內心深處，她也清楚這只是種瘋狂。證據就是有一天我跟她說：『你的狐狸，不管怎樣，我們都可以買。』這次換她說不要了。但買的慾望卻還在。八年或十年過去了，百無聊賴，我的小女兒到了療養院，女婿開始酗酒。她的狐狸，我的妻子一邊說一邊笑，但你知道，是種悲傷的笑，我感到痛苦。一天晚上，從布拉金下班回家，我遇到我的前東家，問我想不想回去擔任部門經理。我，部門經理，你想想，我以爲自己在做夢。另一方面，我很焦慮。那是在一九三四年，我已經快六十三歲了。在那個年紀，早已沒了好勝的念頭，不是嗎，不再有想支配一切的權力慾望。不過這機會也不能錯過，對我而言，這是最好的職位，更不用說我們成功出頭了。我的妻子也很滿意。你也知道女人是怎樣的。我們去某間店裡閒聊，跟一位鄰居太太說：『我會給你報價，我的先生是納達傢俱店的部門經理。』事實上，我發現自己跟她一樣陶醉。一個晴朗的夜晚，我回到家，手上拿著一個包裹，是銀狐裘。多美麗的野獸，我不是到店裡買的。身爲售貨員，我們總有門道。我認識一個小表弟，在史特拉斯堡大道一間毛皮商工作。狐裘花了我兩千塊，但是值得。我打開包裝的時候，我的妻子開始哭了起來。我從來沒見過一個人能那麼快樂。她不敢相信。不過，她卻沒有常常穿戴她的狐狸，四次或五次，也許六次，在典禮上、受洗時或是去城裡跟一些討厭鬼吃晚餐。有時候，我們週日出門時，我對她說：

「『瑪麗，穿上狐裘吧。』但她不要，怕裘子磨損。她把它放在一個有樟腦丸的漂亮盒子裡，並且用薄紙包好。每週一次，在星期四，她把它拿出來放在窗戶旁透透氣，也是秀給鄰居們看，讓他們知道她有一張銀狐裘。你們懂了嗎，她這麼做比她每天戴著狐狸要來得更開心。她很開心，我也是。然後，在一九三七年，如此硬朗的我，那時候也感覺到身體漸漸差了，突然間就老了。頭很沉、總是想睡、雙腿腫起，我無法再工作了，必須放下重擔，考慮依靠儲蓄過日子。我們一共有六萬五千法郎，都換成了月領的終身年金。你可以想像，對養老金來說，這樣並不多。

「不過，也足夠我們過著正常的生活，節省一點就行了。在那之後，戰爭了，德國人來了，大家都逃了。我們不是沒有想過。我們在羅瓦河那裡看了五年的戰爭，另一方面，我的女兒和女婿，連見上一面都沒有，就死了。我們離開了，我在行李裡放了幾件衣服，我的妻子把狐裘放在一個盒子裡，一個月後，我們回來了。旅程只要天氣好就可以了，困難的是之後。吃飯和花費的問題，前景黯淡。再加上，兩個女婿被俘，一個小女兒快生了，必須幫助他們。快不行了。物價不斷上漲，但是年金金額卻一動也不動。而我，去年冬天之後，我病了。醫生說：『你要吃好一點。』

「當然，重點是哪來的錢。『沒關係』，我的妻子說，你不要煩惱，我們這一次也會挺過來的。是真的，到了春天，我發現自己能站起來了，但是她，卻每況愈下。憂鬱、雙腿無力、心臟、胃，最後嘛，該壞的都壞了。她必須躺在床上。一個星期四的早晨，在上街購物之前，那是夏末，陽光明媚，我對她說：『瑪麗，你要我幫你把狐狸晾到窗前嗎？』她可憐的頭靠在枕上，這時，她轉向我，沒見過她的眼睛如此水汪汪的，下巴顫抖。

「『我的狐狸』，她跟我說，『我把它賣掉了。』她是以八百法郎的價格賣掉的。一個月以前，她去世的時候，我想著要幫她再買一件，好讓她在墳墓裡了無遺憾。『要是沒那麼貴，』我跟自己說，『也許借得到錢。』我問了人。一件銀狐裘，二手的，現在要上萬了。」

「我，」一個孩子說，「我餓了，我一直都好餓。」

「我，」一位年輕女子說，「我不要回去了。我的丈夫在西利西亞，是突擊隊的。他二十八歲，我二十五歲，戰爭永遠不會結束。日子一天天過去，幾個月、幾年，我的生活裡沒有他也照樣過著，好好的過。儘管我的包包裡、房間裡、傢俱上都有他的照片，但現在只有我一個人，能夠思考、能夠決定。以前星期天，我會跟他一起去看橄欖球、足球或是去賽車場。我鼓掌、喊著：『加油！』或者：『快走！快滾。』每天我都會讀《汽車雜誌》，我跟他說：『話說，馬格尼看起來狀態很好。』現在的星期天，我會去看電影或是待在家。當他回到家，我沒辦法再讓自己相信我對運動感興趣了。我覺得我幾乎不會再試了。他喜歡的那些人，我也幾乎不再拜訪他們了。戰爭之前，我們常常去布利歐家，或是他們來我們家。布利歐是我丈夫的老同學。他睡過女演員，認識參議員，還在紐約待過十五天。他認爲我丈夫是個傻子，叫他傻大個或雜種，在他面前捏我的大腿，這讓他的妻子發笑。回到我們家裡，我丈夫跟我說：『布利歐家，是很迷人的朋友。』我回答他說是，不僅僅是爲了取悅他，而是發自內心的。

「現在，布利歐，光聽到他的聲音我就受不了。我的公公婆婆那裡也是一樣，我越來越少去看他們，他們過得很不好。還有我其他生活上細節。在床上閱讀、披散著頭髮出門、晚起、頭髮散在背後，去劇院、約會遲到，還有其他被禁止的事情，現在不再是這樣了。連公寓大門都不用踏出一步，我就突破了新的里程碑。我所擁有的快樂，是最糟糕的一種，只聽我自己的，按自己的方式行事。一開始的時候，我還想聽他的，我跟我自己說：『假裝他在那裡。』

「現在，我越來越少這麼做了，我跟自己說：當然，不然呢，就是這樣啊。更嚴重的是，我一分鐘都不覺得無趣。他在戰場上，這讓我感到痛苦，我願意付出一切，只願再見到他回來，然而，我卻從來不覺得沒有他的日子無趣。我有自己的生活，由我的意志打造出來的生活，絕對不會跟其他人的生活混淆的。當他回來的時候，當然，我會表現得像一切都沒有改變。我陪他去看橄欖球、重新拜訪布利歐和公公婆婆、儘量不在床上閱讀。但是，我確定自己一定會埋怨他，並且會隨時不由自主的想起，我可以用一種對自己更坦誠的方式過日子。我不再是被他留在這裡的那個女人，我找回了自己。你想我能怎麼辦？夫妻難道還比不上化合物嗎？當化合物的兩個元素被分開，即便再擺回去，化合物也不會是原來的樣貌，發動戰爭的人早該想到這一點。最危險的就是，我眞的是認眞的，而且我會堅持下去。我沒有什麼好讓自己被原諒的，我的思想自由，能夠自己判斷。我認識一個戰俘的妻子，馬上就找了一個情人。當她的丈夫回來時，她沒有失去爲了男人而打扮的品味。他們的生活很輕易的就回復了。我知道，有些女性晚婚，三十幾歲或是更晚，生命就這樣了。但是她們只需要適應就好，無論好壞。但她們不需要隱藏自己對橄欖球無感。她們若老實說，看起來並不會像背叛。沒有人會要求她們說或是做自己不相信的事。人們都說愛情會創造奇蹟。這也是我所害怕的。因爲到頭來，如果我必須重新喜愛賽車場或是布利歐家，我眞不知道自己可以再期待什麼了。能像現在這樣，我就非常滿意了。這就是我要告訴你們的，也許我該寫封信給莫里斯，他的名字叫做莫里斯。我不敢。我知道他在等生活跟往常一樣的那一天到來。在他最後寄給我的這封信裡，他說：

「『你還記得我們最後一起過的那個星期日，在冬期競輪場嗎？』你可以想像，如果我老實說，對他會是怎麼樣的打擊。在我成爲獨自生活的女性的這段日子裡，我學會了不要對自己隱瞞任何事。在將來若我們首次起爭執，我會有很多話要說！想到這個場景我就害怕。我需要，趁現在還有時間，重新學習說謊。總而言之，我需要朋友。」

「我，」一個很老的女性說，「我不再相信神了。昨天晚上，我拿到了兩顆蛋，眞的蛋。回家的時候，腳沒踩好，兩顆都被我摔破了。我再也不相信神了。」

沖沖還說不恰當的話。我穿得不夠好。不管我去哪裡，結果總是一樣的。一個在櫃檯前的公務員，他只是有錢人和吃好穿好的人的狗。當他看到窮人的時候，就露出牙齒。我還需要做些什麼，才能讓我的孩子好好活在世上？我遇到的事都是我自找的，如果他們四個都死了，會妨礙到誰呢？當然不可能是政府，也不會是市政府。有錢人就更不可能了。當我的孩子們餓死的時候，對那些豬頭來說，是雞蛋二十法郎一個，餐餐有肉吃，四百法郎的奶油，雞肉、火腿、吃到讓你的襯衣都撐開。還有衣服、鞋子、帽子，他們什麼都不缺的，閉嘴吧。有錢人，他們吃的甚至比戰前更多，他們甚至強迫自己吃，什麼都別剩給那些不幸的人。這不是我編的。昨天，我在雜貨店聽到兩位套馬鞍，抱歉，是穿皮草、戴珠寶、養哈巴狗的女士，她們說缺糧時會吃得比以前還要再多上兩倍。『我們家就是這樣』，她們說。所有的人都是殺人魔、是兒童殺手，就是這樣。繼續吧，戰爭，不會永遠持續的。德國人一走，有好多帳要算。所有貪吃跟肚子頂到皮帶的人都要挨罵了。殺我一個孩子的人，我會殺十個回去。臉上被踹，我也要殺光他們，即使花時間，我也要他們受苦。那些豬頭，在跟我們提什麼榮譽、忠誠諸如此類的時候，早就都吃得飽飽的。對我來說，什麼榮譽，等餵飽我的孩子後再提吧。有時候，我對我的丈夫說：『維多，』我跟他說：『你也想點辦法，你在北站工作，有其他員工偷拿戰犯的包裹，你也學著點。』每個人都只爲了塡飽自己的肚子，有錢人嘲笑自己訂出來的法律，沒什麼好糾結的：無論如何，人人爲己。但是他，你們想想，是一家之主，有榮譽感的男人。榮譽感，像黏在他牙齒上的焦糖。罷了。」

「我，」一個十二歲的女孩說，「你們可知道我遭遇了什麼。晚上我回家，在帕杜侯街的樓梯上，有個男人，高大，沒刮鬍子，一臉陰險的瞄我，我不知道怎麼形容。我媽媽她常說，所有男人都是豬。但我很怕這個人。昨天晚上，他躲在一個牆角下。我經過時，他撲向我。害我整個人摔倒在石地上。接著他把我的鞋帶偷走了。」

「我，」一位老太太說，「我累了。現在，生活中發生的事，和我的關聯越來越少，沒什麼關係了。我是赫梅爾街上的裁縫，但也不用再跟你們說了，我已經不再縫什麼了。戰爭之前，日子已經很艱難了。我會做洋裝、大衣、套裝跟短外套。我底下有多達五位女工。我跟你們說，很久以前，我的客戶都是布爾喬亞太太。之後，處處爭奇鬥豔。有百貨公司，還有專門賣洋裝、專門賣襯衫的。還有什麼都賣，一系列的。除了不大結實，幾乎縫製的比我還好，必須說，也比較便宜。最後，我主要做修補工作、修改尺寸，我只剩下一位女工，工資很低，但還能怎樣？現在我手上什麼都沒有了。你們會說：『還有黑市啊』，但是我不是這一掛的，資產也不夠玩。年紀大了，想加入黑市，必須要有錢，或是懂潮流，又或者是公務員。戰前，還有人給我一些零工。現在幾乎沒有了。以一碼一千五百的價格購買布料的女性，她們也想要用昂貴的工法製作。開價少於兩、三千法郎，她們反而會不信任，而我呢，如果我多要三百塊，她們就會嘲笑我。現在，我是個老裁縫了。人們提到我的時候，是這麼說我的，赫梅爾街上的老裁縫，幾乎不收錢做零工。老裁縫，是的。

「才十年前，我還幫商人，甚至是官員和律師的妻子打扮。我還能告訴你，市議員的妻子，布克諾爾太太，她的裙子可是我做的。我想到自己從哪裡走過來的：為街角的窮人把衣服改小、將舊外套改製為男孩的短褲、縫上補丁、讓衣服耐穿。眞正的工人，是很辛苦的。如此工作，我受夠了，但並不是這樣，遠非如此。我的運氣是，有補給券，人們不會餓著肚子，我也不會沒有工作可做。我今年六十五歲，從來都算不上漂亮，如果我還能算得上什麼，是因為我是專業的，有眞正的職業：『杜夏小姐，做得一手好洋裝、好外套、好套裝。』在戰爭之前，戰爭時，商家還認得我的名字。即使我買很少，也被回以微笑、有禮的話語：『你好，杜夏小姐。』但是今天的商家，只認得錢。窮人，他們再也認不得。戰爭，有一天會結束，但我，依然會被排除在外。女人找回了丈夫，男人找回了工作，但是沒人會那樣稱呼我了。我不再期待任何事了。」

「我，」一個男孩說，「我希望世界末日中午前就來臨。我剛剛搞丟了所有的麵包補給卡。我媽還不知道。」

「我，」一個過著悲慘生活的女孩說，「我受夠了。我，你們知道的，就是那種女人，但你們想像不到。很多人，認爲這種職業，是自肥的好方法。這是自然，有很多女人在白天也想辦法中飽私囊，但我可不幹這種事。我只接日常客戶，客戶都是普通人，每個月省吃儉用來輕鬆一下。

「過去，我在這些人身上賺了幾百法郎，也許更多一些，但幾乎沒多多少。我和我的老相好省錢度日，想辦法度過難關，甚至還在儲蓄銀行存了點錢。費南多的想法是，我們有天會在馬恩河畔頂下一間酒吧。要知道，這在戰前不是不可能的事情。再說，戰爭原可以是件好事，如果國家有做好準備的話。但從上到下，太過鬆懈，法國人太愛玩了。犯了很多錯誤。總而言之，我們玩完了。艱苦的日子裡，相反的，我們並沒有受到太大的傷害。街上還是有很多人，男人也還很多，也會去找女人。甚至是後來，德國人突入巴黎，我們也過得很好。可以看到所有的德國軍隊都跑來參觀巴黎。

「現在軍隊走了，觀光團的時代結束了。如此，幾乎沒有時間工作了。現在這個季節，才六點，天就全黑了。還必須在咖啡店工作。消費很貴，我們這行一定有很多女性，對顧客來說，是氛圍的問題，這可跟在街上不一樣。這對我可沒什麼好處。也有那種眼神惡毒或是以傲人雙峰挑釁的女人。對我來說，最有利的，不知道你們有沒有注意到，是我的一雙美腿，從腳到腰部，但我又不能坐在桌上。有些女人會說德文，這對做軍隊的生意有利。費南多，他希望我也可以學，每天早上送我去上學。但我什麼也不懂，就放棄了。

即使是俚俗語，我怎麼樣都記不住，教育程度的問題。在我家，我們從不說俚俗語。我們家的老人無法忍受。

「跟他們一起，不是工作，就是工作。爲了晚上能出去玩，中午也工作。某種程度上他們也沒錯。今天，爲了能多點利潤，晚上出去玩。價格上漲了一些，但按現在什麼都花錢，這點根本不算什麼。你們一定要看看他，打扮入時。至少，他想找點事忙的時候是這樣的。我需要床單、絲襪，而費南多也要穿好衣服。你們一定要看看他，打扮入時。至少，他想找點事忙的時候是這樣的。我認識一些女人，她們的男人會安排，在黑市上敲詐。但是他，你們想想，他實在太害怕了，首先，他沒有能力。有時候，我很煩，生他氣，會用靴子用力踹他，但事後，我後悔了，我對自己說，他天生就弱，能幹嘛，可憐的蠢蛋。也許你們認識他。

「肯定認識的，他身穿米色大衣，肩膀一高一低，臉上總掛著微笑。我們這一行的女人，在戰前流行的，就是和瘋子、發育不全、智障一起拉皮條。你們還記得怎麼唱的：『他眞是一個小矮子，不比巴吉度獵犬高。』都是這樣的心態，不輸掉戰爭才怪呢。因爲士氣的關係，跟其他無關。不過，無論如何，我的這個可憐蟲，現在只能是我的了。

「他啊，你們可以放心，絕不會把他送去德國的。」

「我，」一位老太太說，「已經兩個多星期我沒有抱我軟軟的貓了，牠叫做奇奇。」

「我，」一個男人說，「用一百個以善神命名的神起誓。給我們酒喝吧，我受不了了。我受不了了！我受不了了！他們分配時才不管我。我年輕時一天喝六公升，四杯開胃酒，還有吃完卡蒙貝爾乳酪後也來一杯好酒。而我像新橋[1]一樣堅固，從不生病，每天準時上工。現在，看看我，我五十四歲了，已經一無是處了。我放棄了水管工人的工作，渾身發抖，看看我的手，在給草莓撒糖的時候抖，雙腿直打哆嗦，沉得像灌了鉛，無時無刻，都無法動腦。你們怎麼解釋？我說了，自己像新橋一般堅固。像新橋一樣，是的，我很好。新橋，天啊。但是沒有酒。沒有酒能做什麼？沒了酒，會毀掉一個人。我感覺自己內在有把火。我說過，我受不了了！一星期只配給一公升的酒。這是在殺人。我的妻子也一起喝這一公升的酒，但你也知道，她全喝了，連一滴也沒留給我。前天，我們分配好了酒。晚上我妻子的酒瓶裡，還留了一杯酒的份量。

「我受不了了，我，我想把瓶子搶過來。事實上，我無法控制。我們兩個都像瘋子，她把盤子丟到我頭上。新橋。

「哎！如果他們知道酒精配給制造成的慘狀就好了。我的孩子要十三歲了，他什麼也沒碰。但他也需要酒精的。我們有好好照顧孩子，沒有讓他少喝了酒。三歲的時候，他已

1巴黎的一座橋名。

經在每一餐都配上了紅酒。我們讓他一點一點習慣。也不是要虐待他。夠了，好了，太多了，這樣太多了。新橋。九歲的時候，他每天喝一公升的酒，更常是一公升半。當孩子一無所有的時候，你要他享受什麼。尤其是他不再像我的性子了。他很孱弱，急性子、起骯髒的膿包。每天支撐他的，只是每天喝那一少少一公升。現在被迫要喝水。這不令人憤慨嗎。新橋。他，還年輕，還有時間喝回來。但是我，五十多歲的男人了，去他媽的一星期一公升。一公升。不，一公升。然後等好幾天。我受不了了！」

「我，」一位猶太人說，「我是猶太人。」

「我，」一個年輕女孩說，「戰爭那年我十六歲。我還記得十六歲那年的巴黎。路上人聲鼎沸，商店、汽車沒有盡頭，喇叭中響起的是爵士樂，所有的男生都是二十歲。我跟朋友出校門，必須穿過人群，才能聽到對方的聲音、大聲說話、笑鬧聲。警官在十字路口等我們，全部都很年輕。他們像在舞會上，向我們伸出手臂，汽車成排看我們經過，道別的時候，如果我沒記錯的話，警官給了我們玫瑰、茉莉和勿忘我。我從法蘭克街回家，經過漂亮的小路。途經克利希廣場時，因爲人群所以走得很慢，還得回應所有的微笑。至少有一千名男孩，他們都穿彩色的鞋子，絲質的方巾，每個人都像天使。他們用藍色、黑色的眼睛看著我們，睫毛是金色的。聽不清所有他們說的話，只聽到幾個字：愛情、眞心、明日，或是呼喚名字，總是在叫我們。他們爲了我們經過此處，知道總有一天，故事會繼續下去。他們聚集在咖啡館的露台上，目光久久地追隨我們，拋給我們花朵、小鳥，或是讓我們心跳加速的話語。在寇蘭古橋上，我已經有點醉了，男孩在我的腦裡唱歌。我還記得一個六月裡，太陽明媚的橋上，墓園裡的死者都能聞到草地上從未有過的花香，男孩們穿著光鮮的套裝，生命如此清新，我一口氣大聲喊叫，雙腳也離開地面。珍納特．庫特希耶，一位朋友，抓住了我的腿。我氣了她很久。回程中最美的時刻，就是登上寇蘭古街的爬坡。那個時候，街道是沿小山丘盤旋而上。汽車沿著人行道排成一排，畫出兩行藍線，像煙霧一樣彎曲，天空中映出了粉紅色的倒影。如果我記錯了，請告訴我，但我記得那些樹木四季常新。寇蘭古街比起橋，沒有那麼多人經過，但是男孩都在窗邊、車門邊、尤其在樹上。他們像雨點般向我們傾訴、嘆息、情書、唱歌曲如此溫柔，我們都熱淚盈眶。回到家，我有五六個表兄弟，說是來看我哥的。我們互開玩笑，甚至還偷親了對方。

「現在我可以說出來了。晚上，我夢到自己通過會考，爲了獎勵我，校長讓我從小丘上的幾百個帥男孩中挑一位當自己這輩子的情人。今天，我的十六歲很遙遠了。我的兄長戰死，表兄弟被俘、我的朋友們在北站搭火車逃離。也還有年輕人留下來，有時候還會遇到，他們不會想到我們，也看不見我們。街上空蕩蕩的，警官都老了，寇蘭古街不再彎彎繞繞。冬天的時候，樹木光禿禿的。

「你們覺得戰爭還會再打很久嗎？」

第十四個人什麼也沒說，因爲她突然間就死在了這些新朋友身旁。她是一個年輕的女性，丈夫被俘，有三個孩子，悲慘、痛苦、疲憊。她的新朋友們到市政廳辦手續。其中一個人聽到員工回應，說沒有足夠的棺材可以安葬十八區的居民了。他抗議說，她可是戰俘的妻子。「你想要我怎麼辦？我又不能變成棺材。」職員回道。找了整個社區，波尼爾的貨架上什麼也沒有了。糖果店主願意用以一萬五千法郎提供一口杉木棺材，但是孤兒們沒有錢，朋友也不富裕。一位誠實的木匠提議用組合木板造一口。與此同時，市政廳已經收到棺材，年輕女子能夠入棺下葬了。

她的同伴跟在車隊後面，離開墓園後，他們在一間咖啡館坐下，每個人都用一百公克麵包票換了三明治。還沒吃完，鄰座就有人指出，他們共有十三個人在一張餐桌上，還會有更多不幸接踵而來。

我們生命中的狗狗

沒錯，我要說的是狗狗的故事，但首先，把鞋子脫了吧。我很確定，鞋裡滿是積雪，襪子也一定慘不忍睹！如果你沒有在路上耽擱，回家時腳會是乾爽的，但你就喜歡和你那些夥伴的事瞎攪和。聽說，有一天你滑倒摔進了飛利浦挖的洞裡，還是最深的那一側。啊！要是我能知道就好了！我想到你的媽媽小羔羊，她那麼溫柔又那麼嚴肅！無論冬天還是夏天從課堂上回來，她只需要十五分鐘。而你花了四十五分鐘，有時候還更久，雙腳都濕搭搭的，不像前天，衣服還破破爛爛的。我眞不想跟你說狗狗的事情。你的鞋子就放在烤箱前吧，你坐到爐子前，雙腳放在踏板上。

家裡的第一隻狗，是我在一九〇九年結婚時帶過來的。我的父親特別將牠留給我，結婚前六、七個月的時候，他家的狗狗謬賽特在深秋時生了小狗。狗狗的名字叫做畢哈姆。鐵灰色、短毛、豎耳朵，不大隻，也不漂亮。是隻好牧羊犬、也很會看家，性格熱情。還是小狗的時候，牠很愛玩，我們兩個——我那時候二十歲——會分享一切。不知怎麼回事，牠比較喜歡你的外公，雖然他對牠並不友善。我可憐的艾克特，在這個世界上，遇不到比他更好的人了，然而，他踹狗狗時可不會猶豫。不止一次，他用棍子教狗狗做事情。

但必須說畢哈姆活該，偷吃東西，還老是在我們的腳邊打擾我們工作，在重要時刻讓氣氛尷尬，好像所有工作都必須靠牠的腳掌來做。因此在最不需要牠的時候，我們才總是把牠帶在身邊。有一次，我拿著待烤的麵包進廚房，就是牠害我被斗篷絆倒，在院子裡大摔一跤，整個人跌進麵團裡？啊！我很生氣。還有，牠對每一個人都很兇。牠沒有辦法忍受有人來家裡拜訪；牠會不停吠叫、露出尖牙、眼神凌厲。我總是怕牠會咬人，發生了好幾次，不過咬的不是人，而是外面的狗，牠居然連這個也無法忍受。

在牧場上，牠牧牛，也是一樣的情況，牠十分兇狠，在後緊追不放，總是要佔上風。其中有隻不好惹的母牛，我們叫牠「小棕」，低著頭，向畢哈姆衝過去。牠是一隻會反抗的母牛，您可以看到很多狗都夾著尾巴落荒而逃；但是畢哈姆不會放棄，最後總是那頭牛屈服。牠就是這樣，只聽得到牠總是在吠叫，啞啞的、兇狠的嗓音，經過的人都會走別條路。牠只在乎家人：主人、我、我們生的兩個孩子，你的豐席舅舅生在一九一一年四月，還有你的母親小羔羊，生於隔年的十一月。對待兩個孩子，沒有人比牠更有耐心、更溫柔的了。他們可能會拔牠的毛、拉尾巴、扯耳朵，牠沒有怨言，而且如果有人靠近他們，牠會低吼，看起來不大友善。牠那麼愛牠的家、家人，不像其他狗會在村頭晃來晃去。牠總是在庭院或是在牧場上跟牛一起，或是在廚房，就好像沒有牠，我們什麼都辦不到。但如果你的外公出門，不論是去小賣部買菸，或是星期日打場保齡球，畢哈姆都會跟在他的腳邊，如此自信、如此得意。

然後，一九一四年，八月的一天，我還記得，在路的對面，田裡大豐收，艾克特出發前往戰場。他不想要我陪他搭火車到蒙蘇沃德雷。他抱了抱兩個孩子跟我，爲了安慰我，他跟我說他三週後就回來了。他已經上路，走到大山毛櫸樹下，讓一路跟著他的畢哈姆回來。牠充滿愧疚地回來了。那個時候，他還不知道自己的主人會離家很久。我留在家裡，跟我的孩子一起，還有工作，你可以想像。我的父親和其他人一起過來收堆在地上的作物。我們有打穀機。我沒有時間照顧畢哈姆，管不了牠。我才注意到牠沒有跟在人們後面吠叫；除完草，可以將牛放到牧場上時，我開始注意到牠跟平常不一樣了。我把牛放在柵欄，可以在不用離開這裡的情況下看著牠們。我遠遠的看著，如果有一兩隻牛脫隊了，就只要叫畢哈姆就行，我要牠待在牛群附近。我就是這樣發現的，其實牠有一半的時間都不在附近。小狡猾，牠知道主人離家了，趁這個時候偷懶。牠以往總是爲家庭、牧牛的工作付出，什麼事都想要包攬，現在不做了就跑去村頭閒晃。一開始跑走一兩個小時牠就很滿意了，不久後一整天都跑掉，吃飯時間才回來。我試著要糾正牠，但一點用也沒有。也許是我打得不夠狠。親切也好、揍牠也罷，沒有什麼能讓牠別再整天閒晃。

瞧瞧牠有多機靈。一九一五年，艾克特休假回家，畢哈姆在家裡待了十天，除了陪主人出門，一步也不敢跑開。跟以前一模一樣的那隻狗。牠重新回到以往的模式，對陌生人狂吠，並且試圖介入所有工作。但是休假結束，艾克特重回前線，牠又開始亂晃，家裡已經關不住牠了！

夏天結束時，有軍人在村頭紮營。畢哈姆現在只認他們了。總是跟他們混在一起，一起吃東西。白天的時候，牠還會回一下家，像是爲了知道我們的近況。牠跟孩子們相當親，但牠根本不敢看我，因爲說到底，牠問心有愧。晚上，有時候牠會睡在自己的窩裡，但僅僅只是有時候。後來，士兵拔營了。一天早上五點，我剛起床，下起了毛毛雨。士兵拔營上路了，我想起我可憐的艾克特。跟在隊伍後方的是套好的騾車。突然間，我看到我家的畢哈姆也走在雨中，跟在一輛車旁。我喊牠，一次，兩次。牠停下來，轉向我，把頭在雙掌間擺了擺，好像想走過來卻無法，充滿愧疚。必須說牠是眞心的，因爲看起來很眞的可憐的樣子。牠做出決定，要跟上隊伍的車。我又喊了牠一次。牠停了一會，但沒有很久，然後就出發了，頭跟尾巴都垂了下來，腹部緊收。我看到牠小跑步跟上隊伍，就在夏維農家的拐角處。而我從此再也沒有見過牠。

孩子們很想念畢哈姆，想要養另一隻狗。我也是。只是，我還有其他正事要思考：工作仍需人手、得打聽前線的消息——很多人都陣亡了！——還必須加上我剛生下第三個孩子，費迪南，就是你兩年前夏天被俘而返家的那個舅舅費迪南。這些戰爭好像永遠無法結束。一九一六年的夏天，我在維利耶．勒．布瓦的表親，找機會送來了一隻小狗狗。牠才兩個月大，大家叫牠貝爾佛，但你那個時候頂多才三歲的母親小羔羊喊牠貝佛，狗狗從此就叫做貝佛。當艾克特一九一九年從戰爭回來時，貝佛已經長成了一隻漂亮的大狗，可以說跟馬一樣強壯，跟桌子一樣高，我可沒有誇張。牠有漂亮的灰藍色毛，中間摻著白毛，脖子和耳朵上有層較長的捲毛。哎呀！真是隻漂亮的狗，又友善又聰明。很簡單，牠就是什麼都懂。這麼說好了，在家裡，通常牠可以代替我照顧孩子！我可以出門、在田裡工作、貝佛會顧好他們。牠比任何人都清楚哪裡是被禁止的：池塘、肥料堆、肥料坑、井、爬上樓梯。聽著，是牠教你的費迪南舅舅走路的。一定要看看他們的相處，孩子一隻手拉著狗的毛或是耳朵，牠毫不在意，狗狗一小步一小步慢慢的走，如果察覺到孩子猶豫不前，牠就會停下來。

貝佛，牠不是狗而是人。當牠看見我們受苦，會比我們要更痛苦。牠會過來舔我們的手，用悲傷的眼神看著我們。如果有人哭，牠也會跟著一起哭，痛苦的小聲哼哼。我還記得看過好幾次，艾克特要其中一個孩子待在角落裡受罰，貝佛也會跟去，一起待到處罰結束後。我會說，我們需要很多像這樣的小動物，來教會人們怎麼去愛。

作爲牧羊犬，牠也無犬能比。到了要把牛群趕到公共牧場的季節，我們跟著牠趕了一趟，之後，牠就不需要任何人，不需要人領，也不用人顧。在路上，牠會讓牛群保持集中，如果有車開過來，牠早早的就會把牠們領到路邊排好。安靜無聲、不疾不徐。牠不是那種壞脾氣的狗，擠、撞、干擾、或對牲口大吼大叫。在牧場上，我們從來沒有見過牠橫衝直撞。遠遠的，牠只要叫一聲，讓大家知道牠在這裡就足夠了。牠只需要抬起頭，向前一步就可以讓一切恢復秩序。牛群會怕牠。我甚至敢說，牛群是敬重牠。

牠唯一的缺點，而且是重大缺點，就是貪吃又好鬥。也許還有一點愛戲弄人。牠很少有哪一天沒跟村裡的狗打架，而且總是打贏的那一個。想想看，牠那麼壯。村民們不是很高興，但也沒有到來抱怨的地步。總之，就是狗狗打架而已，沒那麼嚴重。大家時不時用開玩笑的口氣指責我們，說貝佛是個小偷，這裡偷一塊肉，那裡偷一塊肉。我們倒是沒有很相信。在家裡，牠從來沒有偷過什麼。除非我們給牠，不然牠什麼也不會叼走。我越來越相信是因爲人們嫉妒我們有這麼漂亮的一隻狗狗。

村子的另一頭的莫費拉家，也有一隻大狗，大概跟貝佛差不多大，叫做凱薩。我不知道是牠們是什麼時候認識的，不過貝佛大概已經六歲了。既然兩隻狗勢均力敵，打鬥通常會持續很久。然後，漸漸的，打完架後，牠們成了朋友。一開始，牠們沒做什麼壞事。只是約好一起去欺負村裡的其他狗。不幸的是牠們並不是到此爲止。

在一個晴朗的日子裡，古斯特．波拿竇的妻子，也就是艾麗歐諾，雷昂．多米雷跟伊絲特．米寇琳的女兒，先是跟夏爾斯．馬森成婚，他剛好是我母親的表親，因爲馬森的爸爸——尤金．馬森——是朱爾斯．布洛妻子的同父異母兄弟，他的妻子，大家叫她美麗的阿爾蒙婷，姓氏是波洞，來自聖巴蘭的波洞家族，他們家的小女兒，我忘了她的名字，跟一個來自法格涅斯的拉貢德氏人士結婚了，是那個誰的父母——我說成父母，但其實是表親才對——，是卡薩維耶．米勒的表親，他取代了朱思廷．米涅成爲了大型運輸工具修理工，而如今有了自己的腳踏車工廠。我在說什麼？對了，艾麗歐諾到我們家來抱怨說貝佛偷了吊在他們家廚房裡的一串香腸，牠和莫費拉家的凱薩搞的這一齣。出於信賴，我當然挺貝佛，一定是凱薩帶壞牠的。證據就是，我跟艾麗歐諾說，我有兩條香腸，一直吊在壁爐上，牠看起來從來沒有想吃的意思。這下好了，八天後，輪到雷吉．貝爾隆，也就是肉店主人家遭殃了。貝佛跟凱薩，一瞬間咬走了五斤的肉。再之後，每時每刻都有人來跟我抱怨，不是小牛頭被偷、就是培根、一公斤的血腸消失，我哪裡會知道？每每村子裡殺豬時，我的兩個小流氓都會幹走一份，總是最美味的那一塊肉被竊。

從沒見過如此狡猾的狗。一天早上，我跟艾克特一起去公證人處，處理我伯伯亞梅岱的繼承事宜，我與我的堂姊加布列爾在窗前閒談。廣場上，凱薩，莫費拉家的狗，趴在大十字架下的石頭上曬太陽，肉店家的鬥牛犬在不遠處閒晃。我還記得我對我堂姊說：「你看，是凱薩，貝佛就快到了。」突然間，凱薩跳到鬥牛犬身上，讓牠滾到地上。聽到狗狗的嗚咽聲，貝爾隆朝外面瞧了一眼，抓了一根木棍，拉開身後的小門，走出肉店。他一轉過身，躲在柴堆後的貝佛，像射出去的箭一樣穿過道路，跳上小門，嘴裡叼著一根羊後腿走出肉店。貝爾隆什麼也沒看見。貝佛可驕傲了，拯救了凱薩，兩隻狗一起分享羊後腿。

你想想，狗狗鬧這些事，我們都很煩。但能做什麼？揍貝佛，我們辦不到。不，即使是艾克特，他也辦不到。我們太愛牠了。我們試著綁住牠，但牠看起來好悲慘，我們會感到很不安。這樣做好像很無情。我們很愧疚。綁個一天，就太超過了。於是我們放了牠。而牠，還是繼續跟凱薩一起生事，所有人都跑來抱怨、請求，或是威脅我們。最終，大家都受不了了。

有一天，是一九二四年的春天，米涅亞家的長女要出嫁。婚禮的前一天，所有人都在準備：肉、家禽，你也知道，廚房裡有很多。沒有人確定事情是怎麼發生的，唯一確定的是，貝佛和凱薩偷走了四分之一隻羊和一隻我們今天早上才殺掉，養得特別肥的鵝。您可以想像一下，這場面真的很難看。我們都不知道該躲哪才好。整個村的人都在抗議我們。必須想一個辦法才行。婚禮的賓客中，有一位名叫波納德的先生，在巴黎近郊做生意。看我們很尷尬，他跟我們提議把貝佛帶到小卡車上帶走。就這樣，我們要跟狗分開了。你可以想像我們有多傷心，但還能怎麼做？隔天出發時，莫費拉發現凱薩被吊死在路邊的一棵樹上。貝佛僥倖逃過一劫。

一個月過去了，噢！是的，一個月整，因爲查維耶．米勒開始在河邊翻曬草料。一天晚上，晚餐過後，我們都待在廚房。艾克特起身，他說：「我要睡覺了。」他要去睡覺的時候，都會這麼說。我在角落洗碗盤，而你的母親幫忙擦乾。我回到她身邊，看到她臉色慘白，可憐的小羔羊，她看著打開的窗戶。她大叫：「貝佛！」是牠。雙掌搭在窗台上，露出牠的頭，看著大家。牠跳進廚房。啊！我又哭了。但牠是怎麼辦到自己一個從那裡回來的？數數看：路程超過三百公里，沒有人爲牠指路，牠也不會讀路標。愛著牠的人所渡過的時光是如此漫長！

我們有點擔心，但是見到牠讓我們非常開心，也試著放下心來。現在凱薩已經死了，再也沒有同伴給牠出主意，也許貝佛不會再搗蛋了。事實上，大概有一週的時間，牠都很平靜。但情況沒有持續下去。牠又開始生事，更勝以往。想像一下，某一天，我們得知牠傷了潘索家的三隻母雞，他們本來就不是好相處的人家了。隔天則是傷了兩隻賽萊斯特．荷維雄家的鴨子。你知道，在牠返家的偉大旅程上，牠找食物，最方便的就是打劫一路上的雞舍。久而久之，就養成了習慣，不是嗎？你也知道，在村裡，一定引發了騷動。現在，所有的人都擔心他們的雞、鵝、鴨。他們情緒激動，說到底，我們能理解。

一天下午，我在洗衣服。貝佛趴在水池邊，在我身邊。跟艾克特一道走到中庭的是獵場管理人葛斯柏，肩上扛著獵槍。可憐的艾克特臉色慘白。他說：「貝佛，來這裡！」狗狗看著槍，牠的主人，還有我，牠用牠的狗狗眼睛看著我們。牠懂了。頭低低的，牠走向艾克特，靠著他。跟管理人一起，走出庭院。他們去往蘋果樹旁的小草堆。我逃到廚房。我聽到兩聲槍響，哎，我哭了。我眞的哭了。

此後的兩年間，我不想要在家裡養任何狗了。我因爲我的貝佛已經太痛苦了。有一天，跟你的媽媽，我們一起騎腳踏車去烏西葉地區看安娜阿姨，她身體不大舒服，這次，阿德里安叔叔給了我們奧斯卡。這隻狗，我一見到牠，就沒有覺得很好，但是你的媽媽，小羔羊，我馬上知道她想養牠。是她用腳踏車把小狗帶回來的，就放在掛在把手上的籃子裡，您可以想像牠並不大隻。

這隻狗從來都沒有什麼利用價值。毛色是白色混黃色，牠並不醜，站起來還算高。算是敏銳，但是眼睛不會說話。村子的二十里內，找不到更懶的狗了。就是隻沒有用的狗，只知道塡飽自己的肚子。大家希望他可以學著看守牛群，但學不會。連假裝對牠來說都太難。也不會看家，每個人，不論白天或夜晚，都可以來去自如，可不干奧斯卡的事。牠在乎的，就只有牠的肉醬、隨心所欲跑來跑去、在太陽底下睡覺、冬天待在火爐邊。再加上，牠誰也不愛，主人也好，陌生人也罷，都沒感情，看也不看。喊牠的時候，牠偶爾會抬起頭看一看，若不是要吃東西，牠馬上就會轉過頭去。這跟大家愛舉的那個例子一樣：「尚．德．尼韋爾家的狗也一樣——我們一喊，牠就掉頭走開。」艾克特曾考慮棄養牠，這狗讓他神經緊張，確實，他有他的道理。但我們還是留著牠，就這樣好幾年。時間過太快了，好幾年過去了。一九三二年的時候，不幸降臨到我們身上。一天晚上，那時是秋天，艾克特回家，躺在床上。已經有一段時間，我看得出來他整個人毫無生氣，但他就是不肯承認自己病了，一心想要完成田裡播種的事。他不吃晚餐就躺在床上，八天過後，他就離我們而去了。就像我伯伯亞梅岱說的，幸福並非好兆頭，只是霉運沒有趕上這班車，下一班就會趕到。你覺得主人過世了，奧斯卡會傷心嗎？見牠無情無義，我也心生不滿。

兩年過後，星期日傍晚，我獨自一人在家。夜幕降臨，十一月的下午四點。奧斯卡就睡在爐灶下。搞走私的多明尼克來到庭院中，一起的還有朱勒．馬密特，以及一輛狗拉車。朱勒可不是什麼正經的人：醉鬼、懶漢，需要的時候才工作，其餘的時間都在釣魚、流連咖啡館，或是賭博。我曾聽說他跟費里希安．胡斯對賭，一個下午就輸掉五十二法郎。這大概是十多年前的事了。多明尼克不是這裡人，從哪裡來的，沒有人能確定。這個老乞丐就快走到我家門口了，他有著紅色落腮鬍跟總是看起來像在生氣的一雙眼。你想想，我能有多安心，自己一人在家，還有這些無賴來訪。他們已經有點醉了，在我的廚房裡大吼大叫，說要賣一些走私貨給我。奧斯卡沒有任何動靜，我發生了什麼事情，牠都不會擔心。我很氣牠。多明尼克正好跟我提起牠。「這傢伙，」他說，「用來拉車剛剛好。」跟我提議要用貨車上一隻正打著瞌睡的九個月大牧羊犬做交換。

奧斯卡不會理解發生在自己身上的事。要把牠交給陌生人，我還是有點不舒服。天快黑了。我看到牠離開。拉車的狗在叫，多明尼克一邊甩動鞭子，打得咯咯作響，一邊咒罵，狗拉車上路了。離開這裡後，這兩個無名之輩開始在村裡乞討。在那之後，他們去費賽酒館喝了一杯，直到喝到很晚，爛醉如泥才離開！快到居勒敏家的時候，大概是凌晨兩三點了，朱勒斯醉得厲害，多明尼克將他留在車上。奧斯卡沒有勇氣拉車。簡而言之，牠拒絕前進。多明尼克發怒，解開了狗。一下鞭子，一下用腳踹，他開始打狗。一個醉漢是沒有理智的，即便是清醒冷靜，多明尼克也很壞。狗叫得越厲害，他就越生氣。最後，他用刀解決了奧斯卡。他們將牠埋在路邊。當然，這不算一種損失，但我不是把牠換走好讓人虐待的。

多明尼克留給我的狗是一隻漂亮的黑色牧羊犬，溫和的眼神，畏縮，像是習慣被揍的動物。牠的名字，你也知道，我就不需要跟你說了吧。牠馬上就住進我們家，這裡讓牠開心，牠很愛我們。牠從不偷懶，在狗狗的崗位上盡職盡責。這麼說好了，牠沒有貝佛或是畢哈姆聰明，牛群也不怕牠。其他的動物也都不怕牠。貓咪跟牠處得很好，我還記得有隻白色小雞還在牠的掌間睡覺。牠從來沒有惡意。不過，我現在沒有要繼續跟你講費諾的故事了，因爲你早就認識牠了。當然，牠不再是從前的牠了。現在牠就快十四歲了，毛全灰了，步履闌珊，是隻老狗了。即使這樣，牠還是很有個性，和其他狗都不一樣。因爲，有件事很多人都不知道，狗跟狗之間，比人跟人之間的差異還要大，不是嗎？我在跟你說的是內在本質，來自內心跟腦袋裡的東西。

來吧，你的襪子現在已經乾了吧。該寫作業了。在那之前，去柴房拿點木材，然後劈一點柴，明天早上生火好用來生火。

國家圖書館出版品預行編目(CIP)資料

穿牆人：埃梅魔幻短篇小說選/馬歇爾.埃梅著；戴小涵譯. -- 初版. -- 臺中市：好讀出版有限公司, 2024.01

面；　公分. -- (典藏經典；151)

譯自：Le Passe-muraille

ISBN 978-986-178-698-8(平裝)

876.57　　112021321

好讀出版

典藏經典 151

穿牆人：埃梅魔幻短篇小說選

原　　著／馬歇爾·埃梅
譯　　者／戴小涵
總 編 輯／鄧茵茵
文字編輯／莊銘桓
封面設計／鄭年亨
發行所／好讀出版有限公司
台中市407西屯區工業30路1號
台中市407西屯區大有街13號(編輯部)
TEL:04-23157795 FAX:04-23144188 http://howdo.morningstar.com.tw
(如對本書編輯或內容有意見，請來電或上網告訴我們)
法律顧問　陳思成律師

線上讀者回函
獲得好讀資訊

讀者服務專線／TEL:02-23672044 / 04-23595819#212
讀者傳眞專線／FAX:02-23635741 / 04-23595493
讀者專用信箱／E-mail:service@morningstar.com.tw
網路書店／http://www.morningstar.com.tw
郵政劃撥／15060393(知己圖書股份有限公司)
印刷／上好印刷股份有限公司
如有破損或裝訂錯誤，請寄回知己圖書更換

初版／西元2024年1月15日
定價:320元

Published by How Do Publishing Co. ,LTD.
2024 Printed in Taiwan

ISBN 978-986-178-698-8